업어 키운 여포

유수流水 역사 판타지 장편소설

WISHBOOKS HISTORICAL FANTASY STORY

3

유수流水 역사 판타지 장편소설

초판 1쇄 찍은 날 | 2020년 4월 10일
초판 1쇄 펴낸 날 | 2020년 4월 20일

지은이 | 유수流水
펴낸이 | 권태완 우천제

기획 | 위시북스
편집책임 | 한준만
편집 | 위시북스

펴낸곳 | ㈜케이더블유북스
등록번호 | 제25100-2015-43호
등록일자 | 2015. 5. 4
KFN | 제2-28호

주소 | 서울시 구로구 디지털로31길 38-9, 401호
전화 | 070-8892-7937 팩스 | 02-866-4627
E-mail | fantasy@kwbooks.co.kr

ⓒ유수流水, 2020

ISBN 979-11-293-5259-0 04810
       979-11-293-5042-8 (set)

업어 키운 여포

3

유수流水 역사 판타지 장편소설

WISHBOOKS HISTORICAL FANTASY STORY

목차

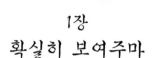

1장
확실히 보여주마

"적들의 공격이 코앞이다! 화살과 기름, 돌 등 물자를 확인하라!"

"성문 쪽 상황도 제대로 점검해야 할 것이다!"

성 앞에 모여 사다리를 점검하는 원소군 병사들의 모습을 응시하며 우리 쪽 장수들이 쉴 새 없이 외쳐댄다. 나는 북문에서 진궁과 함께 우리 쪽 병사들이 수성전을 준비하는 걸 지켜보고 있었다. 그런 상태였는데.

"흠? 저게 뭐지?"

요상한 게 시야에 들어왔다.

북문 쪽 성벽의 한 지역이 텅 비어 있다. 수성전을 준비하는 와중이니 성벽이란 성벽엔 병사들이 들어차 창칼로 무장하고, 화살을 쏘며 적들이 성벽에 올라오는 걸 막아야 한다.

'그런데 저쪽엔 아무것도 없…… 지는 않구나.'

여(呂)의 깃발과 함께 허(許)의 깃발이 휘날린다.

자세히 보니 그 깃발들 아래에 형님과 허저가 서서 몸을 풀고 있었다. 그리고 그 옆에 있는 건…….

"위(魏)? 저건 내 깃발인데?"

저게 왜 저기에 있어? 저 양반은 왜 또 저기에서 저러고 있는 거고? 머릿속에서 수많은 물음표가 피어오른다.

내가 황당해서 쳐다보고 있는데 병사 하나가 이쪽으로 달려왔다.

"위속 장군! 위속 장군!"

"어! 나 여기에 있다!"

손을 흔들어주니 병사가 내 앞으로 다가와 말을 이었다.

"주공께서 잠시 와보라 하십니다!"

"나를? 저리로?"

"예. 장군 한 분만 오시라 하셨습니다."

"왜?"

"이유는 저 역시 알지 못합니다."

형님이 왜 부르시는 건지는 모르겠지만 느낌이 싸하다. 그렇다고 안 갈 수도 없고……. 이거 참.

"어떻게 하시겠습니까? 장군."

"가야지. 간다고 말씀드려라."

"예."

병사가 다시 형님을 향해 달려가기 시작했다.

내가 자리에서 일어나 형님 쪽으로 가려는데.

"위 장군."

갑자기 진궁이 날 붙잡더니 내가 한쪽에 놓아두었던 창을 건넸다.

"들고 가셔야지요. 단순한 책사가 아니라 장군이시질 않소이까."

"아, 예. 감사합니다."

"무운을 비오."

그러면서 날 향해 포권하는데 어째 저 양반, 표정이 묘하다. 마치 뭔가를 참고 있는 것 같은데……

"하, 도대체 뭐지."

형님 쪽으로 걸어가는데 어째, 한 걸음 한 걸음 움직일 때마다 모래 지옥으로 빠져들어 가는 느낌이다. 절대 가서는 안 되는 곳으로 가는 것 같은.

"왔느냐."

"예, 형님. 근데 왜 부르셨습니까? 전투가 코앞이니 지휘를 해야 하는데……"

"아니, 지휘할 필요 없다."

"예?"

"봐라."

더없이 기분이 좋은 듯, 환하게 웃는 얼굴로 형님이 손을 들어 주변을 가리킨다.

빽빽하게 우리 병사들이 들어찬 구역이 양옆으로 있고, 그 사이로 나와 형님과 허저가 있다. 적들이 공성전을 준비하는 와중에서 우리 쪽 병사는 하나도 없이…… 어?

"허, 형님?"

"알아차린 모양이구나."

형님이 씩 웃는다.

"이제부터 너와 나, 허저가 공을 세울 차례다."

"주공이 원소군에게 편지를 보내셨습니다. 장군과 저, 주공 이렇게 세 명이서 반경 오십 장의 성벽을 지킬 테니 뚫어볼 수 있으면 뚫어보라고요."

형님에 이어 허저가 말했다. 형님과 마찬가지로 무슨 놀이공원 입구에 도착한 어린아이의 그것과 같은, 신나 하는 얼굴이다.

"야. 너는 이게…… 하…….."

갑자기 머리가 지끈지끈 아파 온다.

오십 장이면 무려 150m. 세 명이서 그만한 범위를 커버하겠다고 당당하게 선포했다는 거다. 그것도 날 포함해서.

아니, 왜?

"아니, 형님…… 형니임!"

"문숙. 너무 그렇게 감격하지 않아도 된다. 함께 공을 세우자꾸나. 으흐흐."

"하, 하하…….."

아주 그냥 하늘에서 감격이 빗발치는구나.

"와아아아아아-!"

진짜 하늘을 울리고, 땅을 울릴 정도로 커다란 함성이 성 밖에서부터 들려온다.

문추와 장합을 격파하며 숫자를 줄였다고 해도 삼십만에서 이만쯤 줄어든 정도밖엔 안 된다. 그래도 이십팔만이다. 그 말도 안 되는 숫자의 병력이 산양성을 포위한 채 사다리를 들고 다가오고 있었다.

"쏴라! 화살을 쏴서 놈들의 숫자를 조금이라도 줄여야 한다!"

"남김없이 퍼부어라!"

우리 쪽 장수들이 내뱉는 외침과 함께 화살이 비처럼 날아가 쏟아지기 시작했다. 저쪽에서 우리를 향해 쏘는 것 역시 마찬가지.

탕, 타다다다닥-!

급하게 챙겨 온, 두꺼운 나무로 된 방패에 화살 꽂히는 소리가 울려 퍼진다. 그럭저럭 들 만하던 무게의 방패에 화살이 꽂히고 또 꽂히며 점점 더 무거워져 가고 있었다.

"으하하하하."

그런 와중에 형님의 웃음소리가 들려온다. 방패 뒤에서 형님이 웃고 있다.

저 양반은 도대체…….

"올라가라!"

"성을 점령하라!"

한참이나 이어지던 화살의 비가 멎을 무렵, 성벽 너머에서 그 외침이 들려옴과 동시에 탁-! 사다리가 놓였다. 한두 개가 아니다. 거의 서른 개나 된다.

시발. 이 새끼들, 형님이 셋이서만 막겠다고 통보했던 것 때문에 이쪽으로 병력을 집중시키는 모양인데?

"오, 드디어 올라오는군."

하나둘 사다리를 타고 올라오는 놈들의 모습에 모골이 송연해지는 그때, 형님의 목소리가 들려왔다.

형님은 아예 성벽의 안쪽, 낭떠러지 바로 앞에서 방천화극을 들고 놈들이 올라오는 것을 지켜보며 웃고만 있을 뿐이었다.

"형님! 막아야죠! 뭐 하십니까!"

"응, 막아야지. 근데 처음부터 막으면 너무 시시하잖아?"

"예?"

"문숙. 생각을 해봐라."

황당해서 반문하는 내게 형님이 천천히 걸어오기 시작했다. 이런 상황에서도 원소군 병사들은 계속해서 사다리를 타고 성벽 위로 올라오고 있다.

처음엔 기껏 해봐야 백 명도 안 되는 수준이었는데 이젠 이백 명, 삼백 명 가까이 되는 것 같다.

자신감 넘치던 허저도 이제 슬슬 조금씩 걱정이 되는 건지 얼굴이 굳어져 가고 있었다.

"형님, 이거 이제 막아야 할 것 같은데……."

"아직 아니야."

"아니, 도대체 언제까지 기다리시려고요?"

"충분한 숫자가 올라올 때까지. 만약 항우가 이 자리에 있었다면 어땠을 것 같으냐. 적들이 성벽을 타고 올라온다고 바로 베었을까?"

"예? 항우요?"

형님이 씩 웃으며 고개를 끄덕인다.

"글쎄요……."

항우의 이름은 많이 들어봤지만, 솔직히 난 그 사람이 뭘 했는지 잘 모른다. 그래서 항우가 이 상황에 놓이면 어떻게 할지도 상상이 안 간다.

내가 그냥 멀뚱히 눈만 껌뻑이며 형님을, 계속해서 밀려드는 원소군 병사를 번갈아 쳐다보는데 형님이 방천화극을 들고 한 걸음 앞으로 나아가며 말했다.

"자기 자신을 증명할걸? 자기가 이만큼이나 강하다고 말이야."

그러면서 원소군 병사들을 향해 방천화극의 끝을 겨눈다.

성벽 위로 손쉽게 올라왔다며 자기들끼리 좋아하던 원소군 병사 수백 명의 얼굴이 대번에 흙빛으로 물들어가고 있었다.

"그러니 나도 그렇게 해보려는 거다. 항우를 뛰어넘으려면 그 정도는 되어야 하지 않겠어?"

형님이 나를, 허저를 한 번씩 쳐다보더니 앞으로 나아가기 시작했다.

원소군 병사들이 형님을 향해 창끝을 겨누고 있다.

하지만 그냥 쳐다보는 것만으로도 느낄 수 있다. 숫자에서는 저들이 압도적이지만 기세만으로는 형님 한 명이 저들 수백 명을 압도한 거나 마찬가지다.

나름 그래도 원소 쪽에서 고르고 골라 올려 보냈을 정예병 수백이 한 명에게 겁을 먹는 상황이라니…….

"슬슬 어울려 보자꾸나. 인중룡 여포를 상대할 자 있느냐!"

쩌렁쩌렁한 형님의 목소리가 터져 나왔다.

그러나 병사들 쪽에서 들려오는 소리는 없었다. 그저 서로가 서로를 한 번씩 쳐다보며 사다리가 걸려 있는, 계속해서 동료들이 올라오고 있는 그 앞에서 버티고만 있을 뿐.

"없다면 내가 가마!"

"우아아악!"

형님이 놈들을 향해 달려가니 비명이 터져 나온다.

그러거나 말거나 수백 명 병사가 버티고 있는 보병 방진의 한가운데에 뛰어든 형님이 방천화극을 휘두르니 적병이 우수수 쓰러지기 시작했다.

"와 저게 무슨……."

저게 사람이야?

"장군!"

황당한 마음에 내가 가만히 서서 지켜보고 있는데 허저의 목소리가 들려왔다.

"어?"

"우리도 도와야 합니다!"

"에이 씨. 알았어!"

시바.

형님도 있고 허저도 있는데 설마 내가 죽기야 하겠어?

"헉, 헉."

숨이 벅차다.

시간이 얼마 지나지도 않은 것 같은데 벌써 숨이 차오른다. 검을 쥔 손에서 힘이 빠지는 느낌이다. 한 손으로는 제대로 검을 휘두르지도 못할 것 같아 양손으로 고쳐 잡았다.

"죽어어어어어!"

얼굴에 묻은 피를 닦아내며 잠시 숨을 고르는데 저 앞에서 날 노려보던 놈이 창끝을 들이밀며 달려온다.

그와 동시에 내가 취해야 할 움직임이 머릿속에서 그려진다.

놈을 향해 마주 달려가며 살짝 옆으로 몸을 비틀어 창끝을 피했다. 단순히 찌르는 것 하나만을 믿고 덤벼들던 놈의 눈이 동그랗게 커질 때, 계속해서 놈을 향해 파고들어 검을 휘둘렀다.

서걱-!

털썩.

"망할."

지금까지 몇 명이나 잡은 건지 모르겠다. 나한테 덤비는 놈들은 전부 잡은 것 같기는 한데.

나와 허저 그리고 형님까지 단 세 명이서 지키고 있는 성벽 위엔 원소군의 시체만이 가득하다.

이쯤이면 물러날 만도 하건만, 원소군은 계속해서 사다리를 타고 꾸역꾸역 밀려 올라오고 있었다.

"여포건 누구건 상관없다! 셋 중 하나만 잡아라! 그러면 주공께서 작위와 함께 식읍을 내리실 것이다!"

"한 놈만 잡으면 네놈들뿐만 아니라 네놈들의 후손까지 떵떵거리며 살 수 있다! 무조건 잡아라!"

밑에서는 계속 저렇게 소리를 질러대고 있는데, 글쎄.

"으아아아! 비, 비켜!"

"여포다! 여포가 온다!"

"으아아아아아아악!"

우리가 잡은 숫자 이상으로 더 많은 병력이 성벽 위로 올라왔는데 어째 분위기가 묘하다. 내 쪽에서는 다들 눈이 희번덕거리며 창끝을 들이밀며 어떻게든 날 잡아보겠다고 기회를 노리는데 형님 쪽에선 다들 도망치기 바쁘다.

"뭐야. 안 덤비냐?"

오죽하면 형님이 어이가 없다는 듯 방천화극을 내려놓으며 원소군 병사들을 향해 저렇게 말하기까지 할 정도.

"시발. 난 우습다, 이거지?"

아무리 형님이랑 비교되는 거라지만 이건 좀 심하잖아?

그래도 내가 지금까지 잡은 게 몇 명인데. 심지어는 안량까지 내 손으로 잡았는데!

"여, 여포는 어쩌지 못해도 위속쯤은! 죽어라아아아아아!"

또 다른 놈이 내게 돌진해 온다.

"하, 진짜 어이가 없네."

"으허억!"

날 향해 찔러오는 창대를 검의 옆면으로 쳤다. 놈이 순간적으로 균형을 잃어가는 찰나, 발로 그 등짝을 걷어찼다.

"으아아아아아!"

놈이 저 옆으로 있는 성벽의 계단으로 굴러떨어졌다.

"쓰읍. 이래도 위속쯤이냐?"

짜증 가득한 얼굴로 침을 퉤 뱉으며 말하는데 나와 시선이 마주친 놈들이 고개를 절레절레 젓는다.

그때.

뿌우우우우우우우-!

커다란 뿔 나팔 소리가 들려왔다. 성 밖, 원소군 쪽에서 신호하는 거다.

"퇴각하라!"

그와 함께 들려오는 퇴각 명령까지.

내 앞에서 버티고 있던 놈들이 사다리를 타고 우르르 빠져나가기 시작했다. 다른 쪽에서 사다리를 타고 올라오던 놈들역시 썰물 빠지듯 빠른 속도로 성에서 멀어져 포위망 저편에설치되어 있던 원소군 영채로 돌아가고 있었다.

"하…… 이제 끝난 건가?"

힘들다. 진이 쪽 빠진 것 같다. 육체적으로 이렇게 힘든 게얼마 만인지 모르겠다는 생각마저 들 정도.

내가 한숨을 푹 내쉬며 바닥에 털썩 주저앉는데 형님과

허저가 다가왔다. 둘은 씩 웃고 있었다.

"문숙. 잘 싸우던데?"

"하, 하하…… 그랬습니까?"

"고생했다."

형님이 내 어깨를 툭툭 두드려 주는데 이제 진짜로 전투가 끝났다는 느낌이 든다.

'아, 피곤하다.'

성벽 위에 대자로 드러누우니 청명하기 그지없는 하늘의 모습이 시야에 들어왔다. 며칠 전까지 비는 안 왔어도 먹구름 정도 보였는데 지금은 구름 한 점 없이 맑기만 한 하늘이다.

하아…… 얼른 비가 와야 뭘 하건 말건 할 텐데. 도대체 홍수는 언제 난다는 거야?

"……."

원소군 영채의 중심부. 원소는 그 영채 전체를 통틀어 가장 크고 화려하게 치장된 막사에서 길고 윤기 나는 수염을 매만지며 자신의 앞에 모여 있는 이들의 면면을 응시했다.

얼마 전, 사만 병력을 거하게 말아먹었던 문추와 장합은 할 말이 없다는 듯 고개를 푹 숙인 채 조용히 앉아 있다. 전풍은 그 옆에서 이마에 하얀 천을 두른 채 창백한 얼굴로 골골거리는 중이고.

멀쩡한 건 여전히 냉정을 유지하고 있는 저수와 고간을 비롯해 아직 위속에게 패배한 적이 없는 몇몇 장수들뿐이었다.

"참으로 우스운 꼴이로군. 삼십만이나 되는 병력으로 남하해 내려왔는데 간단하게 제압할 수 있을 것이라 여겼던 여포에게 이렇게까지 고전하게 될 줄이야."

원소의 그 목소리에 좌중의 분위기가 더욱더 싸늘하게 변해가고 있었다.

"주공께선 너무 심려치 마십시오. 산양은 오래 지나지 않아 무너지게 될 것입니다."

"군사께선 정녕 그리 생각하시는가?"

"예, 오죽하면 그 여포가 직접 위속과 허저를 이끌고 성벽 일부를 막아 우리의 공격을 유도했겠습니까. 이는 필시 저들에게 우리가 알지 못하는 문제, 혹은 약점이 있다는 의미가 될 수밖에 없습니다."

"문제나 약점이라?"

마치 이런 희망적인 관측이 나오기를 기다리고 있었다는 듯 원소가 반문했다. 그 얼굴에 흥미롭다는 기색이 가득했다.

"주공께서도 아시듯, 여포는 연주의 제후이자 일군을 이끄는 군주나 마찬가지입니다. 그런 자가 자신의 위험을 자초한다는 것은 우리의 시선을 자신에게 잡아끌어야 할 이유가 있다는 것이겠지요. 오죽하면 위속 역시 여포와 함께 그 위험한 일에 동참했겠습니까."

"흠. 듣고 보니 일리가 있는 이야기로군."

"주공. 저 역시 군사와 같은 생각입니다. 오늘 성을 공격하고 돌아온 병사들의 말을 들어보니 적의 저항이 제법 거세기는 하였으나 시간이 지날수록 점점 약해졌다 합니다."

이번엔 전풍이 조심스러운 어조로 말했다. 원소의 시선이 전풍을 향했다. 그가 확신에 가득 찬 눈빛으로 원소의 그 시선을 받아내며 말을 이었다.

"애초부터 산양은 다른 성에 비해 성벽의 높이가 낮아 수성전에 적합한 곳이 아닙니다. 마침 주공의 병력이 적들에 비해 압도적으로 많으니 병력을 나눠 교대로 휴식시키는 한편 밤낮으로 공격해 적들이 쉴 시간을 주지 않는다면 오래지 않아 점령할 수 있을 것입니다."

"군사. 그대는 어찌 생각하는가?"

"소인 역시 같은 생각입니다. 지금 당장은 적병의 사기가 하늘을 찌를 듯하다고 하나 계속되는 전투로 기력이 쇠하게 되면 백약이 무효한 법입니다."

"그렇다면……."

원소가 잠시 고민하더니 고개를 끄덕였다. 불만스럽기만 하던 그 얼굴에 만족스러운 미소가 피어오르고 있었다.

"그대들의 말을 따르도록 하지. 날이 밝아오는 대로 차륜전을 시행하도록."

"으허어……."

온몸이 두들겨 맞은 것처럼 아프다.

기절한 것처럼 잠들어 있다가 깨어나기가 무섭게 성벽에 올라와 원소군 영채를 응시하는데 놈들은 어제와 같았다.

숫자가 진짜 미친 듯이 많다. 많아도 너무 많았다.

"잠이 잘 안 오는 모양이외다?"

내가 혼자 인상을 찌푸리며 원소군 영채에서 밥 짓는 연기가 모락모락 피어오르는 걸 지켜보고 있는데, 익숙한 목소리가 들려왔다. 진궁이었다.

진궁의 얼굴에는 피로감이 가득했다.

"선생도 잠을 잘 못 주무신 모양입니다?"

"상황이 상황이질 않소이까."

"죄를 지은 사람은 편히 잠들지 못한다던데요."

"크, 크흠."

진궁이 헛기침을 하며 어색하게 웃는다.

그래도 미안하긴 한 모양이다. 그런 일이 있으면 확실하게 얘기를 해줘야지. 이 양반도 형님이랑 한통속이라니까.

"오, 여기에들 모여 있었군?"

진궁을 어떻게 좀 더 갈궈볼까 고민하고 있는데 이번엔 형님의 목소리가 들려왔다.

어제와 같이 등엔 강궁과 화살을, 허리춤엔 검을 맨 채 방천화극을 들고 있는 형님이 성큼성큼 우리 쪽으로 걸어오고 있었다.

"저것들을 어떻게 때려잡아야 할지 의논하고 있던 건가?"

"뭐, 그 비슷한 방향이죠. 근데 형님은 벌써 전투를 준비하시는 겁니까? 저것들은 아직 밥도 안 먹은 모양인데요."

"무릇 장수된 자라면 타의 모범이 되어야 한다고 했다. 군주라면 더더욱 그렇지."

형님이 뿌듯한 얼굴로 그렇게 말하며 방천화극을 한쪽에 내려놓는데 지금 보니 갑옷 사이로 붕대가 감겨 있다. 왼팔과 어깨에 집중되어서.

어제는 저 양반이 제일 격렬하게 싸웠으니까. 그 와중에 부상당했던 모양.

"형님. 팔은 괜찮으신 겁니까?"

"응? 이거 말이냐?"

형님이 왼팔을 쭉 펴 보였다.

"조금 긁힌 거다. 움직이는 건 아무렇지도 않아. 보여주랴?"

"아니, 굳이 보여주실 필요는……."

"아니다. 내 상태를 명확하게 알아야 좀 더 좋은 계책을 짤 수 있을 터. 확실히 보여주마."

형님이 주변을 두리번거리더니 밤새 적들의 움직임을 감시하던 병사에게 걸어갔다.

"창 좀 잠깐 빌리마."

"예, 예! 주공."

"아니, 그 창으로 뭘 하시려고요?"

"잘 봐라."

    형님이 씩 웃으며 오른손으로 창을 쥐더니 있는 힘껏, 성벽 너머 원소군의 영채 쪽으로 집어 던졌다. 그 기다란 창이 포물선을 그리며 힘차게 허공을 꿰뚫는다.

    그리고 들려오는 건······.

    "끄어억!"

    "저, 적습이다!"

    "적들이 쳐들어왔다!"

    "기습이다! 기습이야!"

    둥- 둥- 둥- 둥-!

    원소군 영채에서 밥을 지을 준비를 하며 쭈그려 앉아 있던 병사의 비명과 그 주위에 있던 또 다른 병사들이 내지르는 목소리, 거기에 더 해서 적습을 알리는 웅장한 북소리였다.

    "어떠냐. 괜찮지?"

    우리와 함께 그 광경을 지켜보던 형님이 만족스럽다는 듯 반문하며 또 다른 창을 몇 개나 가지고 오더니 붕붕 던지기 시작했다.

    "끄아아아악!"

    "여, 여포다! 여포가 창을 던진······ 커허억!"

    "도망쳐어어어어어어어어억!"

    어떻게 저렇게 잘 던지는 건지 모르겠다.

    "허······ 이 정도면 팔십 장은 될 거리이거늘."

    나와 함께 그 광경을 지켜보던 진궁이 어이가 없다는 듯 중얼거린다.

내 말이. 저게 사람이야? 이 거리에서 창을 던져서 적을 맞춘다는 게 말이 돼?

고래고래 소리를 질러대며 움직이는 놈들만 골라 창을 던지는데 신기하게도 빗나가는 일 없이 놈들의 등을 꿰뚫는다.

그럴 때마다 형님의 득의양양한 미소가 더욱더 진해지고 있었다. 그리고 거기에 더 해서.

뿌우우우우우우-!

원소군 영채에서 울려 퍼지는 뿔 나팔 소리와 함께 밥을 짓기 위해 준비 중이던 녀석들이 허겁지겁 각자의 막사로 돌아가 갑옷을 입고, 창을 챙겨 나오고 있었다.

"어디냐! 기습해 왔다는 적들은 어디에 있는 것이냐!"

"기, 기습이 아닙니다! 여포가 창을 던지고 있습니다!"

"뭐야?"

"성에서 여기까지 거리가 얼만데 창을 던져! 말이 되는 소리냐, 그게!"

"지, 진짜란 말입니다! 보십시오!"

병사가 이미 창에 맞아 절명해 있는 병사들을 가리킨다.

천부장이 형님을, 그 병사들의 몸을 꿰뚫은 창을 번갈아 쳐다본다. 그 얼굴이 공포로 물들어가고 있었다.

"봐. 오른팔은 멀쩡하지? 왼팔도 완전 멀쩡해."

그러거나 말거나 형님은 만족스러운 얼굴로 기분 좋게 웃으며 어깨에 멘 강궁을 꺼내 들더니, 거기에 강철로 된 화살을 걸어 시위를 당기고 있었다.

"어어, 여포 저 괴물이 이번엔 활을 쏜다!"

"피해, 피해애애애!"

"우아아아악!"

형님이 활을 겨냥하기가 무섭게 그쪽에 있던 병사들이 우르르 도망친다. 형님이 이상하다는 듯 고개를 갸웃거리며 좀 전의 천부장이 끌고 온 병력 쪽으로 활을 겨누니 이번엔 또 그놈들이 사방으로 흩어지며 정신없이 도망치고 있었다.

"하, 귀여운 놈들이군."

형님이 그렇게 중얼거림과 동시에.

피슝-!

잔뜩 당겨져 있던 강궁의 시위가 움직이며 강철 화살을 뱉어냈다. 그 화살이 허공을 꿰뚫으며 날아가 이제는 도망치느라 여념이 없던 천부장의 가슴팍을 꿰뚫고 있었다.

"크허어어어억!"

천부장이 절명하며 말에서 떨어지고, 원소군 병사들은 더더욱 패닉에 빠져 사방으로 흩어져 도망치고 있다.

형님이 그 모습을 물끄러미 쳐다보더니 내게로 다가와 말했다.

"뭐야. 이것도 네 계책이었냐?"

"예?"

"네가 팔 상태 한번 보자고 해서 창 던지고, 활 좀 쐈더니 쟤들 난리 났잖아. 역시, 우리 문숙이 말을 들으면 자다가도 떡이 나오는구만?"

"하, 하하…… 그렇습니까?"

"앞으로는 아침마다 활 좀 쏘고, 창 좀 던지고 해줘야겠다. 나쁘지 않네, 이런 것도."

그러면서 형님이 씩 웃으며 성벽을 내려가는데 아무래도 원소군의 저 혼란이 수습되려면 시간이 좀 걸릴 것 같다.

'확실히…… 여포는 여포구나.'

피슝-!

형님이 쏜 강궁의 화살이 저 멀리에 있던 원소군 영채를 향해 날아간다.

하지만 거리가 멀어도 너무 멀었다. 며칠 전의 일격이 있었던 직후, 원소군은 곧장 영채를 뜯어 뒤로 물렸다. 덕분에 지금 원소군의 영채는 성에서 거의 1㎞ 가까이 떨어져 있었다.

"역시 성 위에서 쏘는 건 안 되겠군."

등 뒤에서 거세게 불어오는 바람의 힘을 기대하며 쏜 것인데도 형님의 강궁은 원소군 영채에서 한참을 못 미치는 곳에 떨어졌다.

형님이 입맛을 다시며 그 모습을 응시하고 있었다.

"아무래도 나가서 쏘고 와야겠다."

"또요?"

"운동 삼아 하는 거야. 다녀오마."

형님이 성벽을 내려가더니 적토마를 타고선 홀로 성을 빠져나가 적진을 향해 질주하기 시작했다. 그런 형님의 손에 방천화극 대신 강궁이 들려 있었다.

재들이 뒤로 물러났으니 형님이 직접 가까이 가서 쏜다는 거겠지. 어차피 일반적인 활과는 비교할 수조차 없을 정도로 사거리가 긴 게 강궁이니 위험할 일도 없고.

두두두두-

내가 그렇게 생각하는 와중, 저 멀리에서 말발굽 소리가 들려오기 시작했다. 원소군의 기병대가 영채를 나와 형님을 요격하기 위해 질주해 오고 있었다.

"땅에 떨어졌던 사기가 다시 회복되는 모양입니다."

나와 함께 형님의 모습을 지켜보고 있던 공명이 말했다.

"그러게. 재들 움직이는 게 다시 과감해졌다."

전 병력이 다 함께 움직이며 성을 공격하던 것을 제외하면 따로 소규모 병력의 운용을 일절 않던 원소군이다.

그랬던 놈들이 이제는 오백 명 남짓한 기병을 따로 내보내 형님을 막고자 한다는 것은 첫날의 충격이 어느 정도 해소됐다는 의미가 될 수밖에 없다.

"이 상태로는 쉽지 않을 것 같습니다."

"네가 보기에도 그러냐?"

"예, 식량엔 문제가 없으나 화살이 좀 부족합니다. 전사자와 부상자의 숫자도 상당하고요."

"갑갑하구만."

성벽이나 좀 높으면 적들이 사다리를 타고 올라오는 동안 활을 쏘고, 끓는 기름을 끼얹어 불을 붙이고 할 거다. 그러는 동안 숫자가 확확 줄어들겠지.

그러나 이곳 산양성은 성벽이 낮은 축에 속한다. 사다리를 걸기도 편리하고, 그걸 타고 올라오기도 쉽다. 올라와야 할 거리가 짧으니 그동안 숫자를 줄이기도 어렵고.

계속 이렇게 버티는 것으로는 답이 없다. 변수가 없으면 그냥 병사들의 숫자가 계속해서 줄어들다가 어느 시점엔 허망하게 점령당하는 미래가 찾아올 터다.

"빨리 비가 와야 할 텐데."

"비요?"

"어? 뭐, 그런 게 있어."

"비는 좀 있으면 올 것 같기는 합니다만."

공명이가 하늘을 올려다보며 말했다.

"진짜로?"

"예, 오늘 잠에서 깨어나 하늘을 보는데 새들이 낮게 날더군요. 하여 확인해 보니 장독의 소금이 눅눅해져 있었습니다. 조금만 기다려 보십시오. 비는 곧 옵니다."

그러면서 공명이 날 쳐다본다.

"아, 그리고 스승님께서 지시하셨던 그 건 말입니다. 완성했습니다."

"오, 그러냐?"

"예."

"그러면 임성으로 사람을 보내. 그쪽으론 원소군이 안 갔을 테니 그쪽에서 지원을 좀 받아야겠다."

"알겠습니다."

"그나저나 조조 쪽은 어떤 것 같냐? 진짜로 모르는 분위기 인가?"

"그런 것 같았습니다. 다른 사람도 아니고 종제인 하후돈을 보내지 않았습니까. 그가 와서 한 이야기들을 종합해 보면 확실히 원소와 손을 붙잡은 것 같지는 않았습니다."

"그렇구먼. 형님께는 내가 말씀드리마. 하후돈은 포위가 풀리면 돌려보내."

"예. 그리고…… 말씀드리고 싶은 게 하나 더 있습니다."

"엉?"

"스승님께서 무엇을 준비하셨는지는 모르겠습니다만, 이 제자는 두 귀를 깨끗이 닦고, 눈을 똑바로 뜨고 하나부터 열까지 빠짐없이 지켜보고 배울 것입니다."

"하, 하하…… 그래. 열심히 보고 배우렴. 그게 다 내 피가 되고 살이 될 테니까."

공명이가 알겠다는 듯 포권했다.

본인의 피와 살을 말한 거라고 이해한 얼굴이다. 사실은 그게 아니라 내 피와 살이 되는 건데 말이지.

"쑥쑥 자라라. 나는 네가 장성할 그 날만을 기다리고 있으니."

"크기는 지금도 이미 다 컸습니다, 스승님. 대업을 맡겨만 주신다면 지금이라도 얼마든지……."

"으아아악! 불이다!"

공명이가 초롱초롱한 눈동자를 반짝이며 말하는데 저 아래에서 뭐가 떨어지는 소리와 함께 비명이 들려왔다. 성문 쪽이다.

"뭐야?"

"스승님. 제가 가서 보고 오겠습니다."

"오냐."

누가 뭘 떨어뜨리거나 그런 거겠지. 많이 다치지나 않으면 다행일 텐데.

그나저나 진짜 어떻게 해야 하지? 홍수가 날 때까지는 버텨야 하는데 지금 상황으로 보면 홍수는커녕 비가 올 때까지 버틸 수 있을지도 간당간당하다. 쓰읍.

"스, 스승님! 스승님!"

내가 인상을 찌푸리고 있는데 저 아래에서 공명의 다급한 목소리가 들려왔다.

"왜 인마!"

"자, 잠깐 내려와서 보셔야 할 것 같습니다!"

공명의 목소리가 심상치 않다. 저 똑똑한 놈이 당황할 정도라면…… 뭐지? 갑자기 등골이 싸하다.

나는 황급히 성문 쪽으로 내려갔다.

그랬는데…….

"하……?"

"물을 가지고 와라!"

"물도 가지고 오고, 모래도 가지고 와라! 뭐가 됐건 뿌려서 꺼야 한다!"

"서둘러! 불이 커지고 있다고!"

성문이 불타오른다.

그 불을 꺼보겠다고 백 명에 가까운 병사들이 달려들어 움직이고 있다. 성문을 지키고 있던 위월도, 마침 근처를 지나가다가 그 광경을 발견한 후성도, 저 뒤쪽에서 군무를 보고 있던 진궁도 화들짝 놀라 달려와 있었다.

성문 위쪽에서 끓이고 있던 기름통이 떨어진 모양이다. 그걸 달구던 불 역시 함께. 그래서 기름에 불이 붙고, 성문 쪽으로까지 옮겨붙은 모양인데.

"스, 스승님⋯⋯."

공명의 얼굴이 하얗게 질려 있다. 나도 머릿속이 새하얀데, 아직 어린 데다 경험도 별로 없는 공명이는 오죽할까.

상황을 파악하고, 해결책을 만들어야 한다.

"공대 선생."

"위, 위속 장군."

"성문은, 저건 괜찮은 겁니까?"

무쇠로 된 틀에 단단한 나무를 가져다가 만든 문이다. 내가 그걸 손으로 가리키며 말했다.

진궁이 고개를 끄덕였다.

"성문, 성문 자체는 괜찮을 거외다. 저건 적의 화공에 대비해 어지간해선 불에 타지 않도록 특수하게 처리한 것이니까. 보시오. 지금도 불이 났지만, 성문은 불타지 않고 있잖소이까."

확실히 그래 보인다. 그러면 괜찮은 건가?

"문제는 성문이 아니라 버팀목이오. 저건 성의 안쪽에 있으니 화공에 대비한 처리도 되어 있지 않소."

그러고 보니 버팀목이 불타오르고 있다. 불이 붙음과 동시에 수많은 이들이 달라붙어 화재를 진화하고 있어 불길은 빠르게 작아지고 있지만…….

"저거. 여분은 있는 겁니까?"

"있소. 병기고의 바람이 잘 통하는 곳에 저장되어 있지. 그러나 가지고 오려면 시간이 걸리오."

'병기고라니…….'

병기고면 산양성의 중심부인 태수부 바로 옆이다. 거기에서 여기까지 오려면 말을 타고도 20분 이상 걸리는 거리이고. 잘못하면 저걸 바꿔 끼우기도 전에…….

"자, 장군!"

불길한 상상이 내 머릿속에서 이어지고 있을 때, 후성이 달려왔다.

"어?"

"원소군이 움직이고 있습니다. 공격을 시작하려는 것 같습니다!"

"시발……. 가지가지 하는구나."

겉으로 보기엔 버팀목이 원래의 모양새를 유지하고 있지만 일단 불에 탄 이상, 내구도가 어느 정도일지는 알 수 없다. 최악의 경우엔 원소군이 와서 몇 번 성문을 두드린다고 곧장 부러져 버릴 수도 있다.

그렇게 되면 성문은 활짝 열리고, 원소군이 밀려들어 오는 거다. 그런 일이 생기는 것만은 막아야 한다.

하지만 어떻게?

"뭐가 걱정이냐?"

내가 인상을 찌푸리고 있는데 형님의 목소리가 들려왔다.

"형님?"

"걱정할 필요 없다."

"아니, 지금 이게 걱정을 안 할 상황이 아니잖습니까."

"나한테 좋은 생각이 있거든? 그대로만 하면 되지 않겠어?"

"주공. 무슨 좋은 방도라도 있으십니까?"

진궁이 반문했다. 그러면서도 별로 기대하는 것 같은 눈치는 아니다. 딱 봐도 '내가 막으면 된다. 그동안에 처리해라' 같은 대답이 나올 거라 생각하는 얼굴이었다.

나도 진궁이랑 비슷한 생각이다. 삼십만지적 얘기나 안 나오면 다행이지.

그랬는데.

"문숙과 함께 나가서 시선을 끌어보마."

"예? 저랑 시간을 끈다고요?"

"그래. 이제 네가 한 명의 장수로서 전면에 나설 때도 되질 않았느냐."

"아니…… 전면에 나서는 건 이미 한참 전부터 그랬던 것 같은데요."

"그런 의미가 아니다. 한 명의 장수로서, 한 명의 남자로서 적장과 싸워보라는 얘기지."

형님이 씩 웃는다.

'저거…… 일기토 얘기하는 거지?'

내가 황당해서 형님을 쳐다봤다.

웃고 있지만, 형님의 눈은 진지하기 그지없었다.

"흠. 확실히 주공의 말씀대로 하면 시간을 벌 수 있을 것 같기는 합니다."

"고, 공대 선생?"

"주공께서 직접 적장에게 일기토를 청한다면 저들이 응하지 않겠지만 위속 장군이라면 다르오. 열에 아홉은 받으려 들겠지. 게다가 장군은 저들에게 원한도 사질 않았소이까?"

"아니, 원한을 사기는 했는데…… 아니, 진짜."

'형님. 저한테 왜 이래요?'

그 말이 목구멍까지 치미는데 이번엔 차마 말을 못 하겠다. 말도 안 되는 소리라고 매도하고 싶지만. 확실히 일리는 있으니까.

날 죽이고 싶어서 안달 난 놈이 한 둘이 아닐 거다. 나와의 일기토에 전념하느라 공성전을 펼치는 건 약간 미뤄질 거고, 그 사이에 버팀목을 가져다 교체할 수 있겠지. 내가 직접 목숨을 걸고 나서야 한다는 점만 제외하면 완벽한 작전이다.

갑작스러운 사고로 우리가 패닉에 빠져 있을 때, 형님이 이렇게 아무렇지도 않게 계책을 던져줬다는 게 믿기지 않을 정도로.

"가자."

"잠깐만요, 형님."

"왜 또?"

"다 좋은데 제가 못 버티면 말짱 꽝 아닙니까."

"네가? 못 버틴다고?"

형님이 어이가 없다는 듯 날 쳐다보더니 성큼성큼 다가와 내 어깨에 손을 얹으며 말을 이었다.

"문숙. 진지하게 얘기하마. 안량이라면 또 모를까, 문추나 장합 같은 자들은 너와 동수다. 이백 합 이내에서는 승부가 안 날 테니 걱정하지 마라."

2장
니들 진짜 장난 아니네

끼이이익-

성문이 열렸다.

아직도 삼십만에 가까운 규모를 유지하고 있는 원소의 대군이 성을 향해 접근해 오고 있다. 사다리를, 성문을 들이칠 충각을 선두에 두고 움직이는 그 모습을 보고 있노라니 전율마저 느껴질 정도. 성 위에서 지켜보던 것과는 또 다른 느낌이다.

왼쪽 끝에서 오른쪽 끝까지 어디를 봐도 보이는 원(袁)이 새겨진 깃발이며, 병사들의 모습은 정말 압도적이라는 말조차 모자랄 정도였다.

"가자."

형님이 말했다.

내가 고개를 끄덕이며 형님을 따라 나아가니 성큼성큼 다가오던 원소군 쪽에서 뿔 나팔 소리가 울려 퍼졌다.

원소군 병사들의 움직임이 멈추며 그 사이에서 장수 한 명이 달려 나오고 있었다.

"나는 호분 중랑장 장합이다! 항복을 위해 나온 것이냐?"

얼굴은 잘 모르겠지만, 목소리는 꽤 익숙하다. 문추와 함께 패해서 도망가는 걸 추격하며 질리도록 들은 목소리니까.

"네놈이 장합이구나. 지루한 전투가 계속 이어졌으니 흥을 돋워보고자 한다. 어떠냐, 내 동생과 승부를 겨루어보는 것이."

그런 놈을 향해 형님이 방천화극으로 날 가리키며 말했다.

장합의 눈이 동그랗게 커졌다. 놈은 믿을 수 없다는 듯 나를, 형님을 번갈아 쳐다보고 있었다.

"뭐야. 설마 겁먹은 거냐? 문숙이 싫다면 다른 녀석을 데리고 오랴?"

"자, 잠깐 기다려라!"

자신의 선에서는 결정할 수 없다는 거겠지.

장합이 말을 돌려 돌아갔다.

하, 분명 싸움이 나면 저놈이나 문추나 둘 중 하나가 나올 건데. 내가 저런 놈을 상대로 싸울 수가 있나? 걱정이 태산이다.

"걱정하지 마라, 문숙. 내 눈을 믿어라."

진지하기 그지없는 어조로 형님이 말하는데 묘하게 마음이 안정된다. 이 시대에서만큼은 가장 강력한 게 바로 우리 형님이다. 무의 극으로 향하는 양반의 말이니…… 그 말대로 되지 않을까 싶기도 하고.

'아, 갑자기 군 시절에 피웠던 담배가 당긴다.'

내가 인상을 찌푸리고 있는데 저쪽에서 장합이 달려 나온다. 쟤 어째 좀 흥분한 것 같은데…….

"여포! 우리 주공께서 네 제안을 허락하셨다!"

"오, 그래? 잘 됐군."

"위속! 내가 너를 상대할 것이니 앞으로 나와라!"

그러면서 장합이 혼자 앞으로 나오는데 그 뒤로 백 명쯤 되는 병사들이 달려 나온다. 그놈들의 손에 북이 하나씩 들려 있었다.

'시발…… 무슨 응원단이냐?'

둥둥- 둥둥- 두두둥- 둥둥!

내가 앞으로 나가니 천지를 울리는 것 같은 커다란 북소리가 울려 퍼진다. 그 소리에 맞춰 원소군이 함성을 내지르고 있다. 귀가 다 따가울 정도로 큰 소리. 소리만 큰 게 아니라 위압감마저 느껴진다.

저렇게 많은 사람이 장합을 응원하고 있다는 거니까. 가슴이 쿵쾅쿵쾅 뛴다. 원래부터가 많은 사람의 앞에 나서는 걸 안 좋아하던 나인데…….

"겁나느냐?"

말을 몰아 내 앞으로 다가오며 장합이 말했다. 놈의 입가에 비릿한 미소가 피어올라 있다.

"목을 길게 빼거라. 그러면 두려울 틈도 없이 한 방에 보내 줄 것이니."

장합의 창끝이 나를 향한다.

싸움이 시작되면 저걸로 날 찔러 죽이려고 하겠지.

그 꼴이 날 걸 생각하니 압도적 다수에 대한 긴장, 그리고 죽음에 대한 공포 대신 분노가 치민다. 내가 지금까지 살아남 으려고 얼마나 고생했는데. 여기에서 죽으면 말도 안 되지.

"나한테 속아서 지 새끼들 다 버리고 빤스 런한 새끼가 똥 폼은."

"뭐?"

빤스 런이 무슨 말인지는 알아듣지 못했을 거다.

그러나 장합의 눈매가 꿈틀거린다. 대충 무슨 뜻인지는 알 아들은 거겠지.

"너만 빡치냐? 나도 빡쳐. 시끄러우니까 덤벼. 얼른 끝내고 돌아가게."

캉, 카가가강-!

치잉, 채채채채쟁-!

"와아아아아아아아아! 장합 장군!"

"힘내십시오, 장합 장군!"

창과 창이 부딪치는 그 요란한 쇳소리와 함께 장합을 응원하는 병사들의 목소리로 사방이 가득하다.

그런 와중에서 저수가 원소와 함께 전선으로 나와 위속과 장합이 싸우는 모습을 지켜보고 있었다.

"저자가 위속이란 말인가?"

"그렇습니다, 주공."

저 멀리에서 장합과 혈전을 벌이고 있는 위속의 모습을 응시하며 원소가 수염을 매만졌다.

"참으로 인재로다. 저런 자가 어찌 여포 따위에게……."

그런 원소의 입에서 안타깝기 그지없는 목소리가 새어 나오고 있었다.

"여포의 종제이질 않습니까, 주공."

"군사. 저자를 항복시켜 내 사람으로 만들 방법이 없겠는가?"

"위속을 말입니까?"

"보게. 지략은 자네와 버금가면서도 그 무위가 장준예와 버금가질 않는가. 저런 자를 원수로 삼아 일군을 맡긴다면 원술, 조조 따위는 전혀 걱정거리가 되지 않을 걸세."

"확실히…… 그러할 것입니다."

위속 개인에 대한 호불호를 떠나 그가 원소의 막하에 들어오게 된다면 권력 구조에 엄청난 변화가 생겨날 거다. 어쩌면 자신이 이인자에서 삼인자로 밀려날 수도 있다.

저수는 그렇게 생각하며 소매 속에서 주먹을 움켜쥐고 있었다.

"방법을 찾아보게. 위속을 내 사람으로 만들 방법 말이야."

"알겠습니다, 주공."

쉬익-! 슈슈슝-!

장합의 창이 미친 것 같은 속도로 찌르고 들어온다. 머리를 향해, 아니, 가슴팍을 향한 공격이다.

말을 몰아 몸의 방향을 틀고, 창을 휘둘러 공격을 쳐냈다.

처음엔 솔직히 나도 내가 뭘 하는 건지 알 수 없었다. 그냥 공격이 오는 걸 인지함과 동시에 몸이 자동으로 움직이는 것에 가까웠다. 원래의 위속이 지니고 있던 무위가 몸에 기억되어 펼쳐졌던 거겠지.

그런데 지금은 아니다.

캉-!

얼굴을 향해 찌르고 오는 창을 쳐내며 나는 창끝의 반대쪽을 휘둘러 장합의 가슴팍을 후려쳤다.

"큭."

놈이 인상을 찌푸리며 고통스러운 신음을 흘리고 있었다.

"제법이구나. 위속."

"멋있는 척하지 마, 똥쟁아. 만 명이나 되는 병력을 꼬라박아서 다 죽이는 개똥을 싸놓고 이제 와서 쿨한 척 칭찬하는 게 말이 되냐?"

방금 일격으로 잠깐 뒤로 물러났던 장합의 입술이 씰룩인다. 놈은 분노가 치미는 걸 억지로 참아내고 있었다.

"병주 촌놈이라 그런지 교양이 참으로 없군."

"교양은 개뿔이. 싸워서 이기면 그게 교양이다. 그런 면에서 넌 개똥이다. 자기도 수습하지 못할 똥을 더럽게 싸놔서 그게 네 주공의 얼굴까지 역류하고 있거든."

"이런 미친 자가……."

장합의 얼굴이 또다시 벌겋게 달아오른다.

놈을 경계하며 난 힐끔 뒤쪽을 쳐다봤다. 진궁이 성문 앞에 서 있었다. 그러고는 성 안쪽과 날 번갈아 쳐다보고 있는 중이다.

아직 안 끝난 모양인데? 아, 얼마나 더 기다려야 하는 거야.

"내 기필코 네놈의 목을 베어 전사한 형제들의 넋을 위로할 것이다. 와라!"

"내가 왜 가? 네가 와라, 이 똥쟁이 새꺄."

장합의 얼굴이 터질 것처럼 붉어졌다.

놈이 이를 악물고선 말의 배를 걷어차며 날 향해 질주해 오는데 저 뒤에서 기다리고 또 기다리던 목소리가 들려왔다.

"장군!"

진궁의 것이었다.

신호다. 버팀목의 교체가 끝났다는 신호.

"죽어라!"

난 있는 힘껏 찔러 오는 장합의 창을 막아내며 말고삐를 쭉 잡아당겼다.

히히히힝-!

내가 타고 있던 말이 앞다리를 들어 올리며 허공에다가 대고 몇 차례 발길질하니 장합의 말이 화들짝 놀라 뒤로 물러났다.

어느새 놈과 나 사이의 거리가 4m 가까이 벌어져 있었다.

"무슨 개짓거리냐!"

"그냥, 이게 무슨 의미가 있나 싶어서."

"뭐?"

황당하다는 듯 반문하는 놈을 최대한 진지한, 웃음기 없는 얼굴로 쳐다보며 내가 말했다.

"장합아. 그냥 내가 진 거로 하자. 네가 이겼어."

"뭐, 뭐라?"

"잘 싸웠다. 안녕."

"이, 이, 이게 무슨!"

황당해하는 놈을 뒤로하고서 말의 배를 걷어차며 가능한 가장 빠른 속도로 성문을 향해 달렸다.

혹시나 장합이 따라오지나 않을까 가슴이 두근거렸는데 뒤를 보니 놈은 그냥 어이가 없다는 얼굴로 날 쳐다보고 있었다.

"고생했다, 문숙. 잘 싸우던데? 시간만 충분했으면 네가 이겼을 수도 있겠다."

"에이, 형님. 그래도 그 정도는 아니었습니다."

"아냐. 무장으로서의 능력이 만개하고 있다. 이 형의 말을 믿어라."

성문에 도착해 형님의 그 말을 들으니 나도 모르게 웃음이
나왔다.

"흐흐."

"장합과 싸워서 버틴 것도 버틴 거지만…… 공대 선생. 이거
완전 그거 아닙니까?"

"그거라니?"

"형님의 계책으로 저수, 전풍을 농락한 거잖습니까."

"응? 내 계책으로? 뭐, 그렇지? 흐흐흐."

형님이 기분 좋게 웃는다.

"생각해 보니 그렇구려. 저수와 전풍이 알면 참으로 즐거워
할 일이오."

"잠깐만 기다려 보시죠. 제가 가서 알려주고 오겠습니다."

아직 닫히지 않은 성문을 지나며 내가 다시 밖으로 나갔다.

장합은 여전히 황당하다는 듯 날 쳐다보고 있다. 주변의 원
소군 병사들 역시 마찬가지였다.

"참으로……."

어처구니없는 위인이 아닌가. 저수는 그렇게 생각하며 위속
의 모습을 지켜보고 있었다.

먼저 일기토를 청해놓고선 싸움이 채 마무리되기도 전에 자
신이 진 것으로 하자며 돌아가다니.

"웃기지도 않는 자로군."

원소 역시 저수와 같이 생각한다는 듯 고개를 끄덕이고 있었다.

그랬는데.

"야! 장합! 저수, 전풍한테 말 좀 전해줘라! 사실 이거 우리 성문에 불이 나서 그거 교체하려고 시간 끈 거다?"

"흠, 그랬던 건가."

울려 퍼지는 위속의 목소리에 저수가 고개를 끄덕였다.

"성문 쪽에 문제가 있었군."

"그러게 말입니다. 문제가 있기에 위속이 위험을 감수한 것이라 생각하긴 했는데 성문이라…… 그냥 공격했으면 이틀에서 사흘은 아꼈을 것인데 아쉽게 되었습니다."

"성의 함락은 이미 결정된 것이나 마찬가지. 사흘을 더 버틴들 뭐가 달라지겠는가."

별 의미는 없다. 원소도, 저수도 그렇게 생각하고 있었다.

그랬는데.

"그리고 이 계책. 우리 형님이 만드신 거야. 야, 니들 어떻게 우리 형님 계책에 속아 넘어가냐. 장난 아니네, 진짜."

"형님이라니?"

멀찌감치 들려온 그 목소리에 저수의 눈매가 가늘어졌다.

위속이 형님이라고 부를 존재는 저수가 알기로 한 명밖에 없었다.

여포.

"설마…… 허허……."

저수가 너털웃음을 터뜨렸다.

여포가 세운 계책이라니. 웃기지도 않은 이야기다.

하지만 계획이 좀 엉성하기도 했다. 단순히 성벽에 문제가 생겨 시간을 끌 것이라면 이렇게 위험을 무릅써 가며 싸움을 붙여야 할 필요도 없다.

만약 자신이 계책을 세웠다면 분명 그리했을 것이다. 그것은 위속이나 진궁이 세웠을 때 역시 마찬가지일 터.

그렇다는 건…….

"이, 이, 이!"

저수의 얼굴이 벌겋게 달아올랐다.

"여포, 여포의 계략에 이 저수가 넘어가다니!"

말도 안 되는 일이다. 어찌 여포에게!

분노에 가득 찬 저수가 주먹을 움켜쥐며 분노에 몸을 떨었다. 옆에서 그 모습을 응시하며 원소가 혀를 쯧쯧 차고 있었다.

"흠."

확실히 상황이 안 좋다.

형님의 계략으로 저수를 물 먹이며 버팀목이 불탔던 건 확실하게 해결했지만 큰 그림은 아직도 여전하다. 원소군은 여전히 강대하고, 산양의 성벽은 낮으며 우리 쪽 병사들은 지쳐

가고 있었다.

뿌우우우우우-!

뿔 나팔 소리와 함께 성벽 위로 달려들던 원소군 병사들이 썰물 빠지듯 물러난다. 오늘의 싸움은 이렇게 끝나는 모양.

아침 해가 떠오른 그 순간부터 지금까지 거의 12시간 가까이 쉼 없이 격전을 치른 우리 쪽 병사들이 엉망이 되어버린 몰골로 땅에, 성벽 위에 주저앉고 있었다.

"고생 많았다, 문숙."

병사들과 비슷하게 피곤한 기색이 역력한 얼굴로 형님이 내게 다가와 말했다. 그러고선 내가 뭔가 말하기도 전에 손을 흔들어 보이며 터덜터덜 성벽 밑으로 내려간다.

형님도 지친 거다. 그 여포가 저렇게 지칠 정도면 일반 병사들은 오죽하겠어…….

"으."

이럴 때일수록 나도 함께 싸워서 도움이 되어야 하는데 얌전히 뒤에서 상황을 타개할 방법을 찾으라는 형님의 명령으로 전투에 참여하질 못했다. 그랬으면 뭔가 기막힌 계책을 뽑아내야 하는데 그러지도 못하는 중이고.

대신 두통만이 밀려올 뿐이다.

"변수를 만들어야 하는데……."

관자놀이를 매만지며 나도 모르게 중얼거렸다.

조금 내리고 말았던 비가 폭우가 되어 내릴 때까지, 그 비가 홍수가 되어 이 일대를 뒤덮을 때까지 버티려면 뭐가 되었건 방법을 찾아야 한다.

겸사겸사 온종일 전투를 치르며 지친 장수들이 조금이라도 쉬며 체력을 회복할 수 있도록 내가 대신 지휘를 맡아 적들의 습격에 대비하기도 해야 하고.

"장군께선 내려가십시오. 이곳은 제가 맡겠습니다."

그렇게 생각하며 있는데 후성이 성루에 올라왔다.

녀석도 꼴이 말이 아니다. 갑옷은 곳곳에 베인 흔적이 역력하고, 팔이며 다리며 붕대가 칭칭 감겨 있었다.

"야. 너는 몸도 성치 않은 놈이 뭘 맡겠다는 거야?"

"장군. 아직도 모르십니까? 원래 이런 건 다친 놈들이 맡는 법입니다."

"뭔 헛소리야?"

"전 얼마든지 대체할 수가 있으니 다쳐도 되고, 이렇게 고생해도 됩니다만 장군은 대체 불가능이잖습니까. 그러니까 얼른 가서 고민이나 하십쇼. 우리가 이길 수 있도록 방법을 만드는게 장군이 하실 일입니다."

평소의 후성답지 않은 모습이다.

녀석이 진지하기 그지없는, 장난기라곤 찾아보려야 찾아볼 수 없는 얼굴로 날 쳐다보고 있었다.

"절 배려하겠다고 여기에서 장군이 계시다가 괜찮은 계책을 만들지 못하게 되면 어떻게 합니까? 조금 고생하는 건 상관없습니다. 안 죽고 살아남는 게 중요하죠. 주공을 따르는 병사들 역시 같은 마음일 겁니다."

"맞습니다, 장군. 이곳은 저희에게 맡기고 가십시오."

"좋은 계책을 만들어주십시오, 위속 장군!"

"부탁드립니다, 장군!"

녀석과 함께 온, 녀석과 마찬가지로 다치고 지친 병사들이 날 쳐다보며 말한다.

'시벌⋯⋯.'

마음 같아선 시끄럽다고, 내가 할 거니까 너희들은 가서 쉬라고 호통치고 싶은데 그 말이 입 밖으로 나오질 않는다.

쟤들이 말하는 게 맞기도 하니까.

"계책⋯⋯ 알았다."

가슴이 먹먹해진다.

난 후성을, 병사들의 얼굴을 하나하나 응시하고서 성벽 아래쪽으로 내려갔다. 저 녀석들에게 보답하기 위해서라도 제대로 된, 상황을 반전시킬 수 있을 계책을 만들어야 한다.

하지만 어떻게?

"슬슬 올 때가 되기는 했는데."

지금 상황에서의 변수라곤 장료가 이끌고 올 지원군 정도가 전부다. 그 숫자는 아무리 많아 봐야 일만 명가량. 현실적으로는 오천 정도가 한계겠지. 삼십만이나 되는 적들의 규모와 비교하면 한 줌도 안 되는 수준이다.

"후⋯⋯."

'그것들이 와도 답이 없을 것 같은데⋯⋯.'

인상을 찌푸리며 장작불이 타오르는 것을 지켜보고 있는데 내 쪽을 향해 다급히 달려오는 발소리가 들려왔다.

"스승님! 스승니이임!"

공명이었다.

"뭐야, 갑자기. 또 무슨 일이라도 생긴 거냐?"

"아니요, 그게 아니라요. 좋은 생각이 나서요."

"좋은 생각?"

녀석이 내 앞에 서며 고개를 끄덕인다. 급하게 달려온 듯, 거친 숨을 몰아쉬던 녀석이 자신만만해진 얼굴로 날 쳐다보고 있었다.

"스승님께서 지금껏 치르신 전투를 하나하나 찬찬히 복기하고 있던 차에 계책이 떠올랐습니다."

"뭔데?"

"요즘 사군께선 매일 잠에서 깨어나시자마자 성벽으로 올라가고, 성문 밖으로 나가며 적들에게 강궁을 쏘시잖습니까. 그것도 딱 열 발씩만요."

"그랬지."

"그래서 적들은 아침에 화살이 날아오면 당연히 사군께서 움직이신 것으로 생각하고 있습니다. 이 점을 역이용하자는 겁니다. 세양에서 위월 장군이 스승님의 갑옷을 입고 스승님이 북문에 계신 양 전투를 지휘하셨던 것처럼요."

"그러니까…… 형님이 성에 있는 것처럼 대타를 세워서 연기했다가 원소군 후방을 치자는 거야? 장료 장군의 지원군과 합류해서?"

"예, 스승님. 땅굴이 있으니 원소군에게 들키지 않고 성 밖으로 나갈 수 있어요. 사군이 앞에 계시는 줄 알고 대비하고 있었는데 갑자기 뒤에서 군을 이끌고 나타나신다면……."

"원소군은 혼란에 빠지겠지. 다른 누구도 아니고 형님인데."

"그렇죠?"

공명이가 씩 웃는다.

"사군께서 장료 장군의 원군과 함께 적진 후방을 기습했을 때, 아직 상태가 괜찮은 병사들과 함께 성문을 열고 나가 호응한다면 혼란은 배가될 겁니다."

"하는 김에 하나만 더 추가하자."

"예?"

"어차피 지원군은 기병 위주가 될 거 아니냐. 돌파해야 하니까."

"그렇겠죠."

"그러니 작은 나뭇가지 같은 걸 말에 묶어서 질질 끌며 이동하면 흙먼지가 생길 거다. 적들은 등 뒤에서 대군이 나타난 거로 생각하고 더 혼란스러워하겠지."

"오…… 그렇게 한다면 확실히……."

백우선을 팔랑이며 잠시 고민하던 녀석이 날 쳐다본다. 녀석은 존경스럽기라도 한 것처럼 날 쳐다보고 있었다.

"전 거기까지는 미처 생각하지도 못했는데. 확실히 앞으로도 전 스승님께 많이 배워야 할 것 같습니다."

그러면서 녀석이 날 향해 포권하는데 괜히 기분이 좋아진다.

다른 사람들한테 인정받는 것도 좋지만 공명이한테 인정받는 게 제일 좋다.

짜릿해. 늘 새롭지. 흐흐.

"어쨌든 그렇게 최대한 혼란스럽게 만들어놓고서 가능한 한 피해를 입히며 들어오면 될 것 같다."

"그렇죠. 그 나무로 만든 성채만 아니었어도 원본초의 목을 노려볼 만도 한데. 너무 아쉽네요."

"그거야 어쩔 수 없지."

형님과 허저의 돌파를 걱정한 건지 원소군의 영채 한가운데엔 나무로 만든 자그마한 성이 세워져 있다. 원소의 막사는 그 성으로 보호받고 있고. 혹여나 있을지 모를 돌발 상황에 대비해 만들어둔 것일 터. 원소가 죽으면 저쪽은 세력의 구심점이 사라지는 꼴이니까. 저수, 전풍이 나름 세세한 부분에서까지 신경을 쓰고 있다고 봐야겠지.

확실히 이 계책대로만 하면…….

"아, 잠깐."

"예?"

"제일 큰 문제가 있잖아."

"문제라뇨?"

"형님 역할을 할 사람. 강궁을 당길 수 있는 사람이 있어야 하는데 없잖아? 그나마 힘이 센 건 허저인데 갠 형님이랑 같이 나가야 할 거고. 나도 활은 못 당기는데."

"에이, 한 명 더 있잖습니까."

그러면서 녀석이 득의양양하게 웃는다. 마치 내가 생각해 내지 못하는 걸 자기는 알고 있다는 사실이 즐겁다는 것처럼.

"뭔데. 누구?"

"하후돈요."

녀석의 미소가 진하게 변해간다.

"……지금 뭐라고 했소?"

태수부 바로 옆에 마련되어 있던 역관. 그곳에서 전투가 끝나길 기다리고 있다가 내게 불려 나온 하후돈이 황당하다는 듯 반문했다.

그나저나 하후돈이면 애꾸눈 아닌가? 이 하후돈은 눈이 두 개가 다 달려 있는데. 뭐지?

내가 의아해하는 와중에서 공명이가 말했다.

"장군의 협조가 필요합니다. 장군께서 왜 우릴 도와야 하는지는 굳이 설명하지 않겠습니다. 장군께서도 확실히 알고 계실 테니까요."

"순망치한의 관계이니 돕는 것은 어쩔 수 없지. 내가 뭘 도와야 한다는 말인가?"

입술이 없으면 이가 시리다는 말처럼, 우리가 없으면 조조가 힘들어진다. 조조가 없으면 우리가 힘들어지고. 원소를 견제하기 위해선 서로가 필요하다는 것을 하후돈 역시 잘 알고 있는 눈치였다.

"방금 말씀드렸던 작전에서 장군이 사군의 역할을 맡아주셨으면 합니다."

"……지금 뭐라고 하였소?"

"장군께서 여 사군이신 것처럼 강궁을 쏴 원소군의 시선을 끌어달라 말씀드렸습니다."

"아니, 내가 왜?"

어라. 저건 좀 익숙한 반응인데?

공명이도 그렇게 생각한 모양이다. 녀석이 힐끔 날 쳐다보더니 말을 이었다.

"성에 남는 이들 중, 장군을 제외한다면 여 사군의 강궁을 당길 수 있을 이가 없습니다. 말을 타면서 활을 쏠 수 있을 이역시 없지요. 그러니 장군이 제격입니다."

"아무리 그렇다고 해도 그렇지……. 사신으로 온 자에게 다른 것도 아니고 그대들의 주공인 양 나서라는 게……."

"장군이 아니면 안 됩니다."

공명이 대신 내가 나서서 말했다.

하후돈이 날 쳐다본다.

저 눈빛, 진짜 익숙하다. 황당한 듯 말하고 있지만, 저 얼굴을 보면 알 수 있다. 그냥 전장에 나가는 것 자체가 싫은 거다.

"우리가 이기면 조 장군에게도 좋은 일 아닙니까. 상부상조합시다, 하후 장군. 혹시 압니까? 내가 언제고 조 장군을 도울 일이 생길지."

"위, 위 장군 그대가 말이오? 내 주공을?"

하후돈의 표정이 살짝 달라졌다.

뭐랄까, 진짜 하기 싫은데 상대가 생각지도 못한 거액의 보수를 제안했을 때의 그것과 같은 얼굴이다. 내가 돕는다는 말의 효과가 이렇게 큰 건가?

"우리 형님께 해가 되는 것만 아니라면 한 번에 한해서는 도와 드리죠."

솔직히 이런 말을 한다고 해서 믿으면 그게 바보지. 내가 조조를 왜 도와?

근데 또 하후돈은 이 말을 진지하게 받아들이고 있다. 자신들이 요구한다면 정말로 내가 자기들을 도와줄 거라고 생각하는 것처럼.

굳이 그 생각을 정정해 줄 필요는 없으니 나는 아무런 말도 하지 않고 하후돈이 생각을 정리하길 기다렸다.

그렇게 한 5분이나 지났을까?

"으······. 정말 싫지만 그런 말까지 들어버리고 나니 어쩔 수가 없군. 좋소. 해보지."

"잘 생각했습니다, 하후 장군."

"대신 오늘 했던 약속, 무르면 안 되오. 절대로. 알겠소? 위장군."

"예."

그런데 하후 장군, 이거 압니까? 뭘 어떻게 도와달라고 해도 우리 형님께 해가 된다는 핑계로 거절할 수 있다는 거.

쯧쯧…… 사람이 이렇게 순진해서야.

"그렇게 됐다고?"

"예, 그렇게 됐습니다."

"뭐, 너와 네 제자가 진행한 일이라면 확실한 거겠지."

"그러니까 우리가 할 건 다른 게 없습니다. 공명이가 만든 땅굴을 통해 밖으로 나가서 장료 장군의 지원군과 합류하고, 적의 포위망을 돌파하면서 최대한 적병의 숫자를 줄이는 게 전부예요."

작전 계획, 하후돈과의 합의 같은 건 건성으로 듣던 형님이 갑자기 씩 웃는다.

"드디어 밖으로 나가는군."

그러면서 형님이 기분 좋은 얼굴로 씩 웃는다.

뭐가, 왜 즐거운 건지는 물어보지 않아도 알 수 있을 것 같다.

"그러니까…… 지금 출발하죠. 시간을 맞추려면 서둘러 움직여야 합니다."

내가 형님과 함께 태수부 안쪽, 예전엔 참 아름다운 정원이었던 그곳으로 향했다.

이제는 성 밖으로 통하는 땅굴의 입구 앞에 서니 갑자기 숨이 턱 막힐 것 같은 느낌이 밀려온다. 이거…… 폐쇄 공포증 같은데. 뭐지? 나한테는 이런 게 없었는데…….

"가자, 문숙."

사람 두 명 정도만 간신히 통과할 수 있을, 그곳으로 형님이 방천화극을 들고 성큼성큼 들어간다.

그런데 발걸음이 떨어지질 않는다. 나한테는 폐쇄 공포증 같은 게 없었는데. 갑자기 왜 이러는 거지? 왜?

"안 오냐?"

"가, 갑니……."

망할. 발이 안 떨어진다. 이마에선 식은땀이 흐르고, 심장이 쿵쾅쿵쾅 뛰기 시작했다. 전투에 나서는 건 아무렇지도 않았는데. 겨우 땅굴에 들어가는 거로…….

내가 그렇게 서 있으니 형님이 씩 웃으며 다가와 어깨에 손을 얹었다.

"네가 예전부터 이런 걸 무서워했었지. 지금도 힘들겠지만 뭐 어쩌겠느냐? 무기 좀 쓸 줄 아는 놈들은 다 데리고 가야 하는 것을. 힘들더라도 참아라. 허저야."

"예, 주공!"

"문숙이가 잘 안 움직이면 네가 뒤에서 밀어라. 내가 앞에서 당길 테니. 알았지?"

"예!"

"혀, 형님. 저 진짜 안 되겠는데요."

"안 되는 게 어디에 있느냐? 되게 하면 된다. 가자!"

"혀, 형님! 진짜로 안 되겠다고요!"

"으하하하. 이 형님만 믿어라. 되게 해주마."

그러면서 형님이 내 손을 붙잡고 억지로 잡아당기는데 몸이 쭉쭉 끌려간다.

발버둥 쳤지만, 소용이 없다. 뒤에선 허저가 밀고, 그 뒤에선 우리를 따라나선 백부장과 천부장 몇몇이 혹여나 자신들에게까지 날 밀어낼 차례가 오지 않을까 흥미진진한 얼굴로 쳐다보는 중이었으니까.

그렇게 끌려가길 한참.

문득 이런 생각이 들었다. 왜 난 이렇게 고생만 하는 걸까. 도대체 왜⋯⋯. 내가 무슨 죄를 지었다고⋯⋯.

젠장⋯⋯.

다음 날. 태양이 떠오르기 직전의 시각.

당장에라도 미친 듯이 비를 쏟아낼 것 같은 시커먼 먹구름 아래에서 하후돈은 위월에게 여포의 장궁과 적토마를 건네받았다.

하후돈은 체념한 것 같은 얼굴로 강궁을 어깨에 메고, 적토마에 오르고 있었다.

"도대체 이게 무슨⋯⋯."

말도 안 되는 짓거리다. 아침마다 성 밖으로 나가 원소군 병사를 더도 아니고 덜도 아니고 딱 열 명씩만 잡고 돌아오는 여포의 그 기괴한 행동을 대신 하라니. 어처구니가 없다.

하후돈은 그렇게 생각하면서도 자신이 탄 적토마의 목을 쓰다듬고 있었다.

자신이 타고 다니던 말도 흔히 구경하기 어려울 명마이지만 적토마는 그보다 배는 더 좋게 느껴졌다. 그냥 앉아 있는 것만으로도 적토마가 알아서 균형을 잡아준다. 움직이는 것도 살금살금, 조심조심인 것이 지금껏 하후돈이 타본 그 어떤 말보다도 승마감이 좋았다.

"부럽군. 적토마……."

"하후 장군. 위속 장군께서 말씀하셨습니다. 혹여라도 대충할 생각일랑 하지 마시라고 말입니다."

그렇게 혼자 감탄하던 하후돈에게 위월의 목소리가 들려왔다.

하후돈이 인상을 찌푸리며 고개를 끄덕였다.

"위속 장군의 도움을 받기 위해서라도 맡은 바 책무는 충분히 할 걸세."

여포의 그 행위가 도대체 어떤 의미가 있는 것인지는 알 수 없지만, 그 모습을 펼치는 것만으로도 원소군을 격파하는 것에 도움이 된다니 하기는 할 거다.

하후돈이 적토마의 배를 조심스럽게 발로 툭 건드렸다. 그러자 녀석이 설렁설렁 앞으로 나아가기 시작했다.

헌데 이상했다. 그것만으로도 주변의 풍경이 뭔가 하후돈이 생각했던 것보다 빠르게 움직이고 있었다.

"적토마는 천하에 다시없을 명마입니다. 움직이는 것도 부드러울 뿐만 아니라 다른 말과 비해 속도가 매우 빠르지요. 그 점을 감안하고서 타셔야 할 겁니다."

"유념하도록 하지."

어차피 여포가 죽지 않는 이상, 적토마를 갖게 될 날은 오지 않을 거다. 그러니 이렇게 기회가 왔을 때 여한이 없을 정도로 즐기며 타는 게 나을 터.

하후돈은 그렇게 생각하며 적토마를 몰아 북문으로 향했다.

이미 사전에 다 얘기가 되어 있던 듯, 북문을 지키던 장수가 말없이 성문을 열어주고 있었다.

끼이이익-!

그 소리와 함께 밖으로 나가니 원소군 병사들의 시선이 자신을 향해 집중되는 게 느껴졌다.

느낌이 묘하다. 여포에 대한 강렬한 두려움, 분노가 전해져 오는 것 같다. 일반 병사들뿐만 아니라 그들과 함께 움직이던 원소군의 백부장, 천부장의 시선 역시 마찬가지.

"흐……."

여포가 된다는 건 이런 느낌인가.

원소군 영채를 향해 질주하며 하후돈이 강궁을 꺼내 들었다.

동시에.

"여포가 또 활을 쏜다!"

"방패, 방패를 챙겨라!"

둥둥둥둥-!

"지원, 지원을 불러!"

그저 여포 한 사람이 접근해 온다는 사실에 반응하며 두려워하는 병사 수천 명의 모습이 하후돈의 시야에 들어왔다.

고양감이 느껴진다. 이것만으로도 힘이 난다.

피슝-!

그런 원소군 병사들 중 하나를 향해 하후돈이 강궁을 쐈다.

"커헉!"

"으아아아악!"

한 명이 쓰러짐과 동시에 원소군 병사들이 괴성을 내지르며 각자의 위치에서 마구잡이로 뛰기 시작했다. 그러한 경향은 하후돈이 강궁을 겨누는 쪽에서 특히 더 심했다.

그리고 그 광경을 지켜본다는 것은.

"흐, 흐흐……."

마치 자신이 혼자의 몸으로 적 수십만을 어떻게 할 수도 있는 인외의 절대적인 존재가 되어버린 것 같은 느낌이다.

여포가 이래서 아침마다 나와 활을 쏘는 건가? 하는 생각이 머릿속에서 떠오를 정도.

"나도 가끔은……."

이렇게 해보는 것도 나쁘지 않을 것 같다.

하후돈이 그렇게 생각하며 계속해서 적토마를 달리고, 강궁을 쏘고 있을 때.

둥- 둥- 둥- 둥-!

뿌우우우우우우우우우-!

원소군의 영채 안쪽에서 북소리와 함께 뿔 나팔 소리. 그리고 말발굽 소리가 울려 퍼지기 시작했다.

원소군 영채 너머 하늘이 뿌연 흙먼지로 가득하다.

땅굴을 통해 밖으로 나갔던 여포와 그 일당이 돌아오고 있었다.

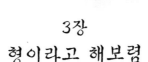

3장
형이라고 해보렴

"……."

저수는 아무런 말도 하지 않았다. 전풍과 마찬가지로 머리에 하얀색 천을 두른 채, 자신의 앞에서 펼쳐지고 있는 참상을 그저 지켜보고만 있을 뿐이었다.

"인중룡이 예 있노라! 나와 자웅을 겨룰 놈 누구인가!"

여(呂)의 깃발과 함께 여포가 방천화극을 휘두르며 원소군 진형을 말 그대로 휘젓는 중이다. 그런 여포를 장료가, 위속이, 허저가 돕는 중이고.

심지어는 산양성에서도 군대가 튀어나와 혼란에 빠진 원소군 병사들을 공격하고 있었다.

이쪽에서 병사들을 지휘하던 장합이 어떻게든 양측에서 밀려오는 공격을 막아내고자 분투하고 있지만 이미 늦었다.

성 쪽에서 나타났다던 여포가 갑자기 등 뒤에서 나타났다는 사실이 혼란을 야기했다.

병사들이 수습하고 전열을 가다듬었을 즈음엔 이미 전투가 끝나 있을 테니까. 지금으로선 지켜보는 것 이외엔 할 수 있는 게 없다.

저수는 그렇게 생각하며 이를 악물고 있었다.

그랬는데.

툭, 투둑.

빗방울이 떨어지기 시작했다.

속에서 천불이 나고, 분노로 미쳐 버릴 것만 같은 그 와중에서 빗방울에 맞은 저수가 하늘을 올려다봤다.

먹구름 속에서 섬광이 번쩍이고, 천지를 울리는 굉음이 터져 나온다. 그와 거의 동시에, 쏴아아아아─ 빗소리가 사방에서 들려오기 시작했다.

장대비가 쏟아져 내리고 있었다.

"이 무슨……."

비가 내리면 사람이 약해진다. 약해지면 전염병이 돌게 마련. 악재다. 당장에 상상할 수 있는, 가장 안 좋은 악재.

저수가 이를 악물었다.

그리고 그런 저수를 향해 장수 하나가 달려왔다.

"군사! 유 주부의 전언입니다!"

"유 자양?"

"예! 그것을 완성하셨다 합니다!"

장수의 목소리에 저수가 주먹을 움켜쥐었다.

가뭄 속 단비와 같은 희소식이었다.

📱

"주공, 주공!"

한바탕 쉴 새 없이 원소군 영채를 휘젓고서 성 근처로 가니 병사들을 끌고 밖으로 나와 호응하던 위월이 손을 흔든다. 그런 녀석과 함께 있던 병사들도 우리의 모습을 발견하고선 환호성을 내지르고 있었다.

그러거나 말거나 나는 하늘을 올려다봤다.

빗방울이 쏟아진다. 그것도 그냥 비가 아니라 장대비다. 하늘에 구멍이 뚫리기라도 한 것처럼 미친 듯이 퍼부어대는 장대비.

"으흐흐."

그냥 웃음이 나온다. 도대체 비가 언제 오나 가슴 졸이고 있었는데 이 정도면…….

"위속 장군! 뭐 하십니까?"

"엉?"

"성으로 돌아가야 합니다! 적들이 몰려오고 있다고요!"

위월이 저 뒤쪽을 손으로 가리키며 소리쳤다. 우리가 휘저으며 엉망이 됐던 원소군 영채의 뒤쪽에서 온전한 상태를 유지하고 있던 병력이 밀려오고 있다.

"이놈 여포야! 게 서지 못하겠느냐!"

그와 함께 들려오는, 분노에 가득 찬 장합의 쩌렁쩌렁한 목소리까지.

"야, 똥쟁이! 우리 기다리다가 먼저 간다!"

"크아아아아악! 기다려라! 기다리라고!"

"너 같으면 기다려 주겠냐? 가자!"

당장에라도 터져 버릴 것처럼 얼굴이 벌겋게 변한 장합과 그 휘하의 병력을 뒤로하고서 우린 활짝 열려 있는 산양성의 북문으로 들어갔다.

뒤에서 장합이 떠들어대는 소리가 들려오기는 했지만…….

'지가 열 받으면 뭐 어쩔 건데?'

쾅-!

장대비가 미친 듯이 쏟아지는 와중에서 성문 닫히는 소리가 경쾌하게 울려 퍼진다. 한동안 비가 안 와서 걱정스럽던 게 눈 녹듯 사라지는 느낌이다. 비가 이 정도로 오면 홍수가 나는 것도 머지않았다.

'얼마나 더 걸리는 거지?'

성벽 위쪽으로 올라가 성 밖의 모습을 응시했다. 저쪽에서도 비가 이렇게 내릴 거라고는 예상하지 못했겠지.

장수들이 고래고래 소리를 질러가며 병사들을 몰아붙이고 있지만, 시체며 부서진 막사의 잔해며 하는 것들 때문에 모든 게 엉망진창이었다.

"장군. 다음 계획은 무엇이오?"

내가 혼자 기분 좋게 웃고 있는데 장료의 목소리가 들려왔다. 고개를 돌려 보니 장료가, 공명과 진궁이 성루까지 올라와 날 쳐다보고 있다.

"지원을 오라는 주공의 명령이 있었기에 오기는 했소만, 솔직히 내게는 방법이 보이질 않소."

장료의 시선이 성 밖, 원소군의 영채를 향했다.

"작게 몇 차례 승리를 거두었다고는 하나 대국에 영향을 줄 정도는 아니오. 저들은 여전히 강하고, 우리는 약하지. 게다가 성은 얼마 버티지도 못할 상황이잖소."

"좀 어렵기는 하지. 그래도 장 장군이 지원을 와줘서 앞으로도 좀 더 버틸 수 있게 되지 않았소이까?"

장료에 이어 진궁이 말했다.

"얼마간의 말미를 얻은 것에 불과하질 않습니까."

"장료 장군. 걱정하지 마십시오. 지금의 고난은 오래지 않아 해결될 겁니다."

공명이 자신감 가득한 목소리로 말했다. 그런 녀석이 철석같이 믿는다는 듯 날 쳐다보고 있었다.

장료가 한숨을 푹 내쉬었다.

"자네는 아직 젊어서 상황을 잘 이해하지 못하는 것 같네만, 몇 차례 계략으로 적에게 골탕을 먹였다고는 하나 사기가 조금 떨어지고 이만 명가량 적의 숫자를 줄인 것에 불과하네. 객관적으로 봤을 때 우리의 패배는 결정된 것이나 마찬가지가 아닌가."

주변의 병사들에게는 들리지 않을, 자그마한 목소리로 장료가 말을 이었다.

"지금의 상황에선 천운이 따르지 않고서야 답이 없네. 이제는 어떻게 적을 막을지 고민하는 게 아니라 어찌해야 포위망을 뚫고 탈출할 수 있을지, 그 방안을 고민하는 게 나아. 안 그렇소? 위속 장군."

비가 오기 전이었으면 할 말이 없었을 거다.

하지만 지금은 다르다.

나는 걱정스러워 하는 장료와 진궁. 그리고 나라면 뭔가 기똥찬 방법을 낼 것이라 철석같이 믿어 의심치 않는 공명의 얼굴을 응시하며 말했다.

"시간은 우리의 편입니다, 장료 장군."

"시간이?"

장료가 반문했다. 잘 이해가 안 된다는 얼굴이다.

내가 씩 웃으며 고개를 끄덕였다.

시간은 우리 편이다. 진짜로.

피슈슈슈슉-!

미친 것 같다. 어제까지는 우리가 지치도록 유도하는 차륜전을 펼치더니 이제는 총공격이다.

사흘 전에 그랬던 것처럼 하늘에선 계속해서 장대비가 쉼 없이 쏟아져 내리는 중이다.

그리고 그런 장대비와 함께 화살의 비가 쏟아지고 있다. 방패 뒤가 아니면 고개를 들기조차 어렵다. 원소군은 자기네 병사들이 성에 접근하기도 전에 우리를 전부 화살에 꿰어 죽이기라도 하려는 듯, 정말 말 그대로 화살을 미친 듯이 퍼붓고 있었다.

파박, 파바바박-!

그것은 성루 역시 마찬가지. 병사들이 세워놓은 두꺼운 나무 방패에 화살이 날아와 꽂힌다. 아마 모르긴 몰라도 저거, 싸움이 끝나고 나서 보면 고슴도치가 되어 있을 터였다.

"우리, 화살은 안 모자라겠는데요?"

"후성. 넌 이 상황에서 그 말이 나오냐?"

"안 그래도 화살이 모자라서 걱정하고 계셨잖습니까. 긍정적인 면을 봐야죠. 얘들아, 안 그러냐?"

"흐흐. 맞습니다, 장군!"

"기대해 주십쇼. 저것들이 주는 화살, 기깔나게 쏴서 돌려주겠습니다. 저것들 가슴팍에다가요."

이름 모를 어느 병사의 목소리에 주변에서 웃음이 터져 나왔다. 어떻게 보면 절망스러울 수도 있을, 절체절명의 순간인데도 다들 이렇게 여유를 유지하고 있으니 참 다행이다.

이대로 조금만 더 버티면 된다. 아직까지는 새로 쌓아 만든 제방이 버티고 있는 것 같지만, 임계점에 오르고 나면 홍수가 날 테고, 그렇게 되면…….

"우리가 이길……."

쾅!

내가 말을 채 끝내기도 전에 뭔가 폭발하는 것 같은 소리가 들려왔다.

우리들의 앞을 든든하게 막아주던 나무판자가 박살 났다. 그리고 뭔가가 그것을 꿰뚫으며 우리 쪽으로 날아오고 있었다.

그게 뭔지 내가 채 알아보기도 전에.

"컥!"

옆에 서 있던 백부장이 내뱉는 단말마와 함께 그 몸이 붕 날아 성루 뒤쪽 성벽 아래로 떨어져 내리고 있었다.

"……이게 무슨."

뭐가 어떻게 된 거지?

"장군!"

내가 멍하니 그 모습을 지켜보고 있을 때, 후성이의 다급한 목소리가 들려왔다.

녀석이 날 향해 달려와 날 붙잡는다. 세상이 뒤집어지는 것 같은, 그 느낌과 함께 내가 눈을 껌뻑이는데 바로 앞으로 검은 빛깔의 뭔가가 붕 날아 움직이고 있었다.

"큭."

"장군. 괜찮으십니까?"

바닥에 쓰러진 날 자신의 몸으로 덮어 보호하며 후성이 말했다. 녀석의 얼굴에 나뭇조각이 잔뜩 꽂혀 있다. 그렇게 생긴 상처 사이로 피가 주룩주룩 흘러나오고 있었다.

"야, 너 얼굴."

"괜찮습니다, 이런 것 따위. 장군은 괜찮으신 거죠?"

"어? 어."

통증이 느껴지는 곳은 없다.

내가 고개를 끄덕이는데 계속해서 쾅! 쾅! 하고 뭔가가 날아와 성벽에, 성루에 부딪히는 소리가 들려왔다. 함께 자빠져 있는 우리의 바로 위 허공을 돌덩이가 휙휙 꿰뚫으며 지나가고 있었다.

"피하셔야 합니다. 이쪽으로 오십쇼."

그렇게 말하며 후성이 날 끌고 성루 아래쪽, 계단으로 향했다. 성루에선 아까 나와 함께 웃고 떠들던 병사들이 남아 검을, 방패를 들고 나무 기둥과 바위 성벽 위에 몸을 숨기고 있었다.

"다들 싸우고 있잖아."

"그게 뭐가 중요합니까? 주공이 계시고, 장군이 계셔야 병사들도 기운을 내서 싸우는 겁니다. 어서 따라오기나 하십쇼!"

계속해서 폭발하는 것 같은 굉음과 함께 돌덩이가 떨어지고, 화살이 쏟아지는 성루를 빠져나가 계단 쪽에서 엄폐하니 이제야 주변의 상황이 조금씩 눈에 들어오기 시작했다.

원소군이 투석기라도 만든 것인지 성루 쪽은 완전히 박살이 나 있다. 멋들어지게 만들어져 있던 누각은 완전히 박살 난 지 오래고, 나를 포함해 백 명 가까이 있던 인원 중 반수 이상이 절명해 쓰러져 있다.

그리고 그런 와중에서…….

탁-!

사다리가 놓였다.

"올라가라! 모조리 쓸어버려라!"

원소군 병력이 밀고 올라오기 시작했다. 고개를 돌려보니 북쪽 성벽의 다른 부분들 역시 마찬가지.

모든 곳이 다 투석기에 공격당한 건 아니다. 그러나 30m에서 40m 간격으로 성루와 비슷한 꼴이 나 있다. 또 멀쩡하던 곳으로 돌덩이가 날아가 혼란한 와중에서 혼비백산이 된 병사들을 강타하는 중이고.

"시발……"

어쩐지 너무 쉽다는 생각이 들기는 했다. 다른 것도 아닌 원소가, 그것도 삼십만이나 되는 대군을 끌고 공격하러 온 건데 버티는 게 너무 쉬웠다.

그 방심의 대가가 이런 것인가?

내가 이를 악물고 있을 때.

"문숙. 뭘 하고 있는 거냐. 가자!"

형님의 목소리가 들려왔다.

성벽 아래에서 휴식을 취하는 병사들을 독려하던 형님이 황급히 방천화극을 들고서 성벽 위로 올라왔다. 그런 형님이 사다리를 타고 성루에 올라온 원소군 병사들 쪽으로 신형을 쏘아내고 있었다.

버텨야 한다.

자기는 괜찮다고 바득바득 우기는 후성을 억지로 성 안쪽으로 보내 치료받게 하고서 나는 검을 들고 성벽으로 향했다.

화살의 비에 이어 투석기로 공격하며 우리의 기세를 완전히 꺾어버린 원소군은 성벽 전체에 걸쳐 사다리를 걸어 밀고 올라오는 중이었다.

절체절명의 위기다. 이미 몇몇 곳에서는 원소군이 안정적으로 병력을 밀어 올릴 교두보를 마련하기까지 한 상태. 여기에서 더 밀려나면 성은 그대로 원소군의 손아귀에 떨어질 거다.

밀어내야 한다.

"막아라! 주공과 위속 장군께서 너희와 함께하고 계신다!"

위월이 소리치고.

"나 여포가 여기에 있다! 날 먼저 쓰러뜨려 보아라!"

형님이 소리치며 성벽 곳곳을 달려 다닌다.

기세 좋게 사다리를 타고 올라오던 적들도 형님이 나타나면 일단 주춤주춤하며 뒤로 물러나는 모양새다.

하지만 저것만 가지고는 상황을 뒤집을 방법이 없다. 형님은 한 명일 뿐이고, 산양의 성벽은 길고도 기니까.

"못 봐주겠군."

북문 쪽 성루를 향해 집중적으로 몰려드는 놈들을 막고자 사투를 벌이던 내게 익숙한 목소리가 들려왔다.

고개를 돌리니 하후돈이 검을 들고 내 쪽으로 달려오고 있었다.

"이길 수 있다더니. 이게 그대의 책략이오?"

"조금만 더 기다리면 되거든요?"

"그랬다간 성이 넘어갈 판인데 아직도 기다려야 한다는 말이 나오시외까!"

"죽어라아아아아아아!"

서걱-!

괴성을 내지르며 달려드는 원소군 병사의 목을 베며 하후돈이 날 돌아봤다. 그가 피식 웃고 있었다.

"위속 장군. 나랑 약속 하나 합시다."

"이 상황에서 약속이라뇨?"

"우리가 오늘의 전투에서 패하게 되어 저승에서 만나면 날 형님이라 부르시오. 장군 때문에 죽게 된 것이니 그 정도는 해 줍시다."

"하, 이 양반 진짜. 사람 말 엄청 못 믿네. 안 진다니까요."

"흐흐. 장군의 말대로 우리가 전투에서 이기고, 살아남으면 내 앞으로 장군을 형님으로 모시리다."

"진짜죠?"

"물론이오. 대장부가 되어 내 어찌 거짓을 말하리까."

"오늘 동생 하나 생기겠군."

하후돈이 못 말리겠다는 듯 피식 웃는다. 그런 하후돈이 계속해서 성루 쪽으로 밀려드는 적들을 베어 넘기고 있었다.

그러던 때.

쿵!

저 멀리에서 굉음이 들려왔다.

다른 이들은 당장의 싸움에 정신이 팔려 듣질 못한 모양이다. 그저 싸우는 것에만 집중하고 있으니까.

그러나 비교적 뒤쪽으로 물러나 있던 나는 확실하게 들을 수 있었다. 이거, 제방이 무너지는 소리일 거다.

쏴아아아아아아아-

곧이어 물 밀려오는 소리가 들려왔다.

비가 너무 심하게 내려 제대로 보이지는 않는다. 하지만 제방이 무너지며 홍수가 난 것이 분명하다. 그 물이 거센 파도가 되어 사방으로 퍼져 나오는 거다.

"이 전투, 우리가 이겼다! 다들 저 소리 들리지? 적들의 목숨을 거둬 갈 사신이 다가오는 소리다!"

"와아아아아아아!"

내가 있는 힘을 다해 외치자 우리 쪽 병사들이 환호성을 내지른다.

적들은 그게 무슨 헛소리냐는 듯 날 힐끔 쳐다보더니 계속해서 싸움에 집중할 뿐이다.

하후돈 역시 마찬가지였다.

"아우님 농이 심하시군!"

"누가 동생이 될지는 지켜보면 아는 거 아니겠냐? 돈아!"

하후돈이 고개를 절레절레 젓는다.

넌 인마. 진짜 오늘부터 내 동생이 될 운명이거든?

쏴아아아아아아아아아아아아-!

파도 소리가 점점 더 가까워진다. 이제는 싸움에 집중하던 이들조차 뭔가 심상치 않은 일이 벌어지고 있다는 것을 알아차릴 수 있을 정도였다.

"저, 저기! 저쪽에 파도다!"

우리 쪽 병사 중 누군가가 그 모습을 발견하고선 소리쳤다.

그와 동시에.

쩌적, 쩌저적-! 콰아아아아아아-!

파도가 원소군의 영채를 집어삼키는 그 소리가 들려오기 시작했다. 목책이 무너지고, 막사가 뒤집히고 엉킨다. 말이며 사람이며 할 것 없이 파도에 쓸려 나가고, 좀 전까지만 해도 쉴 새 없이 돌덩이를 쏴내던 투석기 역시 밀려나고 있다.

이윽고 그 파도가 성벽에 부딪혔을 때.

철썩-!

마치 방파제와 부딪히는 것처럼 그 물이 하늘 높이 치솟았다가 떨어졌다.

성벽 위에서 그 모습을 지켜보던 원소군 병사들의 얼굴이 새하얗게 질리고 있었다.

"다들 봤지? 하늘이 우리를 돕는 거다. 쓸어버려!"

"와아아아아아아!"

조금 전까지만 해도 밀려나던 우리 쪽 병사들이 함성을 내지르며 적들을 몰아붙이기 시작했다. 사방에서 원소군 병사들이 무기를 버리며 무릎을 꿇고, 손을 들어 올리고 있었다.

그 모습을 지켜보며 나는 성큼성큼 하후돈을 향해 걸어갔다.

원소의 병사들만큼 어이가 없다는 듯, 두 눈동자를 껌뻑이며 조금씩 홍수의 수위가 낮아지고 있는 바깥을 쳐다보고 있던 하후돈이 내 쪽으로 고개를 돌린다.

하후돈의 얼굴이 기묘하게 일그러지고 있다.

내가 그 어깨에 손을 척 얹으며 말했다.

"우리 돈이. 약속은 약속이지?"

"약속은…… 약속이니……. 형님으로 모시리다."

그렇게 말하면서도 빠드득거리는 소리가 들려왔다.

"헌데…… 어찌 안 것이오?"

"것이오라니? 형님한테 하오체를 쓰냐?"

또다시 들려오는 빠드득 소리. 하후돈이 이를 악물며 잠시 날 노려보더니 다시 입을 열었다.

"어찌…… 안 것입니까?"

그 목소리가 파르르 떨린다.

귀여운 자식.

"천기를 읽었어. 오늘쯤 해서 홍수가 날 것 같더라고."

"……그게 정말이오?"

"어허, 또?"

"……정말입니까?"

"내가 이 와중에서 거짓말을 해서 얻을 게 뭐가 있다고?"

사실 무릉도원의 글을 보고서 안 것이지만 사실 천기나 그거나 별반 다를 건 없을 거다.

내가 그렇게 생각하며 기분 좋게 웃고 있는데 저 밖에서 익숙한 목소리가 들려왔다.

"스승님! 스승니이이이이임!"

손권이다.

자그마한 쪽배 수백 척으로 이뤄진 함대를 이끌고, 홍수가 나기 전엔 원소군의 영채가 뒤덮고 있었던 그곳을 지나오는 손권이가 두 손을 흔들며 날 부르고 있었다.

"스승님께서 지시하신 대로 진류와 제음 인근의 어선을 전부 끌어모으고, 새로 만들기도 해서 천 대를 모았습니다!"

한 대에 병사 대여섯 명이나 탈 수 있을까 싶을 작은 배들이다. 하지만 그런 배 천 대로 이뤄진 함대가 산양성을 향해 다가오고 있다.

그 함대의 선두에서 손권이가 칭찬해 달라는 얼굴로 환하게 웃으며 소리치고 있었다.

"위, 위속 장군. 당신은…… 호, 홍수를 예견한 것도 말이 안 되는데 저런 함대까지…… 만들었다는 것입니까?"

비교적 멀쩡한 사다리를 찾아 성벽 아래에 설치해 손권이 쪽으로 내려가려는 날 붙잡고서 하후돈이 말했다. 그 얼굴이 마치 귀신이라도 본 것처럼 딱딱하게 굳어져 있었다.

"형 동생 한 지 얼마나 됐다고 벌써 위속 장군이냐?"

"말씀해 주시오! 정녕 이 모든 것을 예견해서 준비하셨단 말이오? 그대, 위속 장군이?"

나와 했던 내기를 신경 쓸 여유 같은 건 전혀 없다는 듯, 녀석이 다급하게 소리친다.

"어."

"저, 정녕 그렇단 말이오?"

"그렇다니까. 나 이제 내려가도 되지? 형 간다. 다녀올게! 멀쩡한 애들은 다들 내려와라. 잔반 처리하러 가야지."

"예! 장군!"

사다리를 타고 성벽 아래로 내려갔다.

수위는 가슴팍 정도인가. 물이 빠지기 전에 최대한 움직여서 원소군을 소탕해야 한다.

내가 그렇게 생각하며 배에 오르니 손권이 다가왔다.

"스승님!"

"오냐. 고생 많았다. 근데 어떻게 딱 좋은 시점에 맞춰서 왔네? 홍수가 언제 날지도 예상하고 있던 거냐?"

"아, 그런 게 아니라요."

녀석이 약간은 수줍은 듯 어색하게 웃으며 말을 이었다.

"제가 제방을 터뜨리라고 했습니다. 언제까지고 기다릴 수는 없으니까요."

"아, 그래서 홍수가 나자마자 바로 온 거구만. 이야, 우리 손권이 센스 좋은데? 기특하다, 기특해."

녀석을 칭찬하며 주변을 돌아보는데 문득 저 성벽 위에 있는 익숙한 얼굴이 시야에 들어왔다.

공명이다. 장대비에 옷이 흠뻑 젖고, 항상 들고 다니던 백우선까지 다 젖어 물에 빠진 생쥐 같은 꼴이 된 녀석이 나와 손권이를 번갈아 쳐다보고 있다.

그런 녀석이 눈빛을 번뜩이고 있었다. 마치 라이벌 의식을 불태우기라도 하는 것처럼.

📱

"빨리빨리들 움직여라! 꾸물거리지 말고!"

저항을 포기하고 투항하는 원소군 병사들이 저벅저벅 물속을 걸어 활짝 열려 있는 성문을 향해 움직인다. 그런 성문 주변으로 우리 쪽 병사들이 서 있다.

이제는 허리춤까지 수위가 낮아져 있기는 하지만 여전히 장대비가 쏟아지는 와중이다. 이런 날씨에 다들 고생을 하고 있으니 낯빛들이 별로 좋지가 못했다.

"전투가 끝나고 나면 회식 한 번 해줘야겠네."

"회식요?"

"어. 쟤들 감기 걸리겠다. 잘 먹이고, 푹 쉬게 해줘야 전염병이 안 돌지."

"아하…… 고생을 한 다음엔 잘 먹이고 잘 쉬게 해줘야겠군요."

손권이가 눈을 반짝이며 고개를 끄덕인다.

함대를 끌고 성 앞에 도착한 이후로 느끼는 건데 어째 이 녀석, 전보다 더 나를 따르는 것 같다. 처음 제자가 되겠다고 했을 땐 포로로 잡혀서 손상향의 안전을 확보하기 위한 게 반, 진짜로 날 신기하게 생각했던 게 반 정도였던 것 같은데 지금은 진심이 되어 있는 것 같다고 할까?

이러면 진짜 예상치 못하게 믿고 맡길 수 있는 내정 머신 하나가 늘어나는 거다. 흐흐.

"문숙!"

내가 혼자 기분 좋게 웃고 있는데 저 멀리서 형님의 목소리가 들려왔다. 장료, 허저와 함께 함대의 절반 정도를 이끌고 이 주변에서 허우적거리는 원소군을 추격하던 형님이 손을 흔들고 있었다.

"적들이 북쪽으로 도주하고 있는 것 같다! 추격하러 가자!"

"북쪽 말고 북동쪽으로 가시죠. 대야호에 적들의 군량이 쌓여 있을 겁니다."

"군량?"

"물이 빠지는 게 이 속도면 반시진도 안 돼서 항행이 불가능해질 겁니다. 물이 허리까지 낮아졌으니 말을 타고 움직인다고 하면 속도도 꽤 빠를 테고요. 그러니 차라리 적들의 군량고를 노리는 게 낫습니다."

"야, 문숙. 그게 말이야 쉽지. 근데 군량고가 어디에 있는지 우리가 어떻게 알아?"

"맞습니다, 스승님. 군량고의 위치를 안다면 그리로 바로 움직이면 되겠습니다만, 이런 상황에서 군량고를 찾아 헤매며 병력이 분산되었다간 역습을 당할 수도 있지 않겠습니까?"

형님의 말에 일리가 있다는 듯, 손권이가 말했다.

"뭐, 군량고의 위치를 모른다면 그럴 수도 있겠지."

"······스승님은 알고 계신다는 겁니까?"

손권이의 눈이 동그랗게 커진다.

"야. 나 위속이다. 설마 내가 그것도 모르고 말을 꺼냈을까 봐? 형님!"

"어!"

"거야호로 갑시다! 기주에서 물길을 따라 군량을 운송할 테니까요, 분명 그쪽에 저장되어 있을 겁니다!"

"알았다! 다들 들었지? 거야호로 간다!"

형님이 외치며 뱃머리를 틀자 주변에 있던 배들이 전부 동북쪽으로 방향을 틀어 노를 젓기 시작했다.

"우리도 가자!"

📱

"크아아악!"

"구, 군량을 지켜야······."

거야호 호숫가.

산더미처럼 쌓여 있던 군량의 주변에서 그것을 옮길 준비를 하느라 낑낑거리던 원소군 병사들의 숫자가 무척이나 빠르게 줄어든다.

앞에서는 형님이, 허저가 돌격대장처럼 병사들을 이끌고 무기를 휘두르는 중이고 뒤에서는 천 대나 되는 자그마한 배에서 병력을 쏟아내는 중이다.

이미 홍수에 집어삼켜져 한 차례 죽다 살아난 원소군 병사들이 전의를 잃지 않는다면 오히려 그게 더 이상한 일일 터.

우리를 상대로 맞서는 이들은 극히 소수일 뿐이다. 대부분은 군량이고 뭐고 지킬 생각조차 없이 그저 등을 돌려 도망치고만 있을 뿐이었다.

"이야…… 엄청나게 많은데?"

군량이 진짜 산더미처럼 쌓여 있다. 삼십만 명이 먹을 분량을 가져다 놓은 것이니 어떻게 보면 당연한 것이겠지만 직접 그 분량을 눈앞에서 목격하니 참 입이 쩍 벌어진다.

"으흐흐. 대박이구만. 대박 났어."

그 군량의 산 앞에서 형님이 미소 짓고 있었다.

"형님. 이거 우리가 가지고 갈 수 있는 것만 챙기고 나머지는 다 뜯어서 호수 바닥에다 버리죠."

"응? 이렇게 많은걸?"

"어차피 이거 다 옮기려면 며칠은 걸릴 겁니다. 양이 너무 많아요. 적들도 군량이 없으면 상황이 굉장히 어려워질 테니 피해가 얼마나 되건 개의치 않고 죽자 살자 덤빌 거고요."

"야, 그래도 너무 아깝잖아."

"아깝다고 무리하게 지키다가 피해만 잔뜩 보고 적들의 손에 넘어가는 것보단 낫죠. 어차피 당장 우리가 식량이 모자라거나 하는 상황은 아니잖아요?"

"흐음……."

형님이 인상을 찌푸린다. 식량이 곧 힘이고, 재화인 시대다.

그런 와중에서 이만한 군량을 버릴 생각을 하면 당연히 아까울 수밖에 없겠지.

"주공. 제가 보기에도 위속 장군의 말이 옳은 것 같습니다."

"장료 너도?"

"예, 뺏길 바엔 차라리 없애는 게 옳습니다."

"쯧……. 그러면 어쩔 수 없지. 옮길 수 있는 건 배에다가 싣고, 나머지는 장료 네가 책임지고 처리해라."

"알겠습니다, 주공"

장료가 병사들을 이끌고 움직이기 시작했다. 나는 잠시 그 모습을 처다보다가 호숫가에 세워져 있던 빈 배에 털썩 주저앉았다.

몸에서 힘이 쭉 빠져나간다. 힘든 것도 힘든 거지만 온몸의 신경이며 근육이며 하는 것들을 팽팽하게 잡아당기고 있던 긴장이 탁 풀린 느낌이다.

삼십만이나 되는 대군이 쳐들어왔지만, 그 공격을 막아냈으니까. 커리어도 지켰고, 살아남기도 했으며, 안방을 뺏길 일도 없게 됐다.

"으흐흐……."

나도 모르게 웃음이 새어 나오는데 형님이 저벅저벅 다가오더니 내 옆으로 와서 앉았다. 그런 형님의 왼팔에 새로운 붕대가 감겨 있었는데, 그 너머로 시뻘건 피가 새어 나와 뚝뚝 흐르고 있었다.

"언제 다치셨어요?"

"아까 살짝 또 스쳤다."

"조심 좀 하시지."

"생채기 조금 난 거 가지고 호들갑은."

확실히 형님한테는 생채기 정도로 느껴질 것 같긴 하다. 한 번 전투에 나가면 미친 듯이 활약하지만 그런 만큼 크고 작은 부상도 잦았던 편이니.

그나저나 크건 작건 저렇게 많이 다치고 나면 나이 먹어서 고생할 텐데. 우리 형님은 괜찮으려나 모르겠다.

그렇게 생각하며 주변을 돌아보는데 저 멀리 앞에서 창을 들고 서 있던 허저와 눈이 마주쳤다. 녀석이 어색하게 웃으며 다른 쪽으로 시선을 옮기고 있었다.

쟤는 저기에서 뭐 하는 거지?

"그나저나 문숙. 뭐 가지고 싶은 거 없냐?"

"가지고 싶은 거라뇨?"

"생각을 해보니 제대로 된 집 한 채도 준 적이 없더라. 네 덕분에 지금껏 얻은 게 얼만데 보답을 좀 해줘야 할 것 같아서. 직급을 올려줄까? 총군사 같은 자리 어때?"

"초, 총군사요?"

"사실상 네가 내 지낭 아니냐. 나한테 굳이 보고하지 않고도 네 마음대로 일을 처리할 수 있도록 권한을 주마. 다스리는 것뿐만 아니라 군사적인 부분에 대해서까지. 어때?"

"괜찮습니다."

"괜찮아?"

"승진 안 시켜주셔도 돼요. 관심 없습니다."

"진짜?"

"진짜요. 진짜로 관심 없으니까, 정 상을 내려주고 싶으시면 집이나 한 채 사다 주세요."

"겨우 그런 걸로 되겠어?"

"아니, 형님. 집 한 채가 겨우라뇨? 그거 하나가 없어서 평생 남의 집에 세 들어 사는 사람이 얼마나 많은데."

문득, 집도 없고 땅도 없어서 전셋집에 세 들어 살며 남의 땅을 일구던 시절의 설움이 떠올라 소리쳤다.

형님은 그런 내 모습이 잘 이해되질 않는다는 얼굴로 쳐다보고 있었다.

"세를 들어 살다니? 뭐 소작농처럼 집을 빌려서 산다고?"

이 시대엔 월셋집 같은 게 없는 건가?

"그 비슷한 겁니다. 어쨌든 집이나 줘요. 승진 이런 거 필요 없으니까."

"좋아. 역시 우리 문숙은 다르구나. 사람이 이렇게 소탈해서야. 내 그냥 넘어갈 수 없지. 두 개 다 주마. 총군사로 임명도 해주고, 장원도 으리으리한 것으로 지으마. 네 것이다."

"아니, 형님. 진짜 승진은 필요가……."

"내가 이래서 널 좋아하는 거다. 사람이 소탈한 데다 욕심도 없고 능력까지 좋지. 어떻게 널 안 좋아해? 다 가져라! 하하하하."

형님이 혼자 기분이 좋아져서는 껄껄껄 웃는다.

내 말은 아예 들을 생각조차 없는 것 같다.

'하…… 승진하기 싫은데…….'

내가 그렇게 한숨을 푹 내쉬고 있는데 형님이 한참이나 웃던 형님이 다시 날 쳐다본다. 그런 형님의 시선이 내가 왼팔에 매고 있던 붕대를 향해 있었다.

"뭐야. 너도 왼팔을 다친 거야?"

"아, 이거요? 아까 살짝 스쳤습니다."

"흐흐. 역시 우리 문숙이랑 나랑은 뭔가 통하는 게 있구만."

"통해요?"

"마음도 통하는데 생채기가 나도 하필이면 같은 곳에 난 거 아니냐. 좋아, 기분이다. 예주 자사 자리도 너한테 주마."

"아, 형님! 그게 또 왜 나와요?"

"싫으면 연주 자사 자리도 주랴?"

"형님!"

"농담이다, 농담."

그러면서 형님이 또 껄껄 웃는데 제발 예주 자사 얘기는 농담이었으면 좋겠다.

내가 그렇게 생각하며 한숨을 푹 내쉬는데 저 멀리 앞에 서 있는 허저의 모습이 시야에 들어왔다.

녀석이 뭔가 부럽다는 듯 나와 형님의 모습을 쳐다보더니 땅에 떨어져 있던 화살 하나를 슬그머니 주워 든다. 그러고선 나와 형님이 붕대를 매고 있는 것과 같은 왼쪽 팔을 살짝 긁기까지.

'쟤 뭐 하는 거야?'

어이가 없어서 보고 있는데 허저가 자기가 상처 낸 곳에 붕대를 감더니 순박하게 웃으며 우리 쪽으로 다가온다. 그런 녀석의 시선이 내 팔을, 형님의 팔을 번갈아 쳐다보고 있었다.

"주공!"

"어, 허저야!"

"고생 많으셨습니다!"

그러면서 과장된 움직임으로 왼팔을 들어 뒤통수를 긁적이기까지.

"이야, 허저야. 너도 우리랑 통하는구나!"

"하하, 그렇습니까?"

"너도 왼팔, 나도 왼팔, 문숙이도 왼팔. 이게 우리가 통한다는 증거 아니겠냐."

허저가 그 순박한 얼굴로 수줍다는 듯 웃으며 내가 걸터앉아 있던 낚싯배로 와서 앉는다. 마치 내가 형님과 함께 떠들고 있던 게 부럽다는 것처럼.

그런 녀석의 얼굴은 해맑기만 했다.

📱

"후……."

진짜 길고도 긴 하루였다.

가지고 올 수 있는 걸 제외한 나머지 분량을 폐기하고 산양성으로 돌아오며 하늘을 올려봤다. 여전히 장대비가 쏟아지는 와중이다.

슬슬 보름달이 뜰 때가 된 것 같기는 한데, 비가 내리니 알 수가 없네.

"승전을 축하드립니다, 장군."

집에 도착하니 황 노인이 날 맞이했다.

"식사를 준비할까요?"

"아뇨. 바로 잘 겁니다. 힘들어 죽겠네요."

"알겠습니다."

마음 같아선 뜨끈한 물을 받아다 목욕이라도 좀 하고 싶지만 일단은 자는 게 먼저다.

원소군과 전투를 치르는 내내, 꿈에서조차 그들을 막을 방법을 고민하느라 제대로 쉬어본 적이 없다. 정말 지금은 아무것도 신경 쓰지 않고 그냥 푹, 기절한 것처럼 잠들고 싶다.

나는 대충 옷만 갈아입고서 침상에 몸을 뉘고, 이불을 덮으며 눈을 감았다.

밖에서 내리는 장대비 소리가 기분 좋게 들려온다.

그랬는데.

쏴아아아-

바람 불어오는 소리가 들려왔다.

뭔가 이상하다는 생각이 들어 눈을 떠 보니 내 침실에 짙은 안개가 가득했다.

"오늘이 보름달 뜨는 날이었나?"

손을 뻗으니 핸드폰이 손에 잡힌다. 그걸 쳐다보니 한동안 잊고 있던 게 떠올랐다.

"흐흐. 컨셉러들이 또 날뛰고 있겠군."

핸드폰을 켜 무릉도원에 접속했다.

무릉도원에는……

'금오도 방식으로 등선하는 게 더 좋은 EU', '위속 진짜 신선이었던 거 아님?ㅡㅡ;', '위속은 아마 무간지옥에서 통구이 되어 있을 듯' 같은 글이 잔뜩 올라와 있었다.

"뭐야. 내가 왜 무간지옥에 있어?"

어이가 없어서 그 글을 클릭해 봤다.

〈폐관 수련하다가 현타 와서 요즘 삼국지 드라마 정주행 중인데, 위속 이 새끼 아무리 봐도 파계선같음. 진짜 산양성 대해전편 보는데 어이가 없어서ㅋㅋㅋㅋㅋㅋㅋㅋ 멀쩡한 땅에서 비가 오기도 전부터 홍수 날 거 예상하고 제자 시켜다 함대를 준비하는 게 이게 말이 됨???〉

　└아난타: 솔직히…… 내가 봐도 좀 어이가 없기는 함. 근데 운이 미친 듯이 따라줬던 거 아님? 선도술로 천기 읽는 거 아니어도 기상 쪽에 조예가 깊으면 어느 정도 예상할 수도 있지 않나?

　└천도복숭아삽니다: 그런 건이 하나였으면 인정. 근데 위속 이 새끼는 한두 번이 아니잖아요? 상식적으로 이해할 수 없는 일이 한두 번 정도 벌어지는 건 우연으로 치고 넘길 수 있음. 근데 얘는 몇 번이나 그랬잖음?

　└곤륜 117기 백상환: 진짜 파계선이면 그 정도로 끝나는 게 아니라

더한 걸로 잡았겠죠. 계율을 어기는 게 아무리 사소한 수준이라고 해도 빼박 무간지옥행인데. 님 같으면 기왕에 어길 거 확실하게 어기고 잡혀가지, 그냥 찔끔찔끔 어기는 척만 조금 하다가 끝낼 것 같음?

　┗위속사당 한국지부 도사장: 위승상 까면 사살. 니들 다 혼날래여? 견찰서 가고시퍼!

혼란하다, 혼란해…….

삼국지 토론 게시판이 아니라 자유 게시판에 올라온 글들이다 보니 어디까지나 드립이고 어디까지가 진짜인지 감도 안 온다. 날 기리는 사당이 한국에도 생겼다는 말은 진짜였으면 좋겠다 싶긴 한데…….

"쓰읍. 지금 이걸 볼 때가 아니지."

나는 삼국지 토론 게시판으로 이동했다. 이곳에선 오늘도 삼국지 덕후들의 논쟁이 줄을 잇고 있었다.

'아무리 봐도 위속이 0티어다. 가후, 사마의 깝ㄴㄴ', '하후돈이 여포의 동생이 된 건에 관하여', '위속이 없었으면 원소의 남진은 어떻게 됐을까요?' 같은 글들이 올라와 있다.

"진짜 격세지감이네."

전에는 내 이름으로 검색을 해도 몇 개 안 나왔는데 지금은 굳이 검색하지 않아도 이렇게 주르륵 튀어나오고 있다. 내가 진짜 용이 되긴 한 모양.

그렇게 최신 글부터 시작해 몇 페이지를 제목만 훑으며 내려가고 있었는데.

"어라?"

지금껏 단 한 번도 생각해 본 적 없는 글이 시야에 들어왔다.

'조조가 이각, 곽사를 공격하지 않았으면 몰락하지 않았을까?'

〈198년에 산양 대해전으로 원소가 쫓겨 올라갔을 때 이각, 곽사랑 싸우던 조조가 홍농에서 대패했죠. 결국 그거 때문에 피해를 복구 못 해서 몰락해 버렸는데 만약 이때 조조가 관중이 아니라 남양 쪽으로 남하했다면 초반기 4강 3중 구도가 유지됐을까요?〉

└대기만성형중달: 유지는 됐을 듯. 솔직히 남양을 먹고 있던 장수한테 가후가 가 있어서 쉽지는 않았을 텐데 그래도 가능성이 없지는 않았을 것 같음.

└유부녀킬러조조: 굳이 남양으로 방향 틀 것도 없이 1년만 더 버텼으면 이각이랑 곽사랑 또 분란이 나서 엄청 싸우다가 자기들끼리 몰락했을 것 같은데 이 시점에선 그럴 기미가 전혀 보이질 않았다는 게…….

└위속동생하후돈: 조조한테 위속 같은 책사 하나만 있었어도 이각 곽사가 무슨 지랄을 하건 걍 잡았을 거임.

└위속위승상: ㅇㅈ 또 ㅇㅈ합니다.

└대기만성형중달: 위빠새끼들 또 몰려오네. 객관적으로 봤을 때 위속이랑 사마의, 순욱, 곽가 다 비슷한 수준인데 뭘 또 위속 같은 애가 온다고 이각, 곽사를 때려잡음?

└제갈문숙: ㅋㅋㅋㅋㅋㅋㅋㅋㅋㅋㅋㅋㅋㅋㅋㅋㅋㅋㅋㅋㅋㅋ 위속이랑 조조네 떨거지 클라스가 같다고요? ㅋㅋㅋㅋㅋㅋㅋㅋ 진짜 빵 터졌네. ㅋㅋㅋㅋㅋㅋㅋㅋㅋㅋㅋㅋㅋㅋㅋㅋ

└둘째제자손제리: 근데, 님드라. 조조가 몰락한 것 때문에 여포네가 혼자 원소 상대하느라 국력을 다 써버려서 원술이 혼자 엄청 흥했잖슴. 이때 위속이 조조한테 가서 이각, 곽사 토벌하는 거 도와줬으면 그렇게 혼자 고생하지도 않았을 것 같은데. 님들은 어케 생각함?

└여봉봉선: 현실적으로 위속 정도 사이즈 인물이 조조네 가면 바로 끔살당하는 거 아님? 조조 입장에서 위속은 존재 자체가 악몽이지 않았어여?

└위속동생하후돈: ㄴㄴ 산양 대해전 끝났을 때 조조가 이미 이각, 곽사한테 한번 져서 병력 손실이 엄청 컸는데 위속 죽였다간 여포가 빡쳐서 전 병력 다 꼬라박는 거 절대 못 막음. 공멸하는 거 잘 알 테니 안 그랬을 듯.

└순욱순두부: 그때 조조는 한나라의 충신으로 스스로를 포장하고 있었습니다. 헌제를 옹립하고 있던 원소를 역적으로 매도하다시피 했고요. 그런 입장에서 당시 사대부들에게 추앙받기 시작하던, 그것도 자길 도우러 온 위속을 죽인다면 곧장 반란이 터질 겁니다. 힘이 없으면 인망이라도 있어야 하는데 마지막 버팀목을 버리는 꼴이죠.

"흠."

이거, 애매한데……

조조가 망하면 형님도 같이 힘들어지게 된다.

하지만 조조를 살리면 형님에 대한 부담이 줄어든다. 원소를 상대할 세력이 우리 하나가 아니라 조조까지 둘이 되는 거니까.

근데 또 조조를 살려두면 우리와 피 터지게 치고받고 싸워야 할 세력을 돕는 거나 마찬가지인데…….

"아오."

갑자기 속이 답답해진다.

내가 그렇게 인상을 찌푸리고 있을 때, 방 안의 모든 것들이 스르르 녹아내리기 시작했다.

벌써 시간이 된 건가.

4장
위속이 나타났다!

"흐……"

잠에서 깨어나니 피로가 싹 사라지고 없다. 무릉도원에 들어간 지는 얼마 되지 않은 것 같은데 창밖을 보니 하늘이 밝아져 있다. 비도 그친 듯, 어느덧 구름이 사라지고 푸른 하늘의 모습이 펼쳐져 있었다.

"날씨 한번 좋네."

조금 꿉꿉하긴 하지만 덥지도 않고, 시원하니 딱 좋다.

"쓰읍……"

황 노인에게 부탁해 목욕을 하고 옷을 갈아입고 있는데 공명이가 찾아왔다는 소식이 들려왔다. 나가서 보니 녀석이 영탐탁지 않아 하는 얼굴로 날 기다리고 있었다.

"아, 스승님."

"오냐. 아침부터 무슨 일이야?"

"저희 형님께서 말씀을 전하라 하셔서요. 열흘 뒤에 저희 제갈부를 방문해 주시길 부탁하셨습니다."

"아, 그 일도 있었구나."

제갈영과의 혼인 건이다.

따지고 보면 제갈근에게 제갈영과의 혼인을 제안받고 나서 한참의 시간이 지났다. 뭔가 좀 시간이 날 만하면 사건이 생기고, 또 여유가 날 만하면 일이 터져서 지금껏 한 번밖에 못 만났던 거고.

이제 원소를 격파하며 당장 발등의 불은 껐으니 그동안 이야기하지 못했던 일들을 진행해 보자는 것이겠지.

"방문하실 겁니까?"

"가야지, 당연히."

"진짜요?"

내가 고개를 끄덕이는데 공명이가 작게 한숨을 내쉰다. 녀석이 체념하는 것 같은 얼굴로 날 쳐다보고 있었다.

"스승님께서 그렇게 말씀하신다면…… 알겠습니다."

공명이의 얼굴이 묘하다. 하고 싶은 말이 있는데 억지로 참는 것 같은, 그런 느낌이라고나 할까.

뭐지?

"참, 그리고 스승님의 아우분 말입니다."

"응? 내 아우? 아, 돈이 말하는 거냐?"

"예. 하후 장군은 오늘 성문이 열리기가 무섭게 하동의 상황을 봐야겠다며 돌아가셨습니다."

"크크. 그렇단 말이지?"

조조가 원소와 손을 붙잡은 게 아니라는 점을 증명해 보이고자 왔다가 예기치 않게 성에 갇혀 있던 하후돈이다.

하지만 아무리 그렇다고 해도 간단한 인사를 나눌 시간조차 없지는 않았을 터.

"튀었네, 튀었어."

이건 나한테 형님 소리 하기 싫어서 튄 거다. 100%.

"스승님. 전 이만 돌아가 보겠습니다."

공명이가 그렇게 말하는데 그런 녀석의 얼굴에 그늘이 져 있었다.

"너 또 혼났냐?"

"예? 제가요? 왜요? 누구한테?"

쟤 얼굴을 보니 딱 알 것 같다.

"혼났구만, 뭘. 이번엔 안 맞았지?"

"……아, 안 맞았습니다! 제가 맞긴 누구한테 맞고 다닌다고 그러십니까?"

그러면서 녀석이 백우선을 흔드는데 얼굴이 조금씩 붉어지는 게 아무래도 진짜 또 맞긴 한 모양이다. 그냥 살짝살짝 애정하면서 때려주는 거랑 형이나 부모가 답답함에서 밀려오는 분노를 듬뿍 담아 때리는 거랑은 전혀 다른데 말이지.

"내가 얘기 좀 해주랴?"

"얘기요?"

"네 스승이잖냐. 싫고 재미없는 걸 억지로 하라고 강요만 해서는 답이 없지. 오히려 점점 더 싫어지지나 않으면 다행이고."

옛날 우리 부모님도 그랬다. 나는 원래도 공부에 흥미가 없었는데 하도 공부, 공부 노래를 부르시기에 반감이 생겨 더더욱 공부를 안 했다. 그러니까 공명이도…… 아니지, 여기에 가져다 댈 건 아닌가?

내가 그렇게 생각하며 볼을 긁적이는데 공명이의 눈동자가 초롱초롱 반짝이고 있었다.

"집으로 돌아가는 거냐?"

"형님께서 계시는 위민각으로 돌아가야 합니다. 그런데 정말로 말씀해 주실 겁니까?"

"어. 얘길 꺼냈잖아. 일단은 내 핑계를 대놓고 적당히 짱박혀 있든가 돌아다니든 해라. 하기 싫어도 그나마 재미있는 걸 찾아봐. 그거부터 시작하자고."

"예! 알겠습니다, 스승님!"

그러면서 공명이가 내게 포권하고선 돌아가는데 그 발걸음이 가볍기만 했다.

내가 괜한 참견을 하는 건 아니겠지?

□

쉬쉬쉭- 퐁당-
고민된다.

분명 조조를 돕는 게 이득인 것 같기는 하다. 원소를 상대하는 것에 도움이 될 테니까.

하지만 싫다.

아오…… 진짜 모처럼 쉴 기회가 생겼는데 조조를 도우러 가면 또 못 쉬는 거잖아. 그게 너무 싫다.

그렇게 혼자 연못에 돌을 던지며 고민하고 있는데 익숙한 목소리가 들려왔다.

"군사님! 총군사님!"

"야! 내가 그렇게 부르지 말라고 했지!"

"하하. 총군사님을 총군사님이라 부르지, 그럼 뭐라고 합니까?"

"그냥 장군이라고 해, 장군이라고. 총군사 소리 들으면 온몸에서 소름이 돋는다. 보이지?"

소매를 걷어 팔에 난 닭살을 보여주니 후성이가 흐흐 웃는다.

"전 총군사님께서 그렇게 질색하시는 게 참 좋습니다."

"뭐 인마?"

"질색하시긴 해도 누구보다 훌륭하게 일을 처리하시잖습니까. 덕분에 따라다니면서 공도 세우고요. 지금이야 천하가 어지러워 제대로 된 논공이 없지만 좀 지나면 혹시 압니까? 저도 어엿한 태수 자리 하나 차지할 수 있을지요."

그러면서 후성이가 저 하늘 저편을 아련하게 쳐다본다.

뭐, 후성이 입장에선 내가 능력 좋은 직장 상사 같은 느낌이야 할 것 같다. 날 따라다니면 떡고물은 확실하게 떨어질 테니.

"근데 태수면 너무 배포가 적은 거 아니냐? 어디 주자사 같은 거라도 해야지."

"에이, 그런 건 신경 써야 할 게 너무 많아서 싫습니다. 그냥 적당히 전선에서 멀리 떨어진 곳에서 태수 일이나 하면서 떵떵거리며 살다가 편안하게 죽으렵니다. 그게 제 꿈입니다."

"오냐. 언제고 이룰 날이 있을 거다. 근데 나한테는 왜 온 거야? 멀쩡히 잘 있는 사람 복장 터뜨리려는 건 아닐 거고."

"동군에서 사람이 왔습니다. 이름이…… 순욱이라던데요?"

"뭐? 순욱이 왔다고? 어디로?"

"여기로요. 좀 전에 성내로 들어왔다는 소식을 듣고 장군께 달려온 겁니다."

순욱이 여길 오다니? 갑자기 왜?

"오, 왔구나."

외당에 도착하니 형님이 손을 흔든다.

그런 형님의 앞으로 처음 보는 중년인이 서 있다. 척 보기에도 지적인 인상의 그는, 검은색 장삼을 입고 길지만은 않은 곱게 정돈된 수염을 쓰다듬고 서 있었다.

그런 중년인이 기묘한 빛이 서린 눈동자로 날 쳐다보더니 성큼성큼 다가와 정중하기 그지없는 움직임으로 읍하며 말했다.

"순욱이라 합니다. 장군의 위명이 사해에 가득한데 이렇게 직접 뵙게 되는군요."

"위속입니다. 그런데 여기엔 어떻게……."

너무 갑작스럽다. 순욱이면 조조군의 브레인 중에서도 핵심이라 할 수 있는 인물인데 이런 사람이 갑자기 우리를, 그것도 안방으로 찾아오다니?

어안이 벙벙해서 주변을 돌아보는데 진궁의 모습이 시야에 들어왔다. 그가 묘한 얼굴로 나를, 순욱을 번갈아 쳐다보고 있었다.

"우리가 본디 편한 관계만은 아니었으나 손을 잡아야 할 때가 아니겠습니까. 하여 연주를 가로질러 군을 이동하는 이때 앞날에 대해 논하고자 찾아왔으니 무례를 용서하시길 바랍니다."

"제북을 제외한 북연주에 있던 병력을 이끌고 하동으로 향하는 중이라 하오. 관중에서의 전세가 유리하게만 돌아가는 건 아니라는군."

순욱에 이어 진궁이 말했다.

무릉도원에서 봤던 내용이다. 그곳에서 이야기한 역사대로면 조조는 이각, 곽사에게 패배하게 된다. 전황이 좋지만은 않다고 우리에게 밝힐 정도면 이미 상당히 안 좋은 수준으로 기울었다고 봐야 할 테고.

일단은 지금의 상황이 어느 정도인지를 파악하는 게 먼저다.

"연주의 병력을 빼면 그쪽을 지키는 건 어쩔 작정이십니까?"

"사실 오늘 온 게 그 일 때문입니다. 감사하게도 위속 장군께서 원본초의 대군을 괴멸시켰으나 기력이 약간 쇠하게 했을 뿐, 완전히 무너뜨린 것은 아니지요. 북연주의 방비가 약해진 것을 안다면 곧 군을 보낼 것입니다."

"그렇겠죠."

조조가 원소에게 등을 돌렸으니까.

방비가 약해진 곳이 있다면 공격해 빼앗는 게 난세다. 순욱도 나름 대비를 해두기는 했겠지만 쉽지 않겠지.

"그래서 우리가 서쪽에서 전쟁을 하는 동안 북연주의 방비를 도와주시길 부탁드리고자 찾아오게 되었습니다."

"크흠."

순욱의 말이 마음에 들지 않는다는 듯 진궁이 헛기침을 내뱉는다.

순욱은 나와 형님, 진궁을 번갈아 쳐다보더니 말을 이었다.

"원본초를 상대하기 위해선 여 사군뿐만 아니라 우리 주공역시 강대함을 유지해야 하지 않겠습니까?"

"그거야 그렇기는 한데."

"양측의 이해가 맞아떨어지는 일입니다. 여 사군께서는 손잡고 원본초에게 대항할 동맹을 얻는 것이고, 저희 주공께서는 이각과 곽사를 토벌하여 장안으로 나아가 원본초에 대항할 힘을 얻는 일이지요."

당당하기 그지없는 얼굴로 순욱이 말했다.

말이야 맞는 말이다. 근데 저렇게 당당하게 할 소리는 아닌것 같은데.

결국엔 자기들한테 도움이 필요하니 도와달라는 거니까. 대가랄 것도 딱히 없이 그냥 동맹이라는 말로만 퉁 치는 거고…… 아니지, 그 대가에 대해서는 지금부터 협상을 하면 되는 건가?

내가 진궁 쪽으로 시선을 옮겼다.

진궁은 조금 전에만 인상을 찌푸렸을 뿐, 지금은 그저 무표정한 얼굴로 날 쳐다보고 있을 뿐이다. 협상의 여지가 있는 거겠지?

"선생. 동맹이라는 애매한 표현 말고, 뭔가 확실하게 주고받는 거래가 되었으면 합니다."

"거래 좋지요. 무엇을 원하십니까?"

일말의 고민도 없이 내 말을 받는다. 협상을 시작할 타이밍이 맞았던 모양.

나는 순욱을, 외당 한쪽에 걸려 있던 연주 전역의 지도를 번갈아 쳐다봤다. 하나 떠오르는 게 있기는 한데…… 이게 통할지 모르겠네.

"지키는 것을 도울 테니 이각, 곽사의 토벌이 끝나고 나면 북연주를 우리에게 넘기시죠."

"북연주를 넘기라는 건……. 흐음."

말도 안 되는 조건이라고 까면서 바로 협상을 시작할 줄 알았는데 의외네. 일단 고민해 볼 여지는 있다는 건가? 아무래도 내가 생각했던 게 맞는 것 같다.

"조공의 영역이 북연주에 한정되어 있을 땐 상관없으나 이각, 곽사를 토벌하고 나면 동서로 이천 리에 이르게 됩니다. 지키기가 대단히 어려울 테니 차라리 우리에게 할양하는 게 낫겠다 싶습니다만."

"할양을 대가로 한다면 북연주를 지키는 것은 확실히 도울 작정입니까?"

"예."

"좋습니다."

엥? 진짜로? 이렇게 쉽게 땅을 내준다고?

내가 황당해서 쳐다보는데 순욱이 가볍게 미소 지으며 말했다.

"단, 시기는 장안의 토벌이 끝난 이후가 되어야 할 것이며 북연주의 백성은 최대한 관중으로 옮길 것입니다. 할양은 그다음에 하도록 하지요. 동의하신다면 내 주공께 아뢰어 그대로 행할 것입니다."

"백성을 옮긴다고 해도…… 나쁘지 않은 제안이오."

가만히 듣고만 있던 진궁이 고개를 끄덕였다.

백성을 옮긴다고 해도 100% 다 이주시키는 건 말도 안 된다. 적지 않은 숫자가 남아 있게 될 것이고, 북연주를 할양받게 되면 그 인구는 고스란히 우리의 백성이 되기 때문이겠지.

"그리고 한 가지 더 조건이 있습니다."

또 뭘?

"위속 장군께서 군을 이끌고 우리 주공을 좀 도와주서야겠습니다."

북연주를 꽁으로 먹기 위한 일이다. 내가 조조를 도우러 간다고 해도 손해는 아닐 것 같다. 게다가 어차피 무릉도원에서 본 것들 때문에 조조를 도와야 할 판이기도 했고.

내가 그렇게 생각하며 진궁을 쳐다보는데 그가 이번에도 고개를 끄덕였다. 자기가 보기에도 손해는 아니라는 거겠지.

"좋습니다."

"좋군요. 허면 이 조건으로 거래하는 것으로 합시다."

"와, 우리 문숙은 말 한마디로 땅을 거저먹네?"

순욱이 만족스러운 얼굴로 말함과 동시에 형님이 자리에서 일어나 우리 쪽으로 다가왔다.

형님이 신기하다는 듯, 나와 순욱을 번갈아 쳐다봤다.

"우리 문숙이가 돕는 게 북연주의 땅을 넘길 정도로 가치 있는 거냐?"

"물론입니다, 사군. 위속 장군은 불패의 명장이지요. 이각, 곽사의 무리도 위속 장군을 두려워하고 있을 것입니다."

"그래?"

형님의 입가에 함지박만 한 미소가 피어오른다.

설마? 어째 이거…… 느낌이 싸하다.

"이각, 곽사면 나하고도 철천지원수다. 함께 가마."

"사, 사군께서 말씀이십니까?"

대화가 진행되는 내내 냉정을 유지하던 순욱의 눈이 동그랗게 커졌다.

"내가 바로 십만지적 여포다. 내가 가서 선봉에 서면 이각과 곽사 놈들은 깡그리 쓸어버릴 수 있다. 그리고 내 아우, 이 녀석으로 말할 것 같으면 말이지."

망했다. 스위치가 올라갔다.

형님이 잔뜩 흥이 오른 얼굴로 말을 이었다.

"안량을 베고, 장합과 백합을 싸우면서도 숨소리 하나 흐트러지지 않은 맹장이다. 이 녀석 하나만으로도 일만…… 아니지, 그래! 삼만지적은 된다. 거기에 나까지 포함되는 거니까 성 몇 개는 더 줘야겠는데?"

"서, 성이라니요?"

"어디 보자…… 그래. 최근에 하내를 넘어서 홍농까지 진출했다지? 딱 하내까지만 넘겨. 그러면 십만지적인 이 몸이 직접 가서 이각과 곽사를 처부숴 주마."

"하내, 하내를 할양하라니……."

순욱의 얼굴이 붉어진다. 그런 순욱의 팔이 부들부들 떨린다. 끓어오르는 분노를 억지로 참는 거다.

형님은 그러거나 말거나 계속해서 기분 좋은 목소리로 말했다.

"삼만지적인 우리 문숙도 북연주를 받아오는데 십만지적인 내가 나서면 주 하나를 통째로 받아야 수지가 맞아. 하지만 앞으로 조조와 나는 친하게 지내야 하니 특별히 싸게 해주는 거야."

그러면서 껄껄 웃기까지.

"하, 하하……."

입은 웃고 있지만 순욱의 눈가가 파르르 떨린다.

빡친 거다. 하지만 상대가 형님이니 더 말을 못 하고 웃기만 하는 거겠지.

그런 와중에.

"저, 주공. 그럼 오천지적이면 땅을 어느 정도나 받을 수 있을까요?"

후성이가 말했다.

순욱의 시선이 후성을 향했다. 그 사납고도 맹렬한 분노를 머금은 눈빛에 후성이 움찔하며 뒷걸음질 치고 있었다.

'아, 안 돼.'

단순히 순욱이 빡치는 것만으로 협상이 파투 날 리는 없겠지만, 형님이 움직이는 건 막아야 한다.

"형님. 형님은 안방을 지키셔야죠. 형님까지 가면 집은 누가 지킵니까?"

"집이야 여기 공대가 있잖으냐. 네 제자 녀석들도 있고."

"아니, 형님. 아무리 그래도 형님까지 가시는 건 너무 과합니다. 안 돼요. 원소가 언제 다시 또 남하해서 내려올지 알 수가 없습니다. 어쩌면 원술이 올라올 수도 있다고요."

"원술? 걔는 지난번에 싹 때려잡았잖아?"

"수춘만 뺏긴 거지, 십만이 넘어가는 병력은 강남에 그대로 남아 있었잖습니까. 상황이 언제 어떻게 될지 알 수 없는데 저도 없는 상황에서 형님까지 없으면 어떻게 합니까. 안 돼요. 진짜 안 된다고요."

"문숙, 너 설마……."

형님의 눈매가 가늘어진다.

"아, 형님. 저 혼자 가서 다 해 먹으려고 이러는 거 아니라니까요!"

"누가 뭐라나? 그냥 확인만 해보는 거다, 확인만."

"혼란하군…… 혼란해."

순욱이 나지막이 중얼거리는데 그 옆에서 진궁이 체념한 것 같은 얼굴로 말했다.

"이해하시오, 문약. 여긴 뭐…… 원래 이럽니다. 이게 일상이오, 일상."

"이 벌레 같은 놈들을 그냥……."

동군. 그곳의 성벽 위에서 조홍은 이를 악문 채 저 아래에 벌 떼처럼 몰려 있는 원소군의 모습을 응시하고 있었다.

"삼십만이나 되는 병력을 끌고 내려갔다가 대패한 지 얼마나 됐다고 또 병력을 끌고 와?"

어이가 없다는 듯 조홍이 중얼거렸다.

그런 조홍의 옆에서.

"완벽하게 허를 찔렸습니다, 장군. 방도를…… 마련해야 합니다."

이전이 걱정스럽다는 듯 말했다.

이각, 곽사와 싸우는 조조를 지원하기 위해 순욱이 동군에 주둔하고 있던 병력의 상당수를 빼 갔다. 덕분에 지금 성에 남아 있는 병력은 고작 오천 명밖에 안 된다. 적의 공격을 막느냐 아니냐를 떠나 성벽 위를 빈틈없이 지키는 것조차 벅찰 인원이었다.

"방도는 무슨 방도! 백성을 동원해야지! 벌써 며칠이나 막아봤으니 자네도 알 것 아닌가!"

"하지만 장군. 백성을 동원하는 것은……."

이전의 얼굴이 딱딱하게 굳어졌다.

수성전이다. 이런 전투에 백성을 동원하는 것은 결국 제대로 된 무기 한번 쥐어보지 못한 이들을 화살받이로 동원하는 꼴이나 마찬가지다.

하지만 조홍은 그런 일 따위 상관없다는 듯, 어서 동원이나 하라는 것처럼 이전을 노려보고 있을 뿐이었다.

둥- 둥- 둥-!

그러던 때, 저 밖에서 북소리가 들려오기 시작했다.

지난 며칠간 질리도록 들었던 북소리다. 원소군의 공격이 시작되려는 거다.

"어서 백성들을 데리고 와라. 어서!"

"알겠습니다."

이전이 이를 악물고선 자신의 휘하에 있던 천부장 하나를 불러 동원령을 내린 직후, 그의 시야에 저 멀리에서부터 흩날리는 흙먼지가 들어왔다.

남쪽이다. 남쪽 저 멀리에서 여(呂)의 깃발을 휘날리는 군대가 접근해 오고 있었다.

"저쪽인가?"

"맞는 것 같은데요? 보십시오. 원(袁)이랑 순우(淳于)가 같이 있잖습니까."

나와 함께 달리던 후성이가 손을 뻗어 저 앞에 있는 동군을 포위 중인 원소군을 가리켰다. 녀석의 말대로 원소와 순우경을 상징하는 깃발이 저 사이에서 펄럭인다.

그들이 막 성을 공격하려는 것처럼, 사다리를 챙겨 움직이고 있었다.

"쓰읍. 팔자에도 없는 남의 땅 지키는 일로 구르게 생겼구만."

"그래도 지켜주는 대가로 이쪽에 있는 땅들 다 받는 거잖습니까. 그 정도면 남는 장사죠."

"인마. 이게 어떻게 남는 장사야? 여기도 지켜주고, 조조가 이각이랑 곽사랑 때려잡아서 안 망하게 하기까지 해줘야 하는데."

"장군. 그래도 남는 장사는 맞는 것 같습니다. 우리가 직접 이 땅을 뺏으려 한다면 흘려야 할 피가 적지 않잖습니까."

아니, 그냥 드립으로 엄살 부리는 건데 갑자기 이렇게 다큐톤으로 들어오면 어떻게 하니.

위월이가 진지하기 그지없는 얼굴로 말하는데 딱히 할 말이 없다. 조조의 영토가 동서로 길게 늘어져 있기에 가능한 거래지, 그게 아니면 택도 없는 일이니까.

"뭐 어쨌든…… 가서 저것들이나 때려잡자. 허저!"

"허저 여기 있습니다! 가서 때려 부술까요?"

녀석이 순박하기 그지없는 얼굴로 내게 다가와 말했다. 환하게 웃고 있는 게 아무래도 전투를 목전에 두고 기분이 좋아진 느낌이다.

'얘, 진짜 형님처럼 되어가는 것 같은데…….'

이거 이래도 되는 건지 모르겠다. 괜히 멀쩡한 애 하나 망쳐버린 것 같은 느낌인데 말이지.

"흠. 넌 그냥 뒤에서 위월이랑 같이 있어라."

"예? 저도 나가고 싶습니다!"

"아니야. 너는 좀 참아가면서 커야 할 필요가 있을 것 같다. 형 믿지?"

허저가 풀이 죽어선 고개를 숙인다.

안타깝지만 어쩔 수 없다. 이제 겨우 열아홉 살밖에 안 된 놈인데 벌써부터 전투라면 물불 안 가리고 뛰어드는 전투광이 된다면 앞날이 훤하다. 나가야 할 때, 나가지 말아야 할 때를 구분하지 못하고 날뛰다가 적의 함정에 빠져 죽겠지.

이게 다 널 생각해서 빼주는 거라고.

"장군. 그럼 저희끼리 갑니까?"

이번엔 후성이가 다가왔다.

내가 고개를 끄덕였다.

"어차피 포위망을 뚫고 성내로 진입하는 게 목표다. 무리할 필요 없어. 무슨 말인 줄 알지?"

"예. 확실하게 이해하고 있습니다."

"좋아. 그럼 가자."

내가 선두에서 말을 달리며 앞으로 나아가기 시작했다.

문추나 장합 같은 놈이 튀어나오면 또 모르겠지만, 상대는 순우경이다.

순우경이 삼만 병력을 이끌고 동군을 공격할 것이라던 무릉도원의 댓글에서 말했었다. 순우경은 이름만 특이할 뿐, 능력은 별 볼 일이 없었다고.

긴장하지 않아도 될 거다.

나는 그렇게 생각하며 말의 배를 걷어찼다.

히히힝-!

달리는 속도가 점점 더 빨라진다.

그런 와중에서 나는 옛날, 우리 부대의 중대장을 보며 언제고 꼭 한번 해보고 싶었던 그 대사를 외쳤다.

"나를 따르라!"

"위속 장군께서 앞장서신다!"

"장군을 따라라!"

"와아아아아아아!"

"원소의 개들을 몰살시키자!"

선두에서 달리는 나를 따라 위월과 함께 데리고 온 기마 삼천 기가 함성을 내지르며 질주하기 시작했다.

두두두두두두-!

지금껏 내가 기마대와 함께 돌격하며 들었던 그 어떤 소리보다 더 우렁찬 말발굽 소리가 천지를 가득 메우는 느낌이다.

그런 와중에서 원소군은.

"저, 적이다!"

"여포군이다! 여포군이 나타났다!"

뿌우우우우우우우우-!

둥, 둥, 둥, 둥, 둥!

병사들의 당혹스럽기 그지없는 외침과 함께 뿔 나팔 소리가, 북소리가 울려 퍼진다. 성을 공격하기 위해 움직이던 병력이 황급히 뒤로 물러나 우리들 쪽으로 방진을 펼치고 있었다.

흐흐. 그렇게 나온다 이거지?

"흐웁-!"

있는 힘껏 숨을 들이마시며 나는 놈들을 향해 소리쳤다.

"나 위속이 여기에 왔다! 너희는 이미 포위당했으니 항복한다면 목숨만은 살려주마!"

물론 드립이다. 설마 이 말을 믿겠어? 자기들끼리 쳐다보면서 황당해하는 정도로 끝나겠지.

"바로 돌격해서 뚫어버리고 본진이 성안으로 들어갈 시간을 번다! 다들 알았지?"

"예, 장군!"

후성이, 우리 쪽 천부장들이 답하며 전의를 다지던 그때.

"위속, 위속이 나타났다!"

"으아아아아아악! 위속이다!"

"또 함정이다! 우리가 위속의 계책에 빠졌다고오오오오오!"

뿌우우우- 뿌우우우우-

두둥, 두두둥, 두둥, 두두둥-!

조금 전과는 또 다른 패턴의 뿔 나팔 소리와 북소리가 울려 퍼진다.

너무도 갑작스러운 그 모습에 내가 황당해서 쳐다보고 있는데 원소군 병사들이 썰물 빠지듯 도망치기 시작했다. 무기며 갑옷이며 할 것 없이 다 버리며 그냥 허겁지겁 달리고 있다. 무슨 자연재해나 귀신같은 거라도 마주한 것처럼.

"뭐 하는 거야? 저것들."

"장군의 위명에 싸워보기도 전에 사기가 땅에 떨어진 거죠. 흐흐흐. 어떻게 하시겠습니까?"

"후성아. 네가 보기엔 어떻게 해야 할 것 같냐?"

"이건 당연히…… 추격하셔야죠. 여세를 몰아 적들을 몰아붙인다면 전군을 모두 섬멸할 수 있을지도 모릅니다."

"네가 보기에도 그렇지?"

"예."

"그러면…… 추격하라! 모조리 쓸어버리자!"

"와아아아아아-! 원소의 개들을 쓸어버리자!"

이건 뭐, 싸우기도 전에 승리한 꼴이다.

후성과 함께 한참을 추격하는데 마침내 적의 본대가 모습을 드러냈다. 남쪽에서의 이 갑작스러운 혼란을 수습하기 위해 병력을 끌고 움직여 온 모양.

병력의 사이에서 순우(淳于)의 깃발을 휘날리며 근엄한 인상의 중년인이 모습을 드러냈다.

그 중년인, 순우경은 날 보기가 무섭게 안색이 창백하게 질리고 있었다.

"위, 위속! 네가…… 네가 어째서 이곳에!"

"어째서긴 어째서야. 너희 잡으러 왔지! 오면서 우리 형님은 못 봤냐? 슬슬 도착하실 때가 됐는데?"

"여, 여, 여, 여, 여포가?"

창백하던 순우경의 얼굴이 이번엔 거멓게 죽어간다. 그러고는 손이 부들부들 떨리더니 기어코 힘이 빠진 듯, 창까지 떨어뜨린다.

창이 땅에 떨어지는 그 소리가 요란스럽기만 했다.

"퇴, 퇴, 퇴, 퇴각한다!"

"퇴각하라!"

으흐흐. 이게 먹히네?

"얘들아! 내가 뭐라고 할지 다들 알지?"

"예!"

"가즈아아아!"

📱

"저게 무슨……."

조홍이 믿기질 않는다는 듯 중얼거렸다.

그런 조홍의 시선이 성 밖에서 오천도 안 되어 보이는 기마로 돌격하기 시작해 순우경의 삼만 병력을 단번에 박살 내고 있는 위속과 그 휘하를 향해 있었다.

"위속은…… 참으로 무서운 자인 것 같습니다."

옆에서 그 모습을 지켜보던 이전이 말했다.

"산양에서의 대승이 있은 지 얼마 지나지 않았으니 원소군은 그 충격에서 벗어나질 못했을 터. 그 충격을 이용해 단번에 또 다른 대승을 거두다니……."

자신이라면 이런 방법은 아예 떠올리지도 못했을 것이다.

설령 떠올린다고 해도 이러한 계책이 먹힐지 확신할 수가 없었을 터. 결국엔 시도해 보지조차 못한 채 처음부터 정공법으로 나왔을 것이었다.

"이거 참……."

아군일 땐 참으로 든든하겠지만. 예전, 연주를 두고 공방전을 벌이던 때처럼 적이 된다면 위속을 상대해야 한다는 것만으로도 등골이 서늘해질 것이다. 언제 어디에서 상상조차 못한 기상천외한 방법으로 공격해 올지 알 수가 없으니.

이전이 그렇게 생각하고 있을 때, 쉴 새 없이 적들을 추격하던 위속이 말 머리를 돌려 물러나기 시작했다.

그리고 그때, 동군의 동문을 틀어막고 있던 아주 멀쩡한 상태의 병력이 나타나 순우경의 본대를 향해 달려오는 게 이전의 시야에 들어왔다.

"허……."

조금만 더 몰아치면 순우경의 본대를 궤멸시킬 수 있을지도 모르는, 그 상황에서 욕심을 내지 않고 칼같이 부대를 뒤로 물리고 있다.

"가히…… 천하명장이로다."

"아, 씨. 조금만 더 갔으면 본대도 다 때려 부쉈을 텐데."

갑자기 튀어나온 병력과 합류해 전열을 갖추며 질서 있게 물러나는 순우경의 부대를 보고 있으니 속이 쓰리다.

한번 시작한 김에 저것들까지 같이 싹 쓸어버리면 얼마나 좋아. 한동안은 북연주를 건드릴 엄두도 못 낼 테니 조조도 여유가 생길 거고, 그러면 이각과 곽사를 때려잡는 것도 좀 더 편해질 텐데…….

"아오."

아깝다, 아까워.

내가 그렇게 생각하며 말을 몰아 동군으로 들어가는데 후성이 팔꿈치로 옆구리를 툭툭 친다.

"뭐야?"

"저거, 저것 좀 보십시오."

"응?"

후성의 손가락이 성을, 정확하게는 성벽 위를 향한다.

조(曹)와 이(李)가 새겨진 깃발이 휘날리는 동군의 성벽 위에 수도 없이 많은 사람이 모여 있었다.

"뭐냐, 저거. 백성이야?"

"그런 것 같습니다."

후성이 고개를 끄덕이는데 백성 중 하나와 눈이 마주쳤다. 그 남자가 흠칫하더니 이내 더없이 행복하다는 얼굴이 되어 환호성을 내지르기 시작했다.

"우와아아아아아아아아아!"

"위속! 위속! 위속! 위속!"

"위속! 위속! 위속! 위속!"

환호성이 끝남과 동시에 어딘가에서 내 이름을 외치는 목소리가 터져 나왔다. 곧이어 그 목소리는 성벽 위에 모여 있던 백성들 사이에서 퍼져 나가더니 이내 동군 주변의 온 세상을 뒤덮기 시작했다.

족히 만 명도 넘어 보이는 사람들 모두가 날 쳐다보며 내 이름을 연호하고 있다.

느낌이…… 정말 묘하다.

내가 가만히 그 모습을 지켜보고 있는데 공명이가 다가왔다. 녀석이 싱글벙글 웃으며 날 쳐다보고 있었다.

"감축드립니다, 스승님."

"응?"

"호통 한 번으로 적의 대장을 쫓아내는 것으로도 모자라 동군 백성들의 마음을 사로잡으셨잖습니까. 감축드릴 일이지요."

"공명의 말이 맞습니다, 장군. 감축드립니다!"

본대를 이끌고 내 쪽으로 합류하며 위월이 말했다.

쑥스럽다. 싸움에서 승리해 적들이 날 두려워하거나 아군 장수들에게 칭송받는 건 이제 꽤 익숙하다. 하지만 이런 식으로 백성들이 내 이름을 연호하며 즐거워하는 건 처음이다.

정말 어떻게 해야 할지 모르겠다. 그냥 손이라도 한 번 흔들면 되려나?

"와아아아아아아아아아아아아아!"

어색하게 웃으며 손을 흔드니 외침이 더욱더 커졌다.

'어후, 너무 저렇게 좋아하면 부담스러운데.'

내가 그렇게 생각하고 있는데 끼이익- 소리와 함께 동군의 성문이 활짝 열리며 장수 하나가 소수의 병력을 이끌고선 밖으로 나왔다.

깃발을 보니…… 쟤들이 조홍, 이전인 모양이다.

"동군 태수 조홍이외다. 도와줘서 정말 고맙소. 내 여공께도 인사를 드려야 할 것 같은데 지금 여공께선 어디에 계시오? 매복군을 이끌고 계시오이까?"

꽤나 통통한 인사의 장수, 조홍이 내게서 10m쯤 떨어진 곳에 멈춰서는 말했다.

"형님 여기에 안 계시는데요?"

"응? 그게 무슨 말이오? 여공이 근처에 와 있다고 했잖소이까. 그 얘기를 듣곤 적장도 허겁지겁 도망쳤고 말이오."

조홍이 황당하다는 듯 반문했다. 그 옆의 장수도 황당하기는 마찬가지라는 얼굴로 날 쳐다보고 있었다.

이 양반들, 뭐지?

"아무래도 장군께서 오해를 하신 것 같습니다. 적장 순우경은 산양에서 원소의 삼십만 대군이 수몰당하던 때, 그 자리에서 자신의 병사들과 함께 물에 휩쓸려 간신히 살아난 자입니다. 그 휘하의 부장들 역시 마찬가지이지요."

"머리통에 피도 마르지 않은 어린놈이 예가 어느 안전이라고 끼어드는 것이냐?"

인상을 찌푸리며 조홍이 말하자 공명이 피식 웃으며 포권했다.

"소생 위속 총군사님의 제자이자 제갈자유의 아우, 제갈공명이라 합니다."

"네가 위속 장군의 제자라고?"

"예. 어쨌든 순우경은 그때의, 너른 평야가 호수로 변하고 천 대가 넘는 전선이 밀려와 자신들을 공격하던 것을 떠올리며 이곳에도 뭔가 계책이 있을 것이라 지레짐작해 물러갔을 뿐입니다. 여 사군 역시 이곳에 계실 리가 없지요. 머리통에 피도 마르지 않은 자의 추리일 뿐이니 조홍 장군께서는 한 귀로 듣고 한 귀로 흘리십시오."

그러면서 공명이가 조홍을 향해 포권하며 고개를 숙이는데 그 입꼬리가 한쪽으로 휙 올라가 있다.

정중하게 말하기는 했지만, 결국엔 니들이 어리다고 깐 나도 아는 걸 왜 니들은 모르냐고 역으로 조홍을 까는 거나 마찬가지다.

그걸 모를 리 없는 조홍의 얼굴이 붉게 달아오르고 있었다.

그러던 때.

"그, 그, 급보요!"

저 멀리 서쪽에서 조조군 전령 하나가 지쳐서 당장에라도 죽어버릴 것 같은 모습으로 달려오며 소리쳤다. 그런 전령이 우리 쪽 병사들의 앞을 지나 벌겋게 달아오른 조홍의 앞에 멈춰 서고 있었다.

"무슨 일이냐."

"그것이……."

"괜찮으니 얘기해 봐라."

"주, 주공께서 하동에서 이각과 곽사에게 대패하셨답니다!"

"뭐, 뭣?"

조홍의 눈이 동그랗게 커진다.

"그러면 조조, 아니지, 조공의 군대는 지금 얼마나 남았지? 어디까지 퇴각한 거야?"

조조라고 부르기가 무섭게 매서워지는 조홍의 눈빛을 보고서 말을 바꿨다. 괜찮아졌던 조홍의 눈매가 다시 또 싸늘하게 변해가고 있었다.

"병력의 숫자, 위치는 외부에 알릴 수 없는 중차대한 비밀이라는 것을 장군은 몰라서 묻는 것이오?"

"스승님께선 순욱 선생의 요청을 받고 조공을 돕기로 약조하셨습니다. 그 약조를 위해 무려 일만이나 되는 군을 이끌고 성을 출발했고, 신묘한 혜안으로 제 앞가림도 제대로 못 하던 동군의 곤란함을 해소하기까지 하셨는데 이것만으론 자격이 부족하단 말입니까?"

"뭣이 어쩌고 어째?"

"내가 틀린 말을 했습니까?"

공명이가 대신 나서서 말하니 조홍이 부르르 몸을 떤다.

열은 받는데 딱히 할 말은 없을 거다. 성을 뺏길 뻔한 것도 맞고, 내가 와서 위기를 해소한 것도 맞으니까.

"이런 말을 듣는 게 수치스럽거든 실력을 키우든 방구석으로 들어가 웅크리고 살든 마음대로 하십시오. 하나 조공을 돕기 위해서라도 현 상황에 대한 정보는 꼭 넘겨주셔야겠습니다."

'오우야…… 저렇게까지 얘기해도 되는 건가?'

공명의 독설에 조홍이 이를 악문다. 그런 조홍의 옆에서 가만히 지금의 상황을 지켜보고만 있던 장수가 전령이 따로 전하는 말을 듣더니 우리 쪽으로 다가왔다.

"소장 산양군 거야현 사람 이전이라 합니다. 고향 땅을 진동시키는 위속 장군의 명성은 익히 들어왔는데 오늘 이리 인사를 드리게 되니 참으로 다행스러운 일이 아닐 수 없습니다."

조홍과는 다른, 정중하기 그지없는 어조다.

내가 고개를 끄덕이자 이전이 말을 이었다.

"주공께선 현재 하동에서 물러나 왕옥산 초입에 영채를 치고 군을 안정시키는 중이라 하십니다. 정확한 숫자는 알 수 없으나 현재 병력은 약 삼만가량이 남아 있을 것 같습니다."

"왕옥산이라……."

나는 어딘지 모르겠지만, 우리 쪽 애들한테 물어보면 알 수 있겠지.

"알겠습니다. 위월!"

"예, 장군!"

"군은 네가 데리고 와라. 나는 아무래도 최대한 빨리 조공에게 가봐야 할 것 같다."

"알겠습니다."

"스승님, 저도 함께 가겠습니다."

"저도 따라가겠습니다."

"저도 갈까요?"

후성이 당연하다는 듯 아무런 말도 없이 내 옆으로 다가왔을 때, 공명이와 지금껏 조용히 상황을 지켜보고만 있던 손권이가 다가와 말했다. 위월과 함께 뒤에서 얌전히 내 명령을 기다리고 있던 허저 역시 마찬가지.

"오냐."

"건승을 빌겠습니다, 위속 장군."

이전이 인사하는 것을 뒤로하며 나는 호위와 함께 허저, 손권, 제갈량과 후성을 이끌고 왕옥산을 향해 달리기 시작했다.

여기까지 급하게 달려오는 통에 피곤해 죽겠지만, 별수 없다. 무릉도원에서 본 것처럼 조조가 망해 버리면 내가 여기까지 오면서 고생한 것도 다 물거품이 되어버릴 판이니.

"위속 장군! 위속 장군!"

그렇게 달리는데 뒤에서 이전의 목소리가 들려왔다.

잠깐 말을 멈추니 이전이 우릴 따라오며 소리치고 있었다.

"주공께 도착하시거든 조인 장군을 조심하십시오! 조 장군께서 위 장군께 분노해 이를 갈고 있습니다!"

5장
나쁘지 않은데?

"아오."

왕옥산 초입이라고 해서 나는 말 그대로 산 입구에만 도착하면 되겠구나 했는데 알고 보니 그게 진령산맥 줄기를 완전히 가로질러 넘어간 방향 쪽에서의 초입이란다.

오봉곡보다 훨씬 더 험준한 산길을 따라 정신없이 달리고, 또 달려서야 도착한 왕옥산 저편의 입구에 조조군 영채가 자리하고 있었다.

"아, 드디어 오셨군요."

밖에서 주변을 경계하던 조조군 부장의 안내를 받으며 장수들이 모여 있다는 막사로 들어가니 날 반기는 순욱의 목소리가 들려왔다.

그런 순욱의 옆으로 책사로 보이는 이들 몇몇이 앉아 있다.

그 맞은편으론 살기로 가득한 눈빛을 내뿜고 있는 조인을 비롯한 장수들이 한가득하고.

이미 한 번 싸워서 대패했다는 놈들이 뭐 저렇게 당당한 건지 모르겠다. 안 그래도 난감해 죽겠는데.

〈이때 조조가 산에 매복 숨겨놓고 퇴각하는 척 유인했는데 이각, 곽사쪽 애들이 개먼치킨 전투 머신들이라 역으로 털었음. ㅋㅋㅋㅋㅋㅋ 조조는 그거 때문에 통곡하다가 빡쳐서 풍 맞고 그대로 몰락했고. ㅇㅇ〉

조조가 몰락하게 됐던 왕옥산 전투를 두고 무릉도원에서 본 댓글 중 하나다.

해결 방법을 찾으려고 계속 고민하고 또 고민했지만, 지금까지의 다른 전투들과 달리 이렇게 했으면 조조가 이겼을 것이란 댓글은 없었다. 그저 이각과 곽사가 전투에 있어서만큼은 얼마나 유능했는지, 그들과 싸우던 적들이 얼마나 비참하게 몰락했는지에 대한 예시를 들어 자기들끼리 좋다고 떠드는 게 전부일 뿐이었다.

그런 상황인데.

"젖비린내 풀풀 풍기는 애송이들만 잔뜩 데리고 오셨구려. 그런 놈들을 데리고 무슨 일을 할 수 있겠소?"

순욱의 안내를 받으며 그 옆자리로 가 앉는 나를, 내 뒤를 따르는 손권과 공명 그리고 후성과 허저를 보고 누군가 비웃으며 말했다.

저것들은 자기들이 질 수도 있다는 건 아예 생각도 안 하는 건가?

"내가 그쪽과 안 좋은 일이 있기는 했지만 그래도 큰 그림을 그리며 어떻게든 돕겠다고 온 건데 환영 인사가 너무 격한 거 아닌가?"

"좀 더 성대한 환영을 해주어야 하는데 상황이 상황이라 이 정도로만 끝나는 것을 다행으로 알거라."

내 바로 맞은편에 앉아 있던 조인이 싸늘한 눈으로 날 노려본다. 그 손이 허리춤의 검을 붙잡고 있다. 당장에라도 검을 뽑아 들기라도 할 것처럼.

어이가 없어서 쳐다보고 있는데 그 바로 옆에 있던 하후돈과 눈이 마주쳤다. 녀석이 난감하다는 듯 나를, 조인을 번갈아 쳐다보고 있었다.

"이보게, 자효. 아무리 그래도 우릴 도우러 온 자가 아닌가."

"우리가 병력이 없소, 아니면 지략이 없소. 순욱 선생에 곽가 선생, 정욱 선생까지 있소. 게다가 주공 역시 천하에 다시 없을 지략가외다. 이런 우리가 왜 저런, 징그러운 놈의 도움을 받아야 하오?"

조인이 손가락으로 날 가리키며 말하는데 어째 좀 묘하네.

날 욕하는 것 같기는 한데 말이지.

"조인. 너 설마…… 아직도 그때 일 때문에 꽁해 있는 거냐?"

"뭐, 뭐? 이 자식이!"

눈이 동그랗게 커져선 조인이 욱하며 자리에서 일어나는데 막막한 건 막막한 거고 귀엽다는 생각이 든다.

'이러면 놀려주고 싶어지잖아?'

"너 오늘은 이빨 잘 닦았나 봐? 입 냄새가 안 나네. 그때는 장난 아니었는데. 아, 그래. 이빨 사이에 낀 것도 없고."

"이, 이, 이! 이이이익!"

조인의 얼굴이 시뻘겋게 달아오른다. 뭔가 내게 심한 욕을 하고 싶은데 떠오르질 않는 듯, 답답해서 미칠 것 같은 얼굴을 하더니 검을 뽑아 들고 있었다.

"야. 말로 해, 말로. 꼭 멍청한 애들이 말로 안 되니까 주먹으로 해결하려고 하더라."

"자효! 그만하시게! 위속 장군, 그대도 이쯤 하면 되었지 않소이까!"

돈이가 자리에서 벌떡 일어나며 조인의 손목을 붙잡는다.

고개를 돌려 순욱을 보니 상황이 이렇게 될 줄 애초부터 예상하고 있었다는 듯 얼굴이 평온하기만 하다.

순욱도 이각, 곽사를 어쩌지 못하면 자기네가 위험하다는 걸 알 텐데 저렇게 여유로운 걸 보면 조인이 아무리 화를 내도 날 어떻게 할 수가 없다는 거겠지.

"형님은 왜 저놈의 편을 드시는 거요! 듣자 하니 산양에서 저놈과 호형호제를 하기로 했다던데, 그것 때문이오?"

"자효!"

"형님!"

"저자는 산양에서!"

"크흠. 돈 아우. 남아일언 중천금이라 했거늘 저자라니?"

하후돈이 날 쳐다본다.

좌중의 시선이 하후돈을 향했다. 특히 조인은 어서 말을 해 보라는 듯, 험악하게 일그러진 얼굴로 하후돈을 노려보고 있기까지 하다.

하후돈의 입술이 파르르 떨렸다.

"나는…… 크윽. 위속 형님은!"

"원양 형님!"

"위속 형님은!"

하후돈이 눈을 질끈 감았다.

그런 하후돈의 움켜쥔 주먹이 부들부들 떨린다. 하지만 그런 와중에서도 하후돈은 조인이 끼어들 여지를 주지 않겠다는 듯 말을 잇고 있었다.

"너른 평야 지대나 다름이 없던 산양성 앞에서 원소의 삼십만 대군을 물속에 처박고 기다렸다는 듯 천 척이나 되는 군선을 띄워 추격, 섬멸한 명장이다! 지금의 우리에겐 저런 혀, 혀, 혀…… 크흠의 지략이 필요하단 말이다!"

차마 형님이라는 말을 또 하지는 못하겠다는 듯 헛기침으로 발음을 뭉개는데 뭐, 저 정도는 인정해 줘야지.

내가 만족스럽게 고개를 끄덕이는데 조인은 정말 당장에라도 뒷목을 부여잡고 쓰러져 버릴 것 같은 얼굴로 하후돈을 노려보고 있었다.

"그런 건 우리 형님도 하실 수 있소! 우리 형님도 천기를 읽고,

불과 물을 자유자재로 다스리실 수 있단 말이외다!"

"정말로 그리 생각하느냐?"

악에 받친 듯 소리치는 조인을 향해 하후돈이 나지막하게 가라앉은 목소리로 반문했다.

조인은 이를 악물고 있었다.

"조 장군. 이쯤 하시지요. 아무래도 살풀이는 이쯤까지만 하셔야겠습니다."

옆에서 가만히 이 광경을 지켜보고만 있던 순욱이 자리에서 일어났다.

"우리는 지금 적들을 무슨 수를 써서라도 이각과 곽사, 그 역도의 무리를 섬멸해야만 하는 상황에 놓여 있습니다. 삼척동자의 지혜라도 빌려야 하는 판국에 싸우기만 하면 대승을 거두는 위속 장군의 지략을 썩힐 수만은 없지요. 이는 주공께서도 원치 않는 일이실 겝니다."

"젠장…… 빌어먹을."

조인이 나지막이 중얼거리며 털썩 주저앉자 순욱이 고개를 끄덕인다. 부장 하나가 막사 밖으로 달려 나갔다.

하후돈은 그제야 땅이 꺼져라 한숨을 내쉬며 극심한 현자 타임을 겪기라도 하는 것 같은, 자괴감에 물든 얼굴로 조인의 옆에 앉아 고개를 숙이고 있었다.

그렇게 한 5분이나 지났을까?

"다들 모였군."

굵은 저음의, 중후한 목소리가 울려 퍼짐과 동시에 휘장이 걷히며 중년인 하나가 모습을 드러냈다. 적빛이 감도는 검은색 갑옷에 망토나 마찬가지인 붉은 전포를 두른 모습이다.

조조의 등장에 좌중의 장수와 책사들이 앉아 있던 자리에서 일어나 그를 맞이하고 있었다.

"그대가 위속 장군인가?"

"에."

"이리 와주어서 고맙네."

조조가 다가와 내 손을 붙잡는다. 그 입가에 부드러운 미소가 피어올라 있다. 조조라고 하면 그냥 잔혹하고 냉정한 독재자 정도로 생각하고 있었는데 의외다.

내가 그렇게 생각하고 있을 때, 조조가 주변을 슥 돌아본다. 그 눈빛이 날 보던 때와는 비교도 되지 않을 정도로 차갑고 무심했다.

와, 카리스마 쩌는데? 나한테는 영업용으로 웃어준 거고, 저게 진짜 모습인가?

"적을 어떻게 쳐부숴야 할지 의논은 못 할망정, 나를 돕고자 천 리 길을 달려온 이를 윽박지르다니. 정신머리가 있는 것인가, 없는 것인가."

"소, 송구합니다. 주공."

"자효. 특히 네놈은 부끄러운 줄을 알아야 할 것이다."

손가락을 들어 조인을 꾸짖은 조조가 상석으로 가서 앉는다.

조(曹)가 새겨진 휘장 아래 상석에 조조가 앉으니 어딘지 모르게 어수선하던 막사의 분위기가 차분히 정돈되는 것 같았다.

조조 쪽 장수들이 말년 병장 앞의 이병처럼 군기가 바짝 든 모습으로 자세를 바로 하고 있었다.

"위 장군. 언제고 좋은 계책이 떠오른다면 기탄없이 이야기해 주길 바라오."

"예. 알겠습니다."

조조의 시선이 막사 한쪽에 걸려 있던 지도를 향했다.

영채 앞쪽으로는 드넓은 평야 지대고 뒤쪽으론 험준하기 그지없는 왕옥산의 산세가 펼쳐져 있다.

조조군 영채가 자리한 곳이 바로 그 왕옥산을 통과해 낙양으로 향할 수 있는 좁고 좁은 길목이다. 사실상 왕옥산을 통과하는 길의 목줄을 움켜쥐고 있는 것이나 마찬가지의 형세였다.

"내 하동에서 패한 이후, 지금껏 고심해 보았다. 평지에서 저놈들과 싸우는 건 적어도 지금의 상황에선 어려울 것 같더군. 하여 저들을 왕옥산 안쪽의 계곡으로 끌어들여 볼까 하는데 문약과 봉효, 그대들은 어찌 생각하는가?"

"소생 역시 주공과 같이 생각하고 있습니다. 이각, 곽사는 금수의 무리를 이끌고 있으니 정면으로는 대적하는 것보단 지략을 써 알고도 대처할 수 없도록 하는 것이 나을 것입니다."

"봉효, 그대는?"

"산중은 험하고 병력을 숨길 곳이 많습니다. 소리를 지르면 그것이 울려 열 명으로도 스물, 서른이 숨은 것처럼 착각도록 하는 게 가능하지요. 적이 혼란스럽도록 쉴 새 없이 함정으로 유도하며 공격한다면 능히 괴멸시킬 수 있을 것입니다."

무릉도원에서 봤던 것과 똑같은 방식이다.

조조가 자신의 생각도 같다는 듯 고개를 끄덕이며 뭔가 의견이 있느냐는 듯 날 쳐다보는데 한숨이 푹 나온다. 조조나 곽가, 순욱이 내세우는 계책은 다 무릉도원에서 이야기했던 것과 궤를 함께한다.

저렇게 하면 망할 거다. 뭔가 다른 방법을 내야 하는데…… 어떻게 해야 하지?

"위속 장군. 그대는 어떻게 생각하는가?"

조조의 나지막한 목소리가 들려왔다.

좌중의 시선이 나를 향한다.

조인은 어디 얼마나 기똥찬 계책을 내놓나 보자는 식으로 날 노려보고 있다. 순욱과 봉효라는 저 책사는 흥미롭다는 듯 쳐다보고 있을 뿐이고.

그런 와중에서 공명이는 아예 초롱초롱하게 눈을 반짝이고 있기까지 하다. 내가 정말 이번에도 다른 사람들은 상상조차 못 한, 정말 기상천외한 계책을 낼 것이라 믿어 의심치 않는 얼굴이었다.

미안…… 공명아. 문숙푸치노는 여기까지인 모양이야.

"당장은……."

떠오르는 게 없습니다.

딱 그렇게 말하려는데 공명이와 함께 산에 갔던 기억이 떠올랐다. 그곳에서 산이 불타올랐던 것이며, 비가 내렸던 것까지.

"의견이 없는 것이오?"

평온하기만 한 얼굴로 조조가 말했다. 그런 조조의 눈에 실망스러운 빛이 스쳐 지나가고 있었다.

"떠오르는 게 없을 리가 없죠."

"흠?"

"화공으로 가시죠. 그게 제일 확실할 겁니다. 이각과 곽사의 무리는 동 승상을 따라 장안에 입성하기 전부터 양주에서 이민족과 수도 없이 많은 전투를 치른 최정예 부대나 마찬가집니다. 어중간한 거로는 안 먹혀요."

"그래서 산중으로 유인하고 매복을 하겠다는 것이 아니겠습니까."

봉효라고 불렸던 젊은 책사가 반문했다.

"산중으로 매복하는 거 좋죠. 조공의 군대가 이각, 곽사의 군대보다 산에서의 움직임에 더 익숙하다면 가볍게 요리할 수 있을 겁니다. 그런데 아니잖습니까?"

"물론 우리 주공의 청주병은 산악 지대를 제집 마당 들 듯 익숙하게 다니지는 못합니다. 하나 이번 전투는 양군이 단순히 산속에서 싸우기만 하는 게 아닙니다. 기기묘묘한 계책을 통해 적들의 혼을 빼고, 혼돈을 유발해 기세를 완전히 꺾어버리는 것에 중점을 둬야지요."

"옳은 말씀이십니다. 확실히 그게 정석이죠."

내가 위속이 되기 전까지는 삼국지가 뭔지 그 이름만 간신히 아는 농사꾼이기는 했다. 하지만 위속이 되어 무릉도원이라는 치트 키를 쓰고, 전투를 거듭해 오며 깨달은 게 있다.

"그 계략이라는 것도 상대를 봐가면서 써야 합니다. 우리는 숨도 쉬기 어려울 고산 지대의 험준한 지형을 제집처럼 뛰어다니는 것이 서량의 이민족이고, 그들을 상대로 싸워온 게 이각과 곽사 휘하의 병력인데 수적으로도 절대적인 열세의 상황에서 과연 가능하겠습니까?"

곽가가 살짝 미간을 찌푸리며 고개를 숙인다. 계책을 세우며 뭔가 자신이 놓친 게 있지는 않은가 고민하는 눈치였다.

"화공을 펼친다는 거, 확실히 좋습니다. 하나 바람의 방향이 문제 아니겠습니까."

"바람요?"

순욱이 고개를 끄덕인다.

"지금은 계절적으로 서풍이 불어올 시기이니 자칫 화공을 사용했다간 적들을 태워 죽이는 게 아니라 우리가 타 죽을 겝니다. 동남풍이 필요해요, 동남풍이."

"위속 장군 그대의 말대로 이각, 곽사의 대군을 상대하려면 화공을 펼치는 게 가장 좋기는 할 것일세. 산과 함께 통째로 태워 버리면 확실하겠지. 하나 문약이 지적한 것과 같이 지금은 바람이 우릴 도와주질 않네."

이번엔 조조가 그런 것조차 계산하지 못했냐는 듯, 약간은 한심하다는 어조로 말했다. 그 눈빛에 깃들어 있던 실망스러운 기색이 더욱더 짙어지고 있었다.

"그 동남풍, 제가 만들어 드리지요."

"도, 동남풍을 만들겠다니?"

조인이 눈을 껌뻑이며 반문한다. 그런 조인의 옆에서 돈이 역시 믿을 수가 없다는 얼굴로 날 쳐다보고 있었다.

"동남풍을 만드는 게 만드는 거지, 거기에 무슨 설명이 더 필요해? 우리한테 지금 당장에 필요한 게 동남풍이니 바람을 만들어 화공을 사용할 수 있도록 하겠다는 거잖아."

"아니, 사람이 어찌 하늘의 이치를 비틀어 바람을 만든다고? 네놈이 지금 제정신이냐? 당장의 공명에 눈이 멀어 되도 않는 소리를 하는 거잖으냐!"

내가 사기를 친다고 생각한 모양이다.

조인이 삿대질하며 날 향해 소리치는데 하후돈이 옆에서 팔꿈치로 그 옆구리를 툭툭 건드리고 있었다.

"아, 도대체 형님은 왜 자꾸 그러는 것이오!"

"내가 말했잖으냐. 산양의 그 너른 평야가 호수로 바뀌고, 함대가 그 위를 가득 메웠다고."

"그거랑 이게 같소?"

"안 될 게 또 뭐냐."

"돌겠군. 아주 대단한 추종자 나셨어. 왜? 이참에 아주 저놈을 주공이라고 부르면서 따르지 그러오?"

"자효. 그만하거라."

가만히 두면 아예 미쳐서 날뛸 것 같은 조인을 제지하며 조조가 말을 이었다.

"위속 장군. 정말로 바람을 만들 수 있겠나? 이는 중대한 일일세. 그저 바람의 때가 안 맞았다는 말로 수습할 수 있는 일이 아니란 말일세."

"알고 있습니다. 제게 천 명의 병사를 빌려주십시오. 그들과 함께 제단을 만들어 삼베로 된 옷을 입고 얼굴을 붉게 칠하겠습니다. 밤낮으로 북을 두드리고, 뿔 나팔을 불며 의식을 치르도록 하죠."

옛날, 인터넷에서 짤방으로 돌아다니던 제갈공명의 그 제사를 떠올리며 내가 말했다. 공명이는 내가 지금 말하는 게 자기가 한 일이었다고는 상상조차 못 하는, 감탄스러운 얼굴이 돼서 날 쳐다보고 있었다. 아, 갑자기 미안해지네.

'공명아. 넌 진짜 내가 책임지고 포스 쩌는 인물로 만들어주마.'

내가 그렇게 생각하고 있을 때, 조조가 입을 다문다.

그 상태에서 조조가 순욱과 눈빛을 주고받고 있었다.

"좋아. 그리하도록 하지. 단, 자네가 말한 사흘 이내에 동남풍이 불어오지 않는다면 군법으로 다스릴 것이니 그리 알도록 하게."

"당연하죠."

솔직히 살짝 후달리기는 하지만 이쯤 질러놨으면 군법 운운하는 말이 나올 수밖에 없다.

"좋아. 그럼 그리 알고 자리를 파하도록 하지. 자네가 요구한 것은 곧 보내줄 테니 제를 올릴 준비를 시작하게."

"알겠습니다."

자리에서 일어나 조조를 향해 포권하고서 올망졸망 반짝이는 눈동자로 날 쳐다보는 셋과 후성을 데리고 막사를 나섰다.

여러모로 힘들기는 하겠지만 내 계산대로 일이 진행된다면……

"흐흐."

무릉도원의 컨셉충들이 뭐라고 떠들지 벌써부터 기대된다.

"어처구니가 없군."

책사들과 함께 자신이 거처로 사용하는 막사에 들어서며 조조가 중얼거렸다. 그런 조조의 시선이 어딘가를 향해 바삐 움직이고 있는 위속을 향해 있었다.

"주공. 일단은 한번 지켜보시지요. 우리가 손해 볼 것은 없습니다."

"문약 그대가 보기에도 바람을 만들어내 보겠다던 그 말이 가망성이 있는 것 같은가?"

"인간이 어찌 하늘을 부려 바람을 만들겠습니까. 하나 위 장군의 말대로 사흘 이내에 바람이 불어올 수는 있을 것 같습니다. 산양에서의 일도 있으니 그자는 하늘의 운행에 통달한 것으로 봐야 합니다."

"나도 그렇게 생각하고는 있다. 그래서 더 어이가 없다는 거지. 비가 오는 것을 예상하는 것도 아니고, 바람의 방향을 예상해 낸다니."

"주공. 만약 위속의 말대로 사흘 이내에 동남풍이 불어온다면 화공을 통해 이각, 곽사의 대군을 일거에 섬멸할 수도 있을 것입니다. 준비해 두어야 하지 않겠습니까?"

봉효, 곽가의 말에 조조가 고개를 끄덕였다.

"그래도 어떻게 될지 알 수 없으니 두 방안으로 준비해 보도록. 서량군에 대한 이야기에도 일리가 있으니 더욱 확실하게 준비해야 할 것이다."

"예."

곽가가 포권하며 고개를 끄덕인다. 그런 와중에서 흰색의 기다란 수염을 쓰다듬으며 대화가 이어지는 것을 듣고만 있던 또 다른 책사, 정욱이 의미심장한 눈으로 조조를 응시하고 있었다.

"주공. 만약 위속의 말대로 동남풍이 불어온다면 그자를 베어버리는 것이 어떻겠습니까?"

"그게 무슨 해괴한 말씀이시오?"

정욱의 말이 끝나기가 무섭게 순욱이 말도 안 된다는 듯 화들짝 놀라며 반문했다. 그러거나 말거나 정욱은 섬뜩하리만치 차갑고 냉정한 표정을 유지하며 말을 이었다.

"위속은 살려둔다면 반드시 크나큰 화가 될 인물입니다. 그가 여포에게 붙어 있는 것은 호랑이에게 날개를 달아주는 꼴입니다. 주공께서도 위속의 능력이 어떤지 거야에서 이미 한차례 몸소 겪어보질 않으셨습니까."

"그야 그랬지."

조조가 고개를 끄덕였다.

여포나 진궁이라면 빠질 수밖에 없을, 잘 짜여진 함정을 파놓고 그들을 섬멸하길 기다리던 조조는 역으로 여포를 앞세운 위속의 계략에 대패했다.

덕분에 장막과 진궁의 반란을 거의 다 평정하며 연주를 되찾아가던 흐름이 완전히 깨져 버렸고, 조조는 지금처럼 연주의 북쪽 절반만을 갖게 되었을 뿐이었다.

"원본초의 지원이 없었더라면 주공은 거야에서의 패배로 몰락하게 되었을 것입니다. 위속을 살려둔다면 여포가 원본초의 남하를 막으며 버티는 동안 서량과 한중, 서천을 평정할 시간을 얻을 수 있겠으나 만에 하나 위속이 본초를 역으로 제압하기라도 한다면."

정욱의 착 가라앉은 눈동자가 섬뜩한 기세를 뿜어냈다.

"걷잡을 수 없는 일이 벌어질 수도 있음을 주공께서는 헤아리셔야 할 것입니다."

"꿈에서나 가능할 이야기외다. 비록 위속이 있다고 하나 여포는 연주와 예주의 일부만을 얻었을 뿐이오. 그가 어찌 하북을 제압한단 말이오? 게다가 하북은 강남과 손을 붙잡기까지 했잖소이까. 위속이 북이든 남이든 공격하려 든다면 다른 한쪽이 가만히 있지 않을 것이오."

"물론 그렇겠지요. 하나 원술은 위속에게 있어 맛 좋은 먹잇감일 뿐입니다. 그가 위속에게 수춘을 어찌 빼앗겼는지는 문약도 잘 알고 있잖습니까. 문약이라면 그러한 계책을 낼 수 있었겠습니까?"

정욱의 그 목소리에 순욱이 입을 다물었다.

"아무리 원술의 주력이 강남으로 내려가 있다 한들, 고작 일 만밖에 안 되는 병력으로 수춘을 공격해 단기간 내에 점령하 겠다는 발상을 하는 것은…… 상리에 어긋나는 일이지요. 그 러나 위속은 그러한 일을 해냈으니 쉬이 볼 게 아니라는 점만 은 확실합니다."

대신 그 옆에 서 있던 곽가가 말했다. 정욱이 자신의 말이 바로 그것이라는 듯 고개를 끄덕이고 있었다.

"세간의 눈이 있으니 조용히, 불운한 사고로 위장해서 제거 하는 게 좋습니다. 원소를 막아내는 역할은 여포가 아니라 원 술이어도 충분합니다. 아니, 그편이 더 손쉽지요."

"하지만 주공. 온 천하의 명사가 주공을, 위속을 지켜보고 있습……."

자신은 절대 반대라는 듯, 거센 어조로 이야기하던 순욱이 입을 다물었다. 가만히 서서 그들의 이야기를 듣고만 있던 조 조가 그만하라는 듯 조용히 손을 들어 올리고 있었다.

"위속…… 참으로 탐나는 인재다. 제거하는 것을 생각하기 이전에 그를 우리 쪽으로 끌어들일 방법을 찾아보는 것이 어 떻겠나."

"주공. 위속은 자신의 주군인 여포조차도 손가락 하나로 오 라 가라 하는, 권신입니다. 그런 자가 그 모든 권세를 포기하고 서라도 주공의 휘하로 귀순하기를 선택하겠습니까?"

정욱의 반문에 조조가 씩 웃는다.

섬뜩하기 그지없는 그 미소에 정욱의 눈매가 가늘어지고 있었다.

"사람을 품기 위해서는 단순히 그 마음을 돌리는 것 이외에도 많은 방법이 있네. 그렇지 않은가?"

"주공의 크신 뜻에 이 정욱, 감복할 따름입니다."

📱

"누가 내 욕을 하나?"

귀가 간지러워 긁적이는데 내 앞에 선, 푸른빛이 서려 화려하기 짝이 없는 하얀색 옷을 입은 놈이 어색하게 웃으며 날 쳐다보고 있었다.

"누구시라고?"

"소생 사공 양표의 아들 양수 양덕조라 합니다. 조공의 명을 받들어 병사 천 명을 이끌고 위속 장군께서 행하시는 일들을 보조하기 위해 왔지요."

"그럼 저 제단도 네가 지은 거냐?"

조조군 영채 바로 위쪽으로 보이는, 깎아지르는 왕봉산의 절벽 위에서 펄럭이는 수도 없이 많은 깃발을 손가락으로 가리키며 내가 말하자 양수가 고개를 끄덕였다.

"장군께서 이용하시기에 모자람이 없도록, 최대한 엄숙하면서도 신비스러운 분위기를 풍기는 모습으로 만들어보았습니다."

이놈 봐라?

"아니, 하늘에 제사를 지내는 건 우리 스승님이신데 그대가 뭐라고 묻지도 않고 마음대로 제단을 만든다는 것이오?"

손권이도 나랑 비슷하게 느낀 모양이다. 녀석이 어이가 없다는 듯 말하는데 양수의 미소가 한층 더 진해졌다. 그런 양수가 손권을 쳐다보고 있었다.

"바람을 만들기에 모자람이 없도록, 옛 왕조들의 제단을 참고하여 만들었습니다. 기왕에 하는 거, 한 치의 모자람도 없이 확실하고 신비롭게 하는 것이 낫지 않겠습니까."

"그러니까 그 제단의 형태와 구성이라는 건."

"장군께서 제를 올리기에 모자람이 없을 것입니다. 일단은 확인하고서 말씀해 주십시오. 바꾸어야 할 점이 있다면 당장에 바꿔 만들겠습니다."

손권이가 말을 잇는데 양수가 그걸 끊으며 내게 포권했다.

이거, 진짜 웃기는 놈이네.

"일단은 가자. 가서 보고 얘기하도록 하지."

옆에서 손권이가 분하다는 듯 부들부들해 하고 있지만, 솔직히 나도 제단의 모습을 어떻게 할지는 그다지 고민해 본 적이 없다.

양수가 말한 것처럼 신비롭고, 엄숙한 분위기를 풍기기만 하면 된다. 어차피 병사들이 내가 진짜 도술을 사용한다고 생각하게만 하면 되는 거니까.

"스승님. 그런데 정말 괜찮겠습니까?"

"뭐가?"

저만치 앞에서 움직이는 양수의 모습을 힐끔 쳐다보던 공명이가 나에게만 들릴 정도의 자그마한 목소리로 말했다.

"바람 말입니다. 비나 눈이 오는 것은 얼마든지 예상할 수 있으나 바람은 시시각각 변화무쌍한 것으로 예상하기가 어렵지 않습니까."

"뭐, 일반적으론 그렇지. 그런데 지금은 일반적인 상황은 아니거든."

"예?"

공명이가 눈을 껌뻑인다. 자신은 내가 뭘 말하는 건지 전혀 모르겠다는 듯.

이야, 다른 놈도 아니고 공명이가 이러는 건 진짜 느낌이 새로운데? 내가 천재한테 뭘 가르쳐 줄 때도 있네.

어쨌든 간에.

"하늘을 봐라. 저 구름이 뭐 같아?"

"구름이…… 흡사 산을 보는 것 같습니다. 크고 작은 봉우리도 있고 능선이 끝도 없이 이어져 있고요."

"그렇지? 그게 적운이라는 거다. 대기 중에 수분이 많고, 공기가 위로 올라갈 때 주로 생기는 거지. 저쪽에 저건 어떤 것 같냐."

내가 손가락을 뻗어 저 멀리에 있는, 또 다른 구름을 가리켰다.

"저건…… 구름이 하늘 높이까지 극단적으로 치솟는군요. 마치 대화재가 났을 때의 그 연기를 보는 것 같은 느낌입니다."

"적란운이라는 거다. 상승 기류가 더욱 강해지며 나타나는 건데 적운과 적란운이 함께 나타나게 되면 거의 '반드시'라고 해도 과언이 아닐 정도로 온도가 떨어진다. 어제와 오늘을 비교하면 어떤 것 같으냐?"

공명이가 미간을 찌푸리며 고민하기 시작했다.

옆에서 듣던 손권이 역시 마찬가지였다.

"그러고 보니 확실히 좀 시원해진 것 같기는 합니다."

"그렇지?"

"예."

"어제까지의 뜨거운 공기가 습기를 머금고 하늘로 올라가면 찬 공기가 밀려온다. 그 바람의 방향이 조금씩 바뀌면서 말이야."

"그 바람이 설마."

"네가 생각하고 있는 그거지."

"스승님께선 어떻게 이런 것들을 다 알고 계시는 것입니까?"

놀랍다 못해 존경스럽기까지 하다는 눈으로 날 쳐다보며 손권이가 말했다.

공명은 지금 내가 이야기해 준 것을 기억해 두려는 듯 혼자 중얼거리며 기억을 되새기고 있었다.

기특한 자식. 쑥쑥 자라라.

"스승님?"

"어? 아, 옛날에 농사를 지으려고 했었거든."

"노, 농사요? 스승님께서 말씀이십니까?"

"뭘 그렇게 놀라?"

"아, 아니…… 너무 갑작스러워서 말입니다."

이 시대에서 농사꾼이란 평범한 백성 그 자체이니 뭐, 저런 반응이 나오는 것도 무리는 아니다.

"농사짓는 게 뭐 어때서? 그것도 전문직이야, 나름. 알아둬야 하는 게 한두 가지인 줄 아냐? 화학에 생물학에 기상학, 재무 관리에…… 오."

이상적인 농부가 되려면 공부해야 할 것이라 혼자 생각했던 그것들을 떠들며 산길을 걷던 내 시야에 제단의 모습이 들어왔다.

"어떠십니까? 장군."

양수가 자신만만한 얼굴로 제단을 가리키며 말했다. 확실히 자신 있어 할 만한 것 같다.

"완벽해. 딱 내가 생각했던 그 제단의 모습이다."

얼굴을 붉게 칠한, 키도 크고 근육도 우락부락한 병사 천 명이 둥그렇게 둘러서선 마치 신장이라도 되는 것처럼 검은색 갑옷을 입고 창을 든 채 사방을 노려보고 있다.

그런 병사들의 안쪽으론 작은 피라미드처럼 돌을 쌓은 제단이 있는데 층층이 북과 뿔 나팔을 가지고 있는 병사들이 버티고 서 있었다.

"장군께서 말씀하셨던 제복입니다."

내가 그 모습을 구경하고 있는데 양수가 삼베로 된 옷을 가지고 와서는 내게 내밀었다.

딱 만지자마자 느낌이 온다. 까끌까끌하다.

저걸 입고 있으면 피부에 자극이 많이 가겠다는 생각이 딱 떠오르는데…….

"쯔."

조조 앞에서 큰소리를 쳐놨으니 어쩔 수 없긴 하지만 하기가 싫어진다.

저걸 입고 동남풍이 불 것 같은 때까지 계속 제를 지내야 하는데 개고생일 거다. 짧으면 하루, 길면 사흘 내내 잠도 못 자고 계속 뭔지도 모를 주문 같지도 않은 주문을 읊조리며 바람을 불러오는 척해야 하는데 그 짓을 어떻게 해?

"저, 스승님."

"응?"

"내키지 않으신다면 제가 하겠습니다."

내가 인상을 찌푸리고 서 있는데 공명이가 말했다. 눈동자를 초롱초롱하게 반짝이는 게 내가 힘들까 봐 나서는 것만은 아닌 모양.

진짜로 하고 싶은 모양인데?

"잘할 수 있겠어?"

"물론이죠."

"해, 그럼."

"감사합니다, 스승님!"

원래의 역사에서도 공명이가 했던 거니까 뭐, 내가 이러쿵저러쿵 간섭하지 않아도 알아서 잘할 거다.

"좋구만."

조조가 안 망하게도 했고, 그 앞에서 면도 세웠다. 심지어는 사흘간 죽도록 고생해야 하는 것도 피했고.

'이게 개이득이지.'

내가 혼자 좋아하며 조조군의 영채 쪽으로 내려가는데 어째 뒤통수가 좀 따갑다. 이상해서 돌아보니 후성과 손권이가 뭔가 몹시 말하고 싶다는 얼굴로 날 쳐다보고 있었다.

"왜?"

"가서 말씀하시죠."

"뭘?"

"가서요. 중요한 거니까."

후성이 애가 갑자기 왜 이래?

녀석은 조조가 내게 내어준 막사에 도착하고 나서야 입을 열었다.

"장군. 너무 위험한 거 아닙니까?"

"맞습니다, 스승님. 단순히 이각과 곽사를 격파할 계책만 내셨다면 또 모르겠습니다만 이건 너무 위험합니다. 조공이 스승님을 제거하려 들지도 모른단 말입니다."

후성에 이어 손권이가 말했다. 쟤 어려서 그런가? 포로로 잡혔다가 제자가 된 지 얼마나 됐다고 진심으로 날 걱정하는 눈치다. 쟤 무슨 스톡홀름 증후군이라도 있는 거 아닌지 모르겠네.

"스승님!"

"아, 귀 아파. 소리 안 질러도 다 들리거든?"

"너무 위험합니다. 뭔가 방안을 강구하셔야 하지 않겠습니까?"

"괜찮아. 어차피 조조는 나한테 뭐 어떻게 못 해."

"예? 이게 그리 속 편하게 말씀하실 일이 아니잖습니까."

"맞습니다, 장군. 지금 우린 적진 한가운데에 와 있는 거나 마찬가지입니다."

손권에 이어 후성이 재차 말했다.

얘들은 내가 제대로 계산도 안 하고 그냥 온 줄 아나…….

"조조가 날 못 건드리는 건 세 가지 이유가 있어. 첫째로 날 죽였다간 조조 휘하의 사대부가 들고일어날 거다. 원소와의 사이가 좋을 때라면 또 모를까, 지금 그런 위험을 감수할 수 있을까?"

"반란을 일으킬 것이란 말씀입니까?"

"최종적으론 반란이 될 수도 있지. 근데 뭐 이쪽에서 뿌리내리고 호족 뺨치게 강력한 힘을 가진 사대부가 할 수 있는 게 반란뿐이겠냐? 게다가 둘째로 내가 죽으면 형님은 어떻게 할까?"

"그야 당연히……."

"난리 나겠지?"

후성이 고개를 끄덕였다.

내가 없으면 형님도 오래 버티진 못하겠지만 이각, 곽사와의 싸움으로 만신창이가 된 조조쯤은 확실하게 쓸어버릴 수 있다. 그 정도는 하고도 남을 정도로 힘을 비축해 왔으니까.

"그리고 세 번째로는…… 뭐 그런 게 있다. 지금 알면 재미 없으니까 좀 지켜봐."

"장군. 정말로 괜찮은 것입니까? 장군뿐만 아니라 공명과 중모, 중강의 목숨 역시 걸려 있습니다."

"아, 괜찮다니까. 나랑 같이 다닌 게 하루 이틀도 아니고 뭐 그렇게 걱정을 해? 걱정들 하지 말고 편하게 있어. 다 생각이 있으니까."

녀석들의 어깨를 가볍게 한 번씩 두드려 주며 나는 침상으로 향했다. 이러고 있으니 내가 무슨 엄청 잘난 책략가가 된 것 같은 느낌이다.

이거 나쁘지 않은데?

쏴아아아아-

바람이 불어온다.

아직 한여름임에도 불구하고 몹시 서늘하다.

그런 바람이 깃발을 거세게 펄럭이고 있었다.

"……위속 장군. 바람이 왜 아직도 북서풍과 서풍을 오가는 것이오?"

사흘째가 되는 날, 조조의 막사 앞에서 깃발 움직이는 걸 지켜보고 있는데 순욱이 조인과 하후돈, 조조와 함께 다가오며 말했다.

"좀 기다리면 바뀔 겁니다."

"오늘이 사흘째 되는 날이라는 걸 잊으신 게요? 장군의 말을 믿고 이미 군을 움직여 놓은 지 한참이오. 좀 있으면 그간의 계략이 결실을 맺어 이각, 곽사가 공격을 시작할 것인데 동남풍이 불어오지 않는다면 몹시 곤란해진단 말이외다."

무표정한 얼굴로 순욱이 말했다. 그 옆에서 스르릉- 소리와 함께 조인이 검을 뽑아 들고 있었다.

"순 군사. 내 이미 저놈이 거짓을 고했다는 걸 알고 간파하고 있었소. 말씀만 하시오. 내 저 목을 칠 것이니."

"조금만 더 기다려 보는 것이 어떻겠습니까? 주공. 산양에서도 정말 믿기 어려운 일이 벌어졌었습니다. 그런 일이 이곳에서 벌어지지 말라는 법은 없질 않습니까."

"흥! 말도 안 되는 소리 마시오. 인간이 어찌 바람을 예측할 수가 있단 말이오? 그게 정말로 되면 내 오늘부터 조인이 아니라 개똥이요, 개똥이."

동남풍이 진짜로 불 것이라곤 눈곱만큼도 믿질 않는 모양이다.

조인이 자신 넘치는 목소리로 말하는데 그 옆에서 하후돈이 핼쑥해진 얼굴로 나를, 조인을 번갈아 쳐다보고 있었다.

"자효. 그런 말은 하지 않는 것이……."

"왜. 내가 형님처럼 저놈을 형님으로 모시기라도 할까 봐 그러오?"

하후돈의 얼굴이 딱딱하게 굳어진다.

그 상태로 하후돈은 이제 어떻게 돼도 자긴 모른다는 듯 아예 고개를 등을 돌려 서고 있었다.

이런 와중에서 조조는 아무런 말도 하질 않고, 그저 무표정한 얼굴로 저 멀리 앞을 응시하고만 있을 뿐이다. 상황이 이러면 뭔가 말을 할 것도 같은데.

"위속. 귓구멍을 씻고 똑똑히 듣거라. 화공을 펼쳐야 하는 그 순간이 되기까지 동남풍이 불지 않는다면 네놈의 목은 내 것이다. 알겠느냐?"

"뭐, 그렇다고 치지."

"목을 깨끗이 씻고 있어라. 이 조자효께서 직접 거두어줄 것이니까."

생각하는 것만으로도 통쾌하다는 듯 조인이 흐흐 웃는다.

너무 좋아하니까 이거 미안해지네. 내 능력으로도 확인했지만, 무릉도원에서도 싸움이 시작될 때쯤부터 동남풍이 불어 대패한 조조가 산에 불을 질러 간신히 살아 도망쳤다는 말이 있었던 만큼 동남풍이 부는 건 100%인데.

"조인. 만약 내 말대로 바람이 동남풍이 불면, 그때는 어떻게 할 거냐?"

"그럴 리는 없겠지만 하후 형님처럼 네놈을 형으로 모⋯⋯."

날 비웃으며 조인이 말하던 바로 그때.

펄럭- 푸르르르르르-!

조조의 막사 앞에서 휘날리던 깃발들의 방향이 확 바뀐다. 동쪽으로 나부끼던 깃발들이 이제는 북서쪽을 향해 나부끼고 있다.

동남풍이 불어오는 거다.

"끄, 끅……?"

너무 놀란 것인지 뭔지도 모를 기괴한 소리가 조인의 입에서 튀어나왔다.

조인의 눈이 동그랗게 변했다. 그 얼굴에서 핏기가 빠져나가 창백하게 변해가고, 눈가가 부르르 떨리고 있다.

조인이 믿을 수 없다는 듯 말도 못 하고 어버버하며 깃발을, 나를 번갈아 쳐다보고 있었다.

"요즘 왜 이렇게 동생이 많이 생기는지 모르겠네."

"도, 도, 동생이라니!"

"그럼 동생이지. 네놈이 방금 말했잖느냐. 날 형님으로 모시겠다고."

"그, 그거야……."

"설마. 사내놈이 한 입으로 두말을 하려는 거냐?"

조인이 이를 악물고서 도와달라는 듯 조조 쪽으로 시선을 옮겼다. 조조는 눈살을 찌푸린 채, 혀를 차며 한심하다는 듯 그런 조인을 쳐다보고만 있을 뿐이었다.

두두두두두-!

말발굽 소리가 들려온다. 흙먼지가 하늘 높이 치솟는다.

그런 와중에서 조조는 무표정한 얼굴로 자신을 향해 질주해 오는 이각, 곽사의 대군을 응시하고 있었다.

"조공. 한 가지만 기억해 주십시오."

"무엇을 말하려는 것인가?"

"동남풍은 계속해서 불 것입니다만, 화공을 오랫동안 이어 가지는 못할 겁니다."

"화공이…… 비가 온다는 것인가?"

눈을 가늘게 뜨며 조조가 반문했다.

"그럴 가능성이 큽니다."

"근거는? 비가 올 징조라면 나 역시 알고 있다. 하나 비가 올 것이라 보기엔 여러모로 부족하더군."

"술법이 완벽하지가 않아서…… 정도로 설명드리면 될까요?"

"재미있는 이야기로군."

"감히 네가 주공을 능멸하려 드는 것이냐!"

조조가 피식 웃으며 말함과 동시에 조인이 내게로 검을 들이민다. 내 바로 옆에 서 있던 허저의 손이 자신의 허리춤으로 향하고 있었다.

"야. 넌 위아래도 없냐? 형 말씀하시는데 왜 칼을 들이밀고 난리야?"

"내, 내가 왜 네놈의 동생이란 말이냐!"

"네가 직접 얘기했잖아? 동남풍이 불면 돈이처럼 날 형님으로 모시겠다고. 우리 개똥이, 벌써부터 치매가 오는 거야?"

"개, 개, 개, 개똥…… 개똥이라니!"

조인의 얼굴이 붉으락푸르락해진다.

"개똥이도 싫고, 동생이 되기도 싫으면 그냥 깔끔하게 알

떼고 조인 낭자 하거라."

조인의 얼굴 전체가 부들부들 떨린다. 정말 얼굴이 당장에라도 빵 터져 버릴 것 같은 느낌이다.

그러면서도 날 향해 검을 겨누고 있는 조인은 이를 악문 채 억지로 분노를 내리 삼키고 있었다.

그러던 때.

"자효. 네가 자초한 일이니 형님으로 모시거라."

조조가 나지막한 목소리로 말했다.

"혀, 형님!"

와, 사람 얼굴이 이 정도로 다이나믹하게 바뀌는 게 가능했던 건가? 무슨 기계로 조종하기라도 하는 것처럼 조인의 얼굴이 이번엔 창백하게 변해간다.

'신기하네.'

내가 그렇게 생각하며 구경하고 있는데 전혀 상상조차 해보지 못한 이야기가 조조의 입에서 새어 나왔다.

"너와 원양이 위속 장군의 동생이라면 나 역시 호형호제를 할 수 있지 않겠느냐."

"예?"

호형호제라니? 나랑? 조조가?

내가 황당해서 쳐다보고 있는데 조조가 씩 웃고 있었다.

"싫은가?"

"아, 아닙니다. 그런 게 아니라……."

"싫은 게 아니면 됐군. 형이라 해봐라."

"혀, 형님?"

나도 모르게 형님 소리가 입 밖으로 튀어나왔다.

내 주둥아리가 미쳐 버린 모양이다. 어떻게 조조한테 형님이라는 소리를…….

"내 지금껏 들어본 형님 소리 중 가장 듣기 좋군."

그러거나 말거나 조조가 만족스럽다는 얼굴로 씩 웃더니 말에 오른다.

조조가 나서서 족보를 정리해 버린 통에 꼼짝없이 날 형으로 모셔야 할 판이 되어 넋이 나가 버린 조인도, 그런 녀석을 안타깝다는 듯 지켜보고 있던 하후돈 역시 마찬가지였다.

"아우는 안 타시는가?"

"예?"

"곧 있으면 이곳까지 적들이 밀려올 게 아닌가."

어느새 영채 근처까지 밀려온 적들을 조조가 손으로 가리켰다.

시바…… 뭐가 뭔지 모르겠지만, 일단은 살아야 하니까 말에 올랐다. 후성과 허저 역시 마찬가지였다.

"가세, 아우."

어안이 벙벙해져서 있는데 조조가 내게 다가와 말했다.

나, 진짜 조조를 형님으로 모셔야 하는 건가?

이각, 곽사의 대군이 조조군 영채의 코앞에 멈춰 서 있다.

뭐가 어떻게 된 건지 모르겠다. 그냥 당황해서 조조를 따라 움직이다가 정신을 차리고 보니 지금 나는 조인, 하후돈과 함께 적들을 왕봉산 안쪽으로 유인할 부대의 지휘를 맡은 상태가 되어 있었다.

"겨우 오만도 안 되는 숫자로 뭘 하겠다고 게서 버티고 있는 것이냐! 항복한다면 목숨만은 살려주마. 썩 무기를 버리고 항복하지 못할까!"

이(李)와 곽(郭)의 깃발이 휘날리는 와중에서 형님과 비슷한 느낌을 뿜어내는 장수가 커다란 창을 들어 우리를 겨누며 소리쳤다.

"이 몸, 대사마 이각 님께서 친히 자비를 베풀어주시는 것이다! 기회는 한 번뿐이니 잘 생각해서 결정하도록 하라!"

"조조의 개들아! 어차피 조조는 망하게 될 것이니 그 목을 베어 우리에게 바친다면 제후의 반열에 오를 것이다! 조인과 하후돈, 그놈들의 목을 베어 바쳐도 제후가 되는 것은 마찬가지인즉!"

이각의 옆에서 털북숭이 거한이 당당하기 그지없는 모습으로 소리친다.

저놈이 아무래도 곽사인 것 같은데…….

"역적 놈들이 말이 참 많구나! 저놈들의 목을 베어 폐하께 바치면 역적을 벤 의인이라 하여 제후가 되고 대대로 떵떵거리며 살 수 있을 것이다!"

거야에서 나와 마주했던 그때처럼 조인이 쩌렁쩌렁한 목소리로 적들을 향해 소리쳤다.

"이놈 이각, 곽사야! 지금 당장에 항복한다면 네놈들은 물론이고 병사들의 목숨 역시 상하지 않을 것이다. 하나, 기어코 고집을 부려 항복하지 않는다면 한 놈도 빠짐없이 불귀의 객이 될 것이니 잘 생각해 보는 게 어떻겠느냐!"

하후돈 역시 마찬가지.

전투를 치르기 전에 가볍게 한 번씩 주고받으면서 욕을 하는 것 같은데, 어째 싱겁기 그지없다. 소금 가루 하나 안 뿌린 설렁탕 국물을 마시는 것처럼, 밍밍하기만 한 말싸움이라고나 할까? 심심하다. 미치도록 심심해서 하품이 나올 정도다.

"야. 너희가 무슨 선비들이냐? 무슨 도발이 그렇게 정중해?"

어이가 없어서 한마디 하는데 조개똥이 몸을 움찔거린다.

녀석이 갑자기 왜 그러냐는 눈으로 날 쳐다보고 있었다.

"싸울 거라며. 안 싸울 거냐?"

"내, 내가 뭘 어쨌다고 그러는 거요?"

"도발을 할 거면 확실하게 하던지, 병사들 사기를 깎을 거면 그것에만 집중하던지. 뭐 하냐. 이것도 저것도 아니잖아? 하나만 집중해서 확실하게 해야 할 거 아냐. 이래가지고 저것들 때려잡을 수 있겠어?"

"네놈은 또 뭐냐! 게서 무슨 개수작을 지껄이는 거야?"

답답한 마음이 들어 말하는데 저 너머에서 이각의 목소리가 들려왔다.

와, 쟤가 내 이름을 물어보네?

"나 위속인데?"

내 성인, 위(魏)가 새겨진 깃발을 손가락으로 가리키며 자부심 가득 담긴 목소리로 말했다.

내 입으로 말하긴 뭐하지만 그래도 지금까지 한 정도면 저것들도 놀라 자빠질 거다.

원술 쪽 병사들이 그랬고 원소 쪽 병사들이 그랬듯 쟤들도 '위, 위속! 위속이 나타났다니?' 이렇게 놀라면서 술렁이겠지. 흐흐.

내가 그렇게 생각하며 곧 터져 나올 그 즐거운 반응을 기대하고 있었는데.

"여포 잡놈의 무식하기 짝이 없는 동생 놈이었군. 글자도 제대로 못 읽더니 이젠 아예 조조 놈 깃발을 여포의 것으로 착각하기라도 한 것이냐?"

영 아니올시다였다.

아무래도 저것들, 내가 들어오기 이전에 있던 원래의 위속과 알고 지냈던 모양.

그래도 좀 안다고 적당히 신경을 긁을 만한 도발이 나오기는 했는데 여전히 턱없이 밍밍하다.

"그것도 도발이라고 하는 거냐? 무식한 놈들."

"뭐, 뭐라?"

"지금 누가 누굴 보고 무식하다고 지껄이는 것이냐!"

그냥 한마디 했을 뿐인데 저것들의 얼굴이 붉어지고 있다.

뭐야. 벌써 뼈를 맞은 건가?

"도발이라는 건 말이야. 지금처럼 상대가 아파할 만한 부분을 찔러야 효과가 생기는 거야. 봐라, 너희가 무식하니까 무식하다는 소리에 욱해서 반응이 나오잖아?"

"찔리긴 누가 찔렸다는 거냐! 우린 멀쩡하다. 괜찮다고!"

그러면서 억지로 화가 안 난 것처럼 표정을 관리하는데 뭔가 느낌이 묘하다.

고개를 돌려 보니 조인이 기묘하게 일그러진 얼굴로 날 쳐다보고 있었다.

"왜. 뭐?"

"아무것도 아니오."

"아무것도 아닌데 왜 그러고 있어? 너 좀 열 받은 것 같은 얼굴인데?"

"화, 화나긴 누가 화났단 말이오!"

조인 얘도 광역 딜에 뼈를 맞은 모양인데. 뭐지? 얘가 무식한 애는…….

아, 그건가?

"너 설마…… 진짜로 빨았던 거냐?"

"도, 도, 도, 도대체 지금 무슨 소리를 하는 것이오!"

조인의 얼굴이 좀 전에 그랬던 것처럼 시뻘겋게 달아올랐다. 너무 강하게 부정하는 게 좀 이상하긴 한데 설마 진짜로 그러기야 했겠어?

"아니지? 그래. 아닌 거로 믿어줄게."

"아닌 거로 믿는 게 아니라 진짜 아니란 말이외다! 자꾸 그렇게 개소리나 지껄일 거요?"

"개소리라니? 야, 조개똥. 내가 이제 네 형인데 말이 너무 심한 거 아니냐?"

"크으으으! 형님으로 정말 제대로 모실 테니 제발 작작 좀 하란 말이오! 작작 좀!"

조인이 소리치는데 아주 울분에 찬 목소리다. 참다 참다 못해 뻥 터져 버린 모양.

'내가 너무 심했나? 갑자기 미안해지네.'

그렇게 생각하고 있는데 돈이가 불쌍하다는 듯 조인을 쳐다보고 있었다.

"알았어, 알았어. 이제 형이 잘할게. 그러니까 잘하자, 조인아. 알았지?"

"알았소! 알았다고!"

"이번 건은 감정이 격해져 있으니까 형이 관대하게 넘어가주마. 뭐 어쨌든…… 아, 저것들은 또 왜 저래?"

개똥이를 달래며 저 앞으로 시선을 옮기는데 이각이, 곽사의 눈동자에서 불꽃이 이글이글 불타오르는 것 같다. 놈들이 당장에라도 날 찢어발기겠다는 듯 죽일 듯이 노려보고 있었다.

"이, 이 개잡놈들이 감히 우리를 목전에 두고도 자기들끼리 시시덕대고 있어? 죽고 싶어서 환장한 모양이구나!"

"야! 그냥 작전 회의 좀 한 거야. 뭐 그런 걸 가지고 그렇게 열을 내?"

"시끄럽다! 위속! 네놈은 내 기필코 사로잡아 산 채로 온몸의 살점을 뜯어 포를 칠 것이다!"

"말 참 쓸데없이 험악하게 하네."

"장군은 참…… 만나는 자마다 복장이 터지게 하는 재주가 있으십니다."

둥- 둥- 둥- 둥-!

이각과 곽사 쪽에서 북소리가 울려 퍼지기 시작하는 그 와중에서 후성이 말했다.

녀석은 재미있다는 듯 피식피식 웃고 있었다.

"내가 뭘 어쨌다고? 그냥 평소대로 한 거야, 평소대로."

"그래서 더 무서운 겁니다."

나는 뭐, 딱히 한 것도 없는데 괜히 저러네. 내가 무슨 도발 토템이라도 된다는 건가.

"모조리 쓸어버려라! 특히 위속, 저놈을 사로잡는 놈에게는 식읍을 하사할 것이다! 무슨 수를 써서라도 잡아라!"

인상을 찌푸리고 서 있는 나를 향해 창끝을 겨누며 이각이 소리친다.

그런다고 너희가 날 잡을 수 있을 것 같냐? 쯧쯧.

6장
그러면 설마?

쏴아아아아아아-

남동풍이다.

그 바람이 불어오는 와중에서 우리는 있는 힘껏 산길을 달리며 도망치고 있었다.

"잡아라! 위속이 저기에 있다! 무조건 죽여야 한다!"

시벌. 거의 200m 정도밖에 안 떨어진 것 같다.

이각이 이끄는 부대가 엎어지면 코 닿을 거리에서 날 추격하고 있다.

조인과 하후돈은 어디로 간 건지 보이지도 않는다. 지금 내 주변에 있는 건 허저와 후성 그리고 이천 명 남짓한 조조군 병사들 정도가 전부일 뿐이었다.

쉬이이익-! 피슝!

"크악!"

저 뒤에서 따라오던 적 하나를 활로 쏴 쓰러뜨리며 후성이 이를 악물고 있다.

평소 나와 함께 다니며 살아 있는 미끼가 되어 수도 없이 많은 적을 유인하는 경험을 쌓아왔던 녀석이지만 지금은 그 얼굴이 딱딱하게 굳어져 있었다.

"자, 장군!"

"왬마!"

"방법, 방도를 찾아야 합니다. 너무 위험합니다!"

"나도 알거든?"

가파른 산길을 따라 달리느라 숨을 헉헉거리는, 체력이 빠진 조조군 병사들은 뒤로 처질 때마다 끔찍한 비명이 울려 퍼진다.

'뒤처지면 바로 죽는다.'

그 공포감이 나와 함께 움직이던 조조군 병사들의 사이에 퍼져 있다.

녀석들이 정말 죽을 둥 살 둥 젖 먹던 힘까지 짜내 달리고 있지만, 적들과의 거리는 계속해서 빠른 속도로 좁혀지고 있었다.

"망할! 개 같은 서량군 놈들."

내가 탄 말, 초롱이도 슬슬 지쳐가는 모양이다. 속도가 줄어들고 있다. 다른 녀석들이 탄 말 역시 마찬가지.

조조 이 새끼, 미친 척하고 날 죽이려는 건가? 형 동생 먹자는 말까지 해놓고서?

"위속 이놈아! 어딜 그리 도망치는 것이냐!"

"이 새끼야! 멈추면 바로 죽는데 너 같으면 안 튀겠냐?"

미칠 것 같다.

자연스럽게 날 제거하려는 조조가 판 함정에 빠진 건 아닐까 하는 생각부터 시작해서 저놈들이 내가 생각했던 것, 그리고 무릉도원에서 평가했던 것 이상으로 막강한 전투 머신이 아닐까 하는 것까지 온갖 생각들이 머릿속에서 떠오른다.

젠장. 젠장.

방법을 생각해 내야 한다. 하지만 지금 당장엔 도망치는 것 이외에 할 수 있는 게 없다.

"장군, 장군! 화공, 화공을 펼치면 안 되겠습니까?"

"인마! 그것도 시간이 있어야 하지! 지금 멈췄다간 불을 지른다고 해도 그냥 가는 거야. 아무것도 못 한다고!"

"으아아아아아악!"

악에 받친 목소리로 내가 소리치는데 저 뒤에서 정신없이 우리를 따라서 오던, 체력이 빠질 대로 빠져 입에 거품까지 문 앳된 병사의 가슴을 창이 꿰뚫는다.

서량군 병사들은 그 생사를 확인할 필요도 없다는 듯, 자연스럽게 창을 뽑으며 또다시 나를 향해 질주해 오고 있었다.

미친놈들이다. 저게 사람이야?

심장이 미친 듯이 쿵쾅거린다.

내가 지금까지 어떻게 살아남았는데!

"으아아아아아아아! 뭐냐고, 이게에에에에!"

가슴 속 깊숙한 곳에서부터 치미는 울분과 함께 내가 소리를 지르는데 어느덧 어둑어둑해진 산길 너머, 저편의 언덕 위에서 익숙한 얼굴이 그 모습을 드러낸다.

그 모습 옆에서 조(曹)가 새겨진 깃발이 동남풍을 받으며 힘차게 출렁인다.

그리고 그런 깃발 아래에 서 있는 것은.

"형님!"

조조였다.

반가운 마음에 나도 모르게 형님 소리가 터져 나오는데 조조가 씩 웃으며 손을 흔든다. 그런 조조의 옆으로 하후돈과 조인 그리고 아직 이름을 모르는 장수 몇몇이 서 있었다.

"문숙! 네가 고생이 많았느니라!"

조조의 그 목소리와 함께 언덕 너머에서 수도 없이 많은 병력이 그 모습을 드러내기 시작했다. 각각의 손에는 횃불과 함께 짧은 검이 한 자루씩 들려 있다. 그리고 그 뒤론 궁병이 늘어서 있었다.

"뭐, 뭐냐!"

이각의 당황한 목소리가 울려 퍼진다.

하지만 그런 이각과 그 휘하의 병력을 반기는 것은.

"쏴라-!"

돈이의 힘찬 함성과 불꽃을 머금은 화살의 세례였다.

솨솨솨솨솨솨솨-!

불화살이 날아간다. 그것도 우리의 머리 위를 지나, 바로 뒤쪽에 바짝 붙어 추격해 오던 이각과 그 휘하의 서량병을 향해.

불시의 일격에 놈들이 방패를 들어 올리며 화살을 막고자 했지만 막아도 막는 게 아닐 공격이다.

"퇴각! 퇴각하라!"

이각의 그 목소리와 함께 놈들이 물러나기 시작했다.

다행이다. 날 죽이려는 건 아닌 모양.

안도의 한숨을 내쉬며 초롱이의 등에서 내려 땅에 털썩 주저앉는데 조조가 장수들을 이끌고 다가왔다.

"미안하게 되었네, 아우. 이각이 아우에게 깊은 원한을 가지고 있는 것처럼 보여서 말이야. 좀 더 깊숙이 끌어들이려다가 보니 이런 짓궂은 장난을 하게 됐군."

"하, 하하……."

"어디 다친 곳은 없는가?"

조조가 말에서 내리며 쭈그리고 앉더니 내 손을 붙잡는다. 그러면서 자상하기 그지없는 눈으로 내 얼굴을, 몸을 살피기까지 하고 있었다.

"괜찮습니다."

"다행일세. 정말 고생했어."

그러면서 다시 내 어깨를 두드리기까지.

느낌이 참 묘하다. 형님은 경상도 남자의 그것과 같은 느낌이었는데 조조는 뭐랄까…… 서울 남자 같은 느낌이다. 말도 잘 통하고. 그런 데다 능력도 있고, 결단력까지 겸비하고 있으니 거대한 세력을 일구는 군주가 되었던 거겠지?

"조인, 하후돈, 하후연."

"예, 주공."

"문숙과 문숙의 제자인 공명이 사흘 밤낮으로 고생해 만들어낸 기회다. 절대 헛되게 하지 마라."

"기필코 이각과 곽사의 목을 베어 오겠습니다!"

조인이 힘찬 목소리로 말하며 말에 오르는데 조조가 막 생각났다는 듯 소리쳤다.

"문숙이 비가 올 수도 있다 하였다! 비가 오면 서량군의 사기가 다시 높아질 것이니 서둘러야 한다. 알겠느냐?"

"예, 주공."

하후돈이 하후연과 함께 포권하며 고개를 숙였다.

하지만 조인은 못마땅하단 얼굴로 날, 조조를 번갈아 가며 쳐다보고 있었다.

"유념하겠습니다, 주공."

그러면서 휙 말을 몰아 병사들을 끌고 달려가는데 쟤, 어째 좀 불안하다.

조조가 여기에서 완전히 대승을 거두는 것도 바람직하진 않지만, 이번 전투 이후로도 이각과 곽사가 패망하지 않고 살아남는 것 역시 썩 좋은 결말은 아니다.

그러려면 조인이 제대로 역할을 해줘야 할 건데…….

"하여간 개똥이 쟤가 문제라니까."

혼자 나지막이 중얼거리며 자리에서 일어나는데 책사들과 시선이 마주쳤다.

순욱이, 봉효라 불렸던 젊은 책사와 나이 많은 책사가 무슨 괴물이라도 보는 것 같은 눈으로 날 쳐다보고 있었다.

번쩍-! 쿠르르릉, 쿠궁, 콰콰쾅!

쏴아아아아아-

쉴 새 없이 번개가 치고, 천둥이 울린다.

그럭저럭 약한 빗줄기나 조금 내리고 말지 않을까 생각했는데 지금 보니 지난번, 원소가 쳐들어왔던 때와 비슷한 수준의 장대비다.

왕옥산 안쪽으로 한참을 옮겨 설치한 조조의 막사 밖으로 빗방울이 미친 듯이 쏟아지고 있었다.

"위속 장군. 장군은 도대체…… 이런 걸 어찌 예상한 것입니까?"

그 광경을 지켜보고 있는데 순욱이 다가와 말했다.

"항상 하늘을 보고 살았습니다."

"천하의 모든 책사가 다 그리할 것입니다. 하여 바람을 예상하는 건 못 하더라도 비가 오는 것까지는 예상하는 이가 몇몇 있지요. 저 역시 미욱하기는 하나 어느 정도는 예상할 수 있다고 자부하는 편이었는데 오늘은 그 징조가 없지 않았습니까."

강수가 비교적 낮은 고도에서 시작될 때는 제비가 낮게 날고, 소금이 물기를 머금는 등의 현상이 발견되게 마련이다.

하지만 이번엔 높은 고도에서 습기를 머금고 있던 구름 사이에 화공으로 만들어진 연기가 올라가며 비를 만든 거니까, 순욱 같은 이들이 예상하지 못하는 게 당연하다.

"어찌한 것입……."

"으하하하하하하! 주공, 주고오옹!"

순욱이 계속해서 질문을 이어가려던 찰나, 저 밖에서 이제는 익숙해지기까지 한 웃음소리가 터져 나왔다.

장대비 사이로 말발굽 소리가 들려오더니 하후돈이 막사 앞에서 뛰어내리고 있었다.

"오, 여기에 계셨습니까!"

그런 하후돈이 날 향해 다가온다. 녀석의 얼굴이 뭔가, 좀 전에 보았던 것과는 완전히 달랐다.

"뭐냐. 갑자기 왜 그래?"

"내 주공의 명을 받들어 출전했을 땐 긴가민가하였으나 비가 내리는 것을 보며 확실히 깨달았습니다. 형님의 말을 들으면 자다가도 떡이 나올 겝니다. 주공! 이 원양이 적장 서른의 수급을 취해 왔습니다!"

그러면서 하후돈이 적장의 목이 담긴 상자를 든 병사들과 함께 막사 안쪽으로 들어가는데 순욱이 조금 더 간절해진 얼굴로 날 쳐다보고 있었다.

"장……."

"주고오오옹! 주고오오오오오옹!"

그런 순욱이 막 다시 입을 열려던 찰나, 저 밖에서 하후돈의 그것과는 전혀 다른 구슬픈 목소리가 들려왔다. 뭔가 싶어서 보니 조인이 등짝에 화살을 꽂고, 엉망진창이 된 몰골로 막사를 향해 다가오고 있었다.

"조, 조인 장군!"

그 모습을 발견한 순욱이 화들짝 놀라며 조인을 향해 달려갔다.

"도대체 이게 어찌 된 일입니까!"

"대패…… 대패했습니다, 순 선생."

"대패라니? 적을 산중의 깊숙한 곳까지 끌어들여 화공을 퍼붓는 이 계획에서 대패할 이유가 무에 있다고 그런!"

다급히 소리치던 순욱이 설마 하는 얼굴로 조인을 올려다봤다.

조인은 그 말에 대답하는 대신, 힘없이 말에서 내리며 서글픈 얼굴로 날 향해 다가오고 있었다.

안 물어봐도 알 것 같다. 비가 오지 않을 것이라 믿고 착실히 불이 약해진 곳만 디디며 멀리서 화살만 쐈겠지. 그러다가 갑자기 비가 오니 하늘이 자기들을 도운다고 생각하며 사기가 오른 전투의 스페셜리스트, 서량군에게 역습을 당한 것일 터.

"내가…… 형님의 말을 들을 걸 그랬소."

내 앞에 멈춰선 조인이 기어들어 가는 목소리로 말했다.

'하, 진짜 말 좀 듣지.'

화공 끝에 비가 내리며 서량군 일부가 기사회생하는 것까지 계산에 넣고서 작전을 짰던 건데.

자세한 건 하후돈과 하후연의 전황을 들어봐야 알겠지만 이렇게 되면 나가리다, 나가리.

"쓰읍."

조인이 터덜터덜 조조를 향해 걸어가는데 짜증이 치민다.

"어떻게 다 차려놓고 집에 떠먹여 주는데도 그걸 못 먹냐."

모지리 같은 놈. 에잉.

"흐음."

완전 쾌속 진군이다.

왕봉산에서의 화공으로 이각과 곽사의 군대를 산 채로 태워 버린 이후, 우리는 하동을 지나 의지, 해, 포판을 차례차례로 점령하며 황하를 건넜다.

그러고도 모자라 동관을 점령하고, 이각과 곽사의 영향력 아래에 있었으나 완전히 복속한 것은 또 아니었던 홍농 태수 단외를 조조의 휘하로 거두기까지.

내가 우리 형님이 아니라 조조를 따르는 입장이었더라면 쾌재를 불렀을 상황이다. 그러고 보니 개똥이도 그렇고 돈이도 그렇고 만나는 장수마다 싱글벙글하긴 했지.

이런 와중에서 내 신경을 건드리는 건.

"콜록, 콜록."

공명이의 건강이다.

사흘 밤낮으로 잠도 자지 못하고 그럴듯한 주문까지 만들어 외우며 제를 지낸 탓에 애가 무리를 한 모양이다. 감기에 몸살까지 와서는 말 대신 수레를 타고 따라오는데 벌써 며칠째 낫지를 못하고 있다.

　아직은 급식을 먹을 나이이니 감기 몸살 한번 걸렸다고 죽거나 하는 건 아니겠지만 그래도 걱정이 된다. 학부형께 공명이는 내가 책임지고 잘 챙기겠노라고 해서 데리고 다니는 건데…… 쓰읍.

　"그러게 적당히 눈치 봐가면서 쉬엄쉬엄하지. 뭐 그런 걸 FM으로 했어?"

　"스승님께서 하시는 일이잖습니까. 하려면 확실히 해야죠."

　이제 FM 같은 건 무슨 뜻인지 물어보지도 않는다. 그만큼 내 말투에 익숙해졌다는 거겠지.

　"도착하면 바로 뜨거운 물로 목욕하고 푹 자라. 감기 몸살에 걸렸을 땐 자는 게 최고야."

　"예, 스승님."

　"어제처럼 시키지도 않았는데 혼자 계책 짜겠다고 머리 싸매지 말고. 알았어?"

　"예."

　녀석이 고개를 끄덕인다.

　지금이 21세기였다면 당장 병원에 보내서 약도 먹이고, 주사도 맞히고 하면 금방 나을 텐데. 쯧.

　"저, 스승님."

"왜."

"괜찮겠습니까?"

"뭐가?"

"조군이 너무 승승장구하고 있질 않습니까."

"야. 너는 골골대면서도 그런 말이 나오냐?"

"이런 일을 하려고 스승님을 따르면서 배우는 거니까요."

그러면서 공명이가 또 몇 번이고 기침을 토하더니 배시시 웃는다. 자기는 이런 이야기를 하고, 이런 걸 생각하는 게 재미있다는 것처럼.

"스승님. 공명 형님은 정말로 이런 걸 좋아하십니다. 스승님께서 안 계시는 동안에는 저와 있으면서 온종일 천하의 정세에 대해 논하시거든요."

옆에서 손권이가 공명이를 거들며 말하는데 이 자식, 진짜 중증인 것 같다.

"나도 공명이 너랑 비슷하게 생각하고 있기는 한데, 뭐 어쩌겠냐. 그래도 조조가 이각, 곽사를 어쩌지 못하고 폐허가 되어 버린 낙양 근처에서 골골거리다가 망하는 것보다 흥하는 게 나아. 원소가 내려오는 걸 한두 번은 계략으로 어찌어찌 막는다고 해도 한계가 명확하잖냐."

"그렇기는 하죠."

공명이가 고개를 끄덕인다.

말도 안 되는, 정말 무릉도원에서조차 믿지 못할 정도의 계책을 낸다고 해도 소수의 병력으로 대군을 상대하려면 적지 않은 피해가 나게 마련이다. 원소는 몇 번 병력을 꼬라박아도 충분히 버틸 수 있지만 우리는 그 작은 피해 몇 번에도 골골거리는 중이고.

"원소 하나만 있어도 그런데 밑으로 원술까지 있으니까. 둘이 진짜 각 잡고 영혼까지 끌어모아서 밀고 오면 답이 없어. 조조가 있어야 원소가 그래도 뒤통수 간지러운 줄을 알고 조심하지."

"그 역시 그러하기는 하나……."

공명이가 고개를 숙이며 눈을 감는다. 자기 나름대로 머릿속에서 시뮬레이션을 돌려보는 거겠지. 내 말에 틀린 게 있지는 않은지, 설령 옳다고 해도 뭔가 다른 방법이 있지는 않은지.

하지만 자기가 봐도 다른 방법은 없다 싶은 건지 공명이가 작게 한숨을 내쉰다.

손권이는 원술의 이름이 나와서인지 어색하게 웃고만 있을 뿐이었다. 뭐, 자기네 형이 원술의 휘하에서 상장 중 하나로 대접받는 와중이니까.

"어쨌든 너무 걱정하지 말고, 당장은 이래도 되나 싶을 정도로 쉬면서 몸이나 챙겨. 다 낫고 나면 시킬 일이 아주 많으니까."

그러면서 계속 말을 이으려는데 뭔가 좀 이상하다.

"저거, 흙먼지 아니냐?"

저 멀리 앞, 허공을 뿌옇게 메운 먼지인지 구름인지 알 수 없는 것을 가리키니 후성과 위월이 마치 자전거를 탈 때 그런 것처럼 말에서 일어나며 저 앞을 살핀다.

"장군. 흙먼지가 맞는 것 같습니다."

"제가 보기에도 그런데……. 아무래도 쉽게 가는 건 여기까지인 모양이군요."

후성에 이어 위월이 말하며 천부장들을 부르더니 전투를 준비시키기 시작했다.

그런 와중에서 두두두두- 하는, 천지를 뒤흔들며 가까워져 오는 말발굽 소리가 조금씩 크게 들려오기 시작했다.

한참을 뒤로 물러나며 병력을 추스른 이각과 곽사가 다시 공격해 오는 모양인데 뭐, 조조가 알아서 잘 막겠지. 순욱에 곽가에 정욱까지 조조 쪽에도 책사는 많으니까.

그렇게 생각하며 느긋하게 나아가고 있는데 갑자기 또 다른 말발굽 소리가 들려오기 시작했다.

양수다.

아예 순백의 장삼을 입고 머리를 틀어 올려 남성용 비녀라고 할 수 있는 금빛 동곳을 꽂은 양수가 당황한 얼굴을 하고선 정신없이 달려오고 있었다.

쟤가 갑자기 왜 저러지? 느낌이 싸하다.

"장군! 위속 장군!"

"어. 무슨 일인데? 설마 이각이랑 곽사한테 밀리는 거냐?"

"이각, 곽사가 아닙니다! 서량군이 기습을 해왔습니다!"

"서량군이라니? 그게 이각이랑 곽사잖아?"

"그 서량군이 아니라, 마등과 한수가 직접 기병 이만을 이끌고 이각, 곽사와 힘을 합쳐 공격해 왔단 말입니다!"

"마등? 한수?"

처음 들어보는 이름들이다.

내가 고개를 갸웃거리고 있는데 양수가 꽥 소리쳤다.

"조인 장군이 위급합니다!"

"우리 개똥이가?"

비록 적으로서 만나긴 했지만, 적잖이 정이 들었던 조인이다.

나는 후성, 위월과 함께 병력을 이끌고 양수의 안내를 받으며 나아갔다.

급하게 보병 방진을 펼친 조조군의 우익으로 도착하니 상황은 이미……

"으하하하하하하! 금마초가 예 있는데 어찌 날 상대할 자가 없는 것인가!"

마(馬)의 깃발을 휘날리며 장수 하나가 조인의 방진을 난타하고 있다.

조인의 병사들이 이를 악물고선 창을 들어 서량군 기병의 돌파를 막아내고자 노력하고 있지만, 마초를 비롯한 장수들이 선두에 선 서량군 기마대는 크고 작은 집단으로 나뉘어 돌파하고 물러나며 또다시 돌파하길 반복하고 있었다.

"막아라! 우리가 버티고 있으면 지원이 온다! 주공이 되었건 위문숙이 되었건 오기만 하면 우린 살아남을 수 있다! 죽을힘을 다해 버텨라!"

조인이 병사들의 사이를 오가며 목이 터져라 소리를 질러대고 있다.

하지만 멀찌감치 보기에도 상황은 절망적이다. 이미 적지 않은 숫자의 병사들이 죽거나 부상당해 쓰러져 있고, 어떻게든 버티고 서 있는 이들 중에서 멀쩡해 보이는 자가 없을 정도였다.

"허저!"

"예, 장군!"

"가서 저 마초인지 뭔지 하는 놈을 막아."

"흐흐. 알겠습니다."

"야. 쟤는 진짜 세거든? 조심해야 해."

"그래 봐야 평범한 장수 아니겠습니까?"

전투에 나선다는 생각에 그 순박한 얼굴로 환하게 미소 짓던 허저가 반문했다.

"방심했다간 네가 당할 수도 있어. 형님 정도의 무장을 상대한다고 생각하고 덤벼야 해. 무슨 얘긴지 알았지?"

"그 정돕니까?"

삼국지에 대해서는 전혀 모르는 나조차 마초의 이름 정도는 들어본 기억이 있다. 내가 알 정도면 이 시대에서 정말 인간 같지 않은 활약을 펼친 장수일 테니까, 일신의 무위 역시 어마어마한 수준이겠지.

내가 고개를 끄덕이자 허저가 한층 조심스러워진 얼굴로 말을 몰아 달리기 시작했다.

나 역시 마찬가지.

"가자!"

"조인을 도와라!"

"와아아아아아아-!"

우리 쪽 병사들이 함성을 내지르며 달려가니 기세 좋게 조인의 병력을 후려갈기던 마초가 날 쳐다보더니 피식 웃는다.

"재미는 볼 만큼 충분히 본 것 같다. 돌아가자!"

뿌우우우우-

"회군이다!"

마초의 그 목소리와 함께 사방에서 뿔 나팔이 울려 퍼지더니 미친 듯이 조인과 그 휘하 병력을 공격하던 서량의 기마대가 말 머리를 돌려 물러나기 시작했다.

"와, 시바……."

그런 놈들이 물러난 자리를 보는데 참담하기 그지없다.

수도 없이 많은 병사가 시체가 되어 쓰러져 있다. 조인이 이끌고 있던 오천 병력의 반절 가까이가 죽거나 다친 듯, 멀쩡히 살아서 움직이는 병사들의 숫자가 확 줄어들어 있었다.

그런 와중에.

"큭……."

조인이 이를 악문 채, 분하다는 얼굴로 멀어져 가는 마초와 그 휘하의 병력을 노려보고 있었다.

"족히 오만 명은 되는 것으로 보입니다. 보병이 삼만에 기병이 이만이며 마등과 한수가 이각, 곽사의 요청을 받고 출병한 것 같습니다."

전투라고 하기도 뭐한, 일방적으로 얻어맞기만 한 그 싸움 직후 부랴부랴 세운 영채의 막사에서 순욱이 말했다. 그런 순욱의 표정이 어둡기만 하다.

그것은 정욱과 곽가 역시 마찬가지였다.

"안 그래도 쉽지만은 않은 싸움이었는데 서량의 제후들까지 끼어들다니……."

조조의 장수 중 누군가가 자그마한 목소리로 중얼거렸다.

그 말을 들은 것인지 조조가 미간을 찌푸리고 있었다.

"왕봉산에서 화공을 펼쳐 이각과 곽사의 군대가 반으로 줄어들어 오만이 됐다. 마등, 한수 역시 오만을 이끌고 와 다시 십만이 되었을 뿐이다. 처음과 비교하면 달라진 게 없고, 고작 몇 번 작은 싸움에서 졌을 뿐인데 뭘 그리 걱정한단 말인가."

"소, 송구합니다. 주공."

장수가 화들짝 놀라선 자리에서 벌떡 일어나더니 조조의 앞에서 포권하며 고개를 숙인다.

조조가 혀를 쯧쯧 차다가 나와 순욱, 곽가와 정욱을 번갈아 쳐다봤다. 뭔가 좋은 계획이 있겠느냐는 것 같은 눈빛이었다.

하지만 이제 막 마초와 만났는데 벌써부터 그런 게 나올 리가 만무하다. 사람이 말이야, 고민도 하고 그럴 시간이 있어야 하는 건데.

"주공. 일단은 적들은 먼 길을 이동해 오느라 적지 않게 피로

할 것입니다. 야습을 해보는 건 어떻겠습니까?"

지난번에 이어 오늘도 패전해 버린 탓에 침울한 얼굴로 앉아 있던 조인이 막 생각났다는 듯 말했다.

조조가 고개를 저었다.

"서량군은 분명 먼 거리를 이동해 왔겠지. 하나 이각과 곽사는 이 근방에서 군을 집결시키며 체력을 비축했을 터. 요행히 서량군을 제압할 수 있다 한들, 이각과 곽사의 병마에 휩쓸리게 될 것이다."

"그러한 것까지 대비해 매복을 놓는다면⋯⋯."

"첫째로 이 주변은 매복에 적합한 지형이 아니야. 둘째로 이각, 곽사의 영채와 마등의 영채는 십 리 간격으로 세워져 있어. 지근거리나 마찬가지이니 매복을 할 공간이 안 나온다고. 셋째로⋯⋯."

"알겠소. 알겠으니 그만하시오⋯⋯."

내 말이 채 끝나기도 전에 조인이 완전히 풀이 죽어선 침울 모드로 돌아간다.

안 되는 이유를 하나하나 들어가며 이야기하긴 했지만 정작 나 역시 딱히 괜찮은 방법을 떠올리지는 못하는 와중이다.

오직 곽가만이 뭔가 노리는 게 있다는 듯, 눈동자를 번뜩이고 있었다.

"주공. 위속 장군이 지적한 바와 같이 지금 당장에 야습을 하는 것은 무리입니다. 일단은 경계를 철저히 하며 하룻밤을 지낸 뒤에 다시 방책을 강구해 보시는 것이 어떻겠습니까?"

곽가가 마치 내일이 되면 뭔가 방법이 나올 것처럼 말하고 있다.

진짜 쟤한테 뭐가 있는 건가?

"그렇게 하도록 하지."

조조가 자리에서 일어난다. 다른 장수들 역시 마찬가지.

"다들 물러가도록 하게."

축객령이 떨어졌다.

내가 자리에서 일어나 조조의 막사 밖으로 나서는데 조인이 내게 다가왔다. 녀석이 우물쭈물하며 날 쳐다보고 있었다.

"고, 고맙소."

"엉?"

"오늘 도와준 거 말이오. 덕분에 살았소."

"그거야 뭐, 당연히 도와줘야 하는 거였잖아. 신경 쓰지 마."

안 그래도 열세인데 너까지 죽어버리면 싸우는 건 누가 하겠어.

"내 오늘의 은혜는 잊지 않을 거요. 혀, 혀, 혀…… 형님."

정말 말이 안 떨어진다는 듯 더듬어가면서까지 억지로 말하고선 조인이 확 돌아 자신의 막사 쪽으로 돌아가기 시작했다.

이거 어째 익숙한 전개인데…….

쟤, 설마 얼굴이 빨개지거나 이런 건 당연히 아닐 거다. 그냥 증오해 마지않던 적에게 형님 소리를 하는 게 어색하기도 하고 민망하기도 해서 저런 거겠지.

그럴 거다. 그래야 해.

"어떻게 됐습니까?"

막사로 돌아오기가 무섭게 후성이가 다가와 말했다. 그 옆에 손권이와 허저, 위월도 서서 내 입만을 쳐다보고 있었다.

"일단은 방어만 철저하게 하는 거로 결론이 났다."

"그러면 조조군 쪽에서도 딱히 방법이 없다는 겁니까?"

"말했잖아. '일단은'이라고. 내일이 되고 나면 뭔가 방법이 생길 것 같기도 하고 그래."

"장군. 저만 믿으십시오. 장군의 처소는 제가 확실히 지키겠습니다."

후성이 제 가슴을 탕탕 두드린다.

쟤 갑자기 지금 뭐라는 거야?

"오늘이 보름달이 뜨는 날이잖습니까."

"어? 아, 벌써 그렇게 됐나?"

요즘엔 밤이고 낮이고 구름이 너무 많이 껴서 하늘을 제대로 못 보긴 했다. 슬슬 보름달이 뜨겠다 싶기는 했는데, 그게 하필이면 오늘인 모양. 타이밍 죽이는데?

"야. 보름달 소리 들으니까 갑자기 졸립다."

"주무실 겁니까?"

"어."

"알겠습니다. 자자, 다들 나가자."

후성이 손권과 허저, 위월을 데리고 밖으로 나가며 걷어져 있던 휘장을 펼친다.

곧 후성의 지휘 아래에서 병사들이 막사를 둘러싸는 소리가 들려왔다.

그러고 보니까 쟤도 살짝 기대하는 눈치였던 것 같다. 지금까지 보름달이 뜬 다음 날엔 어김없이 내가 기똥찬 계책 같은 걸 냈기 때문이겠지.

"뭐 어쨌든 간에……."

자야 할 시간이다.

원래도 피곤했는데 보름달 얘기가 나오니 더 피곤하다.

나는 침상에 누우며 눈을 감았다.

쏴아아아-

익숙한 바람 소리와 함께 눈이 떠진다.

막사 안에 짙은 안개가 가득 껴 있었다.

"후후."

머리맡에 놓여 있는 핸드폰이 왜 이렇게 반가운지 모르겠다. 상황이 상황이기 때문일까?

곧장 핸드폰을 들고서 몸을 일으켰다.

"오늘은 또 무슨 글들이 있으려나."

무릉도원 카페로 들어가니 글이 잔뜩 올라와 있었다.

개중에서도 눈에 띄는 건, '님들. 위속 인간 맞겠죠?', '위속이_파계선이_아닌_EU.txt', '도대체 무슨 약을 먹어야 위속을 파계선으로 보는 거냐?' 같은 글이었다.

"지난번에는 파계선이라고 떠들더니 이번엔 또 인간이래?"

이 컨셉충들이 왜 이렇게 바뀌었나 싶어서 글을 하나 클릭했다.

〈망생이들아. 상식적으로 생각을 해봐라. 위속이 산양에서 물을 다스리는 거로 홍수를 내놓고 왕봉산에서 바람까지 컨트롤했으면 금오도나 곤륜에서 가만히 있었을 것 같음? 한 번도 아니고 두 번이나, 그것도 인계의 역사에 심각하게 간섭하는 짓거리를 했는데?〉

└천도복숭아삽니다: 아무리 파계선이라고 해도 인계에서 위속 정도 위치면 신선들이 막 잡아가고 그러기 쉽지 않을 텐데??

└무간도선: 위속이 파계선이었으면 장군이나 승상이 아니라 왕, 황제였다고 해도 잡아감. 위속이 안 잡혀간 건 그냥 걔가 파계선 이런 게 아니라 인간이었기 때문임.

└곤륜 117기 백상환: 오늘 우리 수련관에서도 이걸로 싸움 났었는데 스승님이 딱 정리해 주시더라고요. 위속은 그냥 괴물 같은 인간이라고요.

└천상천하 유아독선: ??? 인간인데 어떻게 멀쩡한 땅을 호수로 만들고 북서풍이 불 시기에서 동남풍을 불러옴? 이거 연의가 아니라 정사에 나오는 내용이잖아요???

└곤륜 117기 백상환: 천 년에 한 번씩 그런 괴물 같은 인간이 나온대요. 그냥 본능적으로 천지의 운행을 알아차리는 건데 천지인이 합일을 이룬 상태로 태어나는 거라고. ㅇㅇ

└천상천하 유아독선: 그거 약간 이런 건가요? 왜 신선 중에 천양

지체, 천음지체 같은 거로 태어나는 사람들 같은??

　└장래희망 우화등선: 이런 경우엔 오히려 조화지체로 태어났거나 어느 순간 조화경의 경지에 올랐다고 봐야 하지 않을까요?

이것들, 무슨 소리를 하는 건지 모르겠다. 멀쩡한 사람을 두고 무슨 천양지체고 천음지체야? 무협 소설 쓰냐?

"하여간 자유 게시판 이쪽은 도움이 안 된다니까."

당장 마초가 쳐들어오고, 마등이랑 한수가 쳐들어왔는데 조화경이고 조화지체고 하는 게 다 무슨 상관이야. 역시 자유 게시판은 볼 데가 못 되는 것 같다.

"삼국지 토론 게시판. 여기가 짱이지."

안 그래도 바쁜 상황이다. 마초가 도대체 왜 이곳에 나타난 건지, 이것들을 어떻게 해야 때려잡을 수 있을지 방법을 찾아야 한다.

나는 그렇게 생각하며 이각, 조조, 위속을 키워드로 치고 검색을 시작했다.

그랬는데.

'자연마저_구타하는_패왕_위속.txt', '조조는 자의로 위속과 의형제가 되었을까?', '위속은 정말로 예언자인가?', '폭행으로 맺어진 위속-조인-하후돈 의형제' 같은 글이 올라와 있다.

"뭐야? 이것들……."

웃기지도 않는다. 때리긴 내가 누굴 때렸다고?

계속해서 내게 도움이 될 만한 글을 찾는데 '조조-위속 연합

군이 위수 전투에서 완승을 거뒀다면 어떻게 됐을까요?'란 제
목이 눈에 들어왔다.

위수면 내가 지금 잠들어 있는 이 영채의 바로 옆에서 흐르
는 강이니까, 이거겠지?

〈마등, 한수-이각, 곽사면 ㄹㅇ 삼국지 초창기 시절에서는 전투 머신
만 잔뜩 모인 미친 조합이었죠. 거의 삼국지 시대의 스파르탄이라고 해
야 하나? 허구한 날 싸움만 하고 살아서 전투력이 그냥 ㅎㄷㄷㄷㄷ 서
량군이 주로 상대한 건 강족, 저족인데 얘네가 어떤 애들이냐 하
면……〉

이거 은근 설명충이네. 바빠 죽겠는데 왜 강족이며 저족이
며 하는 이민족들을 설명하고 난리야.

쭉쭉 스크롤을 내리니 내가 원하는 이야기가 다시 나오기
시작했다.

〈당시 중국 최강의 기병대 4만+미친 전투력의 보병 6만이 조조가 영
혼까지 끌어모은 4만 명이랑 위속이 지원으로 데리고 온 1만이랑 싸운
건데 결국엔 그냥 마등, 한수랑 이각, 곽사가 반목하게 유도해서 간신
히 하동만 뺏는 거로 끝났죠. 근데 만약 여기에서 조조네가 이겼더라
면? 여러분들의 생각이 궁금합니다.〉
└위속위문숙: 이각, 곽사만 제대로 잡았어도 조조가 성장해서 원
소 움직이는 거에 제약이 걸렸을 듯

└제갈공명공명: 제갈량이 무조건 다 죽으라고 동남풍 만들어서 화공을 퍼부어도 10만 중에 1만인가 2만밖에 안 잡히는 괴물 오브 괴물인데 퍽이나;;

뭐지?

정찰 결과에서는 십만 명이던 게 절반으로 줄었다고 했는데? 일만인가 이만밖에 안 죽었다니?

└강동의손제리: 동남풍은 위승상이 예측해 내고 제갈량한테 제사지내는 것만 하청 준 거 아님??? 그게 왜 제갈량이 만든 게 되는 거죠? 제갈빠 양심 어디???

└킹왕저수지: 위빠 삼대 불문율 중 하나가 깨짐. ㅋㅋㅋㅋㅋㅋㅋ 위빠들 또 내전 나요?ㅋㅋㅋㅋㅋㅋㅋㅋㅋㅋㅋ

└패왕유비: 곧 내전이 발발할 곳이라고 해서 구경하러 왔습니닼ㅋㅋㅋㅋㅋㅋㅋㅋㅋㅋㅋㅋ

└강동의손제리: 아 우리가 왜 싸움 ——? 싸우는 거 아님. 그냥 물어보는 거잖아여;;

└조조가롤모델: 만약 이때 조조가 완승했으면 여포네도 그렇게 쉽게 무너지진 않았을 것 같네요. 우리가 아는 삼국지랑은 또 다른 흐름으로 진행됐을 듯.

└꿀물황제: 택도 없는 소리 하지 마셈. 그나마 곽가가 계책을 냈으니까 적당히 밀어내고 끝난 거지, 이간계 아니었으면 여기에서 조조 여기에서 죽었음. 아마 위속도 죽었을 듯?

└대군사가후: 마등, 이각네 깡그리 털어먹는 거 아니면 어차피 위속도 얼마 안 돼서 원술, 원소한테 밀려서 죽을 테니 그게 그거 아닌가여;;

└여봉봉선: 마음에는 안 들지만 ㅇㅈ합니다. 위속이 여기에선 대국을 잘못 봤던 것 같음…….

"하아."

한동안 망한다는 얘기가 없어서 마음 놓고 있었는데 또 나와 버렸다.

심장이 쿵쾅거린다. 방법을 찾아야 한다.

지금까지 무릉도원에서 그랬던 것처럼, 뭔가 기똥찬 계책이 댓글로 나와 있을 만한 글들을 찾아 뒤적였다.

하지만 없다. 계책이 보이질 않는다. 다들 그냥 한수가 어떤 인물이고 마등과의 관계가 이후로 어떻게 변했는지, 이각과 곽사가 나중에 어떻게 되는지만 나올 뿐이다.

일 초가 지나고, 또 다른 일 초가 지나지만 아무리 봐도 방법은 없었다.

쏴아아아아-

그런 와중에서도 내가 어떻게든 계책을 찾아 헤매는데 바람 소리가 들려왔다. 그런 내 시야에 꿈속의 막사가 녹아내리는, 그 끔찍한 모습이 들어오고 있었다.

"……."

말이 안 나온다.

눈이 떠지고, 익숙한 막사의 모습이 시야에 들어온다.

하지만 아무리 생각하고, 또 생각해 봐도 지금의 상황에서 효과적으로 사용할 계책은 떠오르질 않는다.

그저 무릉도원에서 봤던 지금의 상황을 해결하는 것과는 관계없을 그 수많은 글과 댓글이, 떠오르고 또 떠오를 뿐이었다.

"하……."

답답하다. 미쳐 버릴 것 같다. 원소, 원술 연합군에게 공격당해 연주가 불타오르는 광경이 머릿속에서 그려진다. 내게 조롱당했던 저수, 전풍이 속이 시원하다는 얼굴로 내 목이 잘리는 걸 구경하는 모습 역시 함께였다.

"장군. 기침하셨습니까? 어…… 장군?"

혼자 마른세수를 하며 푹푹 한숨을 내쉬고 있는데 후성의 목소리가 들려왔다. 내가 깨어난 것을 확인하고서 들어온 녀석의 눈이 동그랗게 커져 있었다.

"괘, 괜찮으십니까? 장군 안색이 정말…… 정말 안 좋으십니다. 의원이라도 불러올까요?"

"됐어. 괜찮아. 몸이 아픈 게 아니니까."

"예? 그럼……."

"바람이나 좀 쐐야겠다."

전포를 이불처럼 몸에 돌돌 말고서 밖으로 나갔다.

절기상 여름이 거의 저물고, 가을이 되어가는 중인 탓에 바람이 꽤 차다. 갑옷을 입고 있을 땐 덥다고 짜증을 냈는데 막상 이렇게 나오니 쌀쌀하기가 그지없다.

그래서일까? 약간은 멍하던 머리가 단번에 맑아진다.

하지만 방법이 떠오르지 않기는 마찬가지다. 더욱더 선명하게 내가 죽는 모습이, 우리가 망하는 모습이 머릿속에서 그려지고 있었다.

그런 와중이었는데, 향기롭기만 한 밥 짓는 냄새가 후각을 자극한다. 주변을 돌아보니 병사들이 삼삼오오 모여서 모래를 쌓아 만든 화로를 가지고 밥을 짓고 있었다.

꼬르륵.

항상 이 시간에 밥을 먹어서인지 내 배에서도 밥을 달라며 아우성치고 있었다.

"장군. 식사를 준비할까요?"

"응. 다 먹고 살자고 하는 짓인데…… 일단은 먹어야지."

후성에게 그렇게 말하며 내 막사로 돌아오는데 병사들의 화덕이 눈에 밟힌다.

뭔가 떠오를 것 같기도 하고, 말 것 같기도 한 느낌적인 느낌이 내 머릿속을 간질이고 있었다.

📱

"……"

고요하다.

조조의 장수들이 꿀 먹은 벙어리라도 된 것처럼 입을 꾹 다물고 있다. 왕봉산에서부터 벌써 두 번이나 대패를 당한 조인은 당연히 그럴 수밖에 없다. 하후돈을 비롯한 나머지는 상황이 상황이다 보니 딱히 할 수 있는 말이 없는 것일 테고.

그나마 평소와 같은 얼굴을 유지하고 있는 건 순욱과 곽가 그리고 정욱 정도일 뿐이었다.

그런 와중에.

"다들 간밤엔 푹 쉬었는가?"

조조의 목소리가 들려왔다. 조조가 나를, 곽가를 비롯한 여러 책사와 장수들의 면면을 찬찬히 돌아보고 있었다.

상황이 상황이니 바로 회의를 시작해 본론으로 들어가려는 모양이다. 나는 그 모습을 지켜보며 주먹을 움켜쥐었다.

아까부터 계속 이렇다. 뭔가 생각이 떠오를 것 같은데 안 떠오른다. 돌겠네, 진짜.

"주공. 간밤에 소생이 계책을 하나 짜보았는데 들어보시겠습니까?"

"봉효의 계책이라면 내 당연히 들어봐야지. 이야기해 보게."

곽가가 자리에서 일어나더니 설명하기 시작했다.

"예. 적들을 완전히 괴멸할 수는 없어도 이쯤에서 물러가도록 할 수는 있습니다. 운이 따라준다면 이각, 곽사와 마등, 한수가 서로 격렬하게 싸우며 상잔토록 할 수도 있을 것입니다. 먼 곳에서 급히 오느라 마등 놈들에게 군량이 모자랄 테니 효과는 더더욱 극적이겠지요."

"군량이라…… 흠. 확실히 자네의 말대로라면."

잠시 미간을 찌푸리며 고심하던 조조가 기분 좋게 씩 웃는다. 곽가의 옆에서 그 이야기를 듣던 순욱과 정욱 역시 마찬가지.

심지어는 옆에서 공명이조차 흥미롭다는 듯 고개를 끄덕이고 있었다. 이 인간들, 그냥 저 말만 듣고도 곽가가 뭘 계획했는지 알아차린다는 건가?

내가 황당해서 주변을 돌아보는데 위월이나 후성, 조인과 하후돈을 비롯한 장수들은 대부분 저 인간들이 무슨 말을 하는 건지 모르겠다는 얼굴로 눈만 껌뻑이고 있을 뿐이었다.

허저는 당연히…… 그냥 그 순진한 얼굴로 지루하다는 듯 눈동자만 데구루루 굴리며 조조의 막사에 들어와 있는 여러 장수들을 구경하는 중이고.

"흠, 저 사람하고는…… 다섯 합 정도 될까?"

구경이 아닌 모양이다. 그냥 자기랑 싸우면 어떨지, 혼자 머릿속으로 시뮬레이션을 돌려보는 모양.

이런 와중에서 곽가가 자기가 생각한 것들을, 마등 놈들과 이각 놈들 사이의 관계를 설명하는데 나도 모르게 한숨이 푹 나온다.

이렇게 되면 무릉도원에서 이야기한 그대로 흘러가는 거다. 결국 조조는 낙양 근처에서 꼼지락거리다가 이각, 곽사가 자멸하며 주인을 잃게 된 장안을 얻게 되겠지.

완전히 폐허가 되어버린 그곳과 낙양을 어떻게든 되살려 보겠다며 몸부림치며 시간을 보내는 동안 우리는 원소, 원술에게 남북으로 공격당해 무너지게 될 것이고.

결국은……

"음?"

절망스러운 미래를 떠올리며 주먹을 움켜쥐고 있는데 느낌이 묘하다. 정신을 차리고 보니 조조를 비롯한 여러 책사와 장수들이 날 쳐다보고 있었다.

마치 저건 또 왜 저러고 있느냐는 것 같은 얼굴이었다.

"위 장군. 장군께선 제 계책이 마음에 들지 않으시는 모양입니다."

곽가가 무표정한 얼굴로 내게 다가오며 말했다.

"예?"

"한숨을 푹 쉬시기에 여쭙는 것입니다. 혹 장군께 소생의 것보다 더 좋은 계책이 있음에도 기회를 얻지 못해 말씀하지 못하시는 게 아닐까 싶어서 말입니다."

그러면서 곽가가 날 쳐다본다. 어디 네 계책은 얼마나 좋은지 들어나 보자는 것처럼.

'새 됐다.'

내가 속으로 그렇게 중얼거림과 동시에 머릿속에서 떠오를 듯 말 듯 한참을 간질이던 그 생각이 확연하게 모습을 드러냈다.

"잠시만."

생전 처음 느껴보는 감각이다. 자그마한 아이디어가 떠오름과 동시에 실타래가 풀어지듯 그 아이디어를 보조할 또 다른 아이디어가 계속해서 머릿속에서 펼쳐지고 있었다.

그 옛날, 내가 무릉도원에서 본 것을 진궁에게 이야기했을 때에 그가 그랬던 것처럼 난 멍하니 서서 눈을 감은 채 머릿속의 아이디어를 가다듬었다.

그리고 내가 눈을 떴을 때, 곽가는 어서 이야기해 보라는 것처럼 날 쳐다보고 있었다.

"선생의 계책대로 하면 여러모로 어려운 점이 많을 것입니다."

"예?"

"적들이 서로 상잔한다고 한들 철천지원수가 아닌 이상에야 죽을힘을 다하지는 않을 것입니다. 서로가 서로에게 속았다고 생각하며 전력을 보존하는 한도 내에서 서로를 쫓아내고자 할 뿐이겠죠."

주변에 다른 적이 없다면 또 모르겠지만, 지금은 조조가 두 눈을 시퍼렇게 뜨고 살아 있는 와중이다. 이각과 곽사도, 마등과 한수도 조조가 옆에 있는 동안엔 자기들끼리 치고받고 싸우는 게 자신들에게 이롭지 못하다는 걸 알 테니까.

"하지만 지금은 적들이 물러나게 하도록 하는 것이 최선입니다. 그들이 서로 상잔토록 하고, 신뢰를 잃어 힘을 합치지 못하도록 하는 것 이외에 무슨 방법이 있단 말입니까?"

"있습니다, 방법. 그리고 이대로 하면 적들을 괴멸시킬 수 있을 겁니다. 아마도요."

"괴멸이라니?"

곽가가 황당하다는 듯 반문하며 날 쳐다본다.

조조는 내가 도대체 무슨 생각을 하는 것인지 궁금하다는 듯 호기심 가득한 얼굴로 날 쳐다보고 있었다.

"어디, 그 계책이 무언가 들어볼 수 있겠나?"

"간단합니다. 화덕을 이용하는 거죠."

"아니, 도대체 화덕을 이용해서 뭘 어쩌겠다는……."

별 희한한 소리를 다 듣겠다는 듯 말하던 곽가의 눈이 동그랗게 커졌다.

조조는 아직 이해하지 못한 것처럼 어서 설명을 해보라는 얼굴로 날 쳐다보고 있었다.

'후.'

곽가가 저런 반응을 보이는 걸 보니 확실히 내가 말도 안 되는 걸 떠올리지는 않은 모양이다. 약간 불안했는데 안심이 된다.

"순 선생. 지금 형님의 병사들이 밥을 지을 때 사용하기 위해 만드는 화덕의 숫자가 몇 개나 됩니까?"

"대략 오천 개는 될 겝니다. 장군 휘하의 병사들이 만드는 것을 합치면 육천 개 정도이겠지요."

"그렇다면 여쭙겠습니다. 선생께서 군을 몰아 적을 추격하고 있는데 방비를 철저히 하는 적의 영채에서 발견되는 밥 짓는 화덕의 숫자가 오백 개, 천 개씩 줄어든다면 어떻게 생각하시겠습니까?"

"이 사람은 다르게 생각할 것이나……. 이각과 곽사의 무리라면 확실히 아군에서 탈영병이 나올 것으로 생각하겠군요. 참으로 기발한 계책이 아닐 수 없습니다. 위속 장군."

순욱이 감탄하며 말했다.

"그럼 아우의 말대로라면 우리가 퇴각하는 척, 후방의 경계를 강화하며 물러나는 것인가? 그러면서 화덕의 숫자는 날이 갈수록 줄이고?"

"예, 그 말씀대롭니다."

"허. 기발하군. 참으로 기발하다. 그대는 어찌 생각하는가?"

조조의 시선이 곽가를 향했다.

조금 전까지만 해도 날 무시하는 것 같은 눈을 하고 있던 곽가다. 하지만 그런 곽가가 망치로 뒤통수를 한 대 얻어맞기라도 한 것 같은, 충격을 받은 얼굴로 날 쳐다보고 있다.

그런 곽가의 얼굴에 진심으로 감탄하면서도 두려워하는 것 같은 기색이 서려 있었다.

"이 곽가, 위속 장군께 오늘 큰 가르침을 얻습니다."

그러면서 내게 포권하고, 고개를 숙이기까지.

그냥 군 시절에 우리 중대장이 떠들던, 전투 훈련에서는 첫째도 둘째도 적을 속이는 기만책을 성공적으로 잘 펼치는 것만이 승리하는 길이라던 말이 떠올라 적용해 본 것일 뿐인데. 이게 그렇게까지 대단한 계책인 건가?

"위속 장군. 장군께서 허락하신다면 아직 말씀하지 않으신 부분들을 제가 추측하며 이야기해 보고 싶습니다. 허락해 주시겠습니까?"

곽가가 내 계책에 완전히 몰입한 듯, 잠시 멍하니 허공을 응시하며 생각을 정리하다가 말했다.

"얼마든지요."

"감사합니다, 장군. 단순히 병력이 줄어들기만 하는 것으로는 충분치 않으니 소문이 돌아야 할 것입니다. 기왕이면 연주를 노리는 적들이 나타나 태산이나 제북이 적의 수중에 떨어졌으며, 동평도 위험하다는 식이어야겠지요."

"좋군. 그런 소문이 이각 놈들의 귀에 들어간다면 일말의 의심조차 안 하게 되겠지."

"그렇습니다, 주공. 소생이 굳이 이각의 무리와 마등 등의 무리가 반목하도록 하는 계책을 진상하였던 것도 이미 한 차례 적을 유인하여 큰 피해를 주었기에 비슷한 계책은 사용할 수가 없기 때문이었는데 위속 장군의 이와 같은 방책대로라면 확실히 적을 섬멸할 수 있습니다. 참으로 기발한, 경천동지할 계책입니다."

곽가가 또다시 내게 포권하며 말하는데 괜히 어깨가 으쓱거리고 기분이 좋아진다.

"스승님. 제자가 한마디 덧붙여도 되겠습니까?"

"응?"

"저도 좋은 계책이 떠올라서요. 허락해 주시겠습니까?"

"얼마든지."

생각지도 못한 컬래버레이션이다.

나는 일단 생각이 났으니 던져나 놓고 보자는 심정으로 말한 건데 곽가가 살을 덧붙이더니 이젠 진짜 천재인 공명이까지 나서고 있다.

내가 터져 나오려는 웃음을 억지로 꾹 참으며 고개를 끄덕이니 공명이가 좋다고 앞으로 나서며 주변을 향해 포권했다.

"소생, 위속 총군사의 제자인 제갈공명이라 합니다. 이곳에서 동쪽으로 팔십 리를 더 가면 동관입니다. 천혜의 요새인 곳이니 경계를 철저히 하며 하루에 이십 리를 물러나는 한편, 황하를 건널 배를 모으는 척한다면 적은 필시 별동대를 보내 배를 불사르고자 할 것입니다."

"확실히 그리할 것이다. 역으로 우리가 동관에 들어가는 것을 막고자 하겠지."

곽가가 그렇게 말하자 공명이가 신이 나서 말을 이었다.

"물론 그리할 것입니다. 그런 상황이 되면 우리는 동관 근방의 산줄기로 도망치는 척, 적들을 유인할 수 있습니다."

"그러면 설마?"

이번엔 조조가 반문했다.

공명이가 고개를 끄덕였다.

"일전에 비가 온 뒤로 계속해서 강한 바람이 불어 산천초목이 말라가고 있습니다. 이번에도 남동풍을 빌려올 수 있을지는 모르겠습니다만 설령 그것이 없다 하더라도 상관은 없을 것 같습니다. 산중 깊숙한 곳에서 자리를 잡고 적을 유인해 전군이 일치단결하여 맹공을 퍼붓는다면 바람의 방향과 관계없이 큰 피해를 줄 수 있을 테니까요. 그렇지 않습니까? 스승님."

칭찬을 갈구하는 것 같은 얼굴로 공명이가 날 쳐다본다.

조조 역시 자신의 눈이 틀리지 않았다는 듯, 마치 먹잇감을 노리는 맹수의 그것과 같은 얼굴로 날 쳐다보는 중이고.

흐흐. 무릉도원을 본 것도 아닌데 괜찮은 아이디어를 떠올리다니. 완전 운이 좋았다.

내가 그렇게 생각하며 기분 좋게 웃고 있는데 손권의 얼굴이 시야에 들어왔다.

녀석이 부럽다는 듯 공명이를 쳐다보며 입술을 질끈 깨물고 있었다.

7장
네가 알아서 해봐라

이각, 곽사 연합군의 영채. 그곳에서도 가장 커다란 이각의 막사에 이각과 곽사 및 그 휘하의 장수들 그리고 마등과 한수를 비롯한 서량군의 장수들이 모조리 모여 있다.

그런 그들이 하는 것은.

"아, 그러니까 깡그리 다 밀어버리면 되는 거란 말입니다!"

"아버님의 말씀이 옳습니다. 힘으로 밀어붙이면 저들이 별수 있겠습니까? 애초에 숫자부터가 두 배나 차이 나질 않습니까, 두 배나."

마등에 이어 마초가 말했다. 이각, 곽사는 그게 마음에 들지 않는다는 듯 못마땅한 얼굴을 하고 있었다.

"우리라고 해서 그대들이 이야기하는 방안을 생각해 보지 않았을 리가 없잖은가. 힘으로 해봤지. 그런데 그 결과가 몹시 안 좋았어. 그러니 한중과 사천으로 향하는 길을 약속해 가면서까지 그대들을 부른 게 아닌가."

"그 화공을 말씀하시는 겁니까? 운 좋게 얻어걸린 그 건을?"

웃기지도 않는다는 듯 반문하는 마등의 그 목소리에 이각이 발끈해 자리에서 벌떡 일어났다. 그리고 그때, 막사의 휘장이 걷히며 병사 하나가 허겁지겁 달려 들어왔다.

"뭐냐!"

"주공! 급보입니다! 지금 척후로부터 연락이 왔는데 적 영채의 화로 숫자가 줄어들었다 합니다!"

"화로? 밥 짓는 화로의 숫자를 말하는 것이냐?"

"예, 주공! 얼마 전까지는 오천 개의 화로가 있었는데 이번엔 사천육백 개라고 합니다!"

"사천육백이라……."

나지막이 중얼거리며 이각이 손짓해 병사를 내보냈다. 그런 이각의 미간에 주름이 생겨나고 있었다.

"대사마. 화로의 숫자가 줄어들었다는 것은 적의 병력이 줄어들었다는 의미 아닙니까?"

"그것은…… 그렇겠지?"

"그렇다는 건 무슨 이유가 되었건 간에 적병이 줄어들고 있다는 의미 아닙니까. 탈영병이 생기건, 뭔가 이유가 있어서 병력을 빼내고 있건 간에 말입니다."

한수의 그 목소리에 이각이 주먹을 움켜쥐었다.

"기회가 오는 것인가?"

"어쩌면 그럴지도 모릅니다. 병력만 줄어드는 것이지, 조조를 비롯한 자들의 대장기는 그대로 남아 있으니까요. 조금만 더 상황을 지켜보시지요."

"좋아."

이각이 고개를 끄덕였다.

그리고 다음 날, 한수는 아침 일찍이 이각의 막사로 불려갔다. 그 막사엔 어제 급보라며 화덕이 줄어들었다는 소식을 전했던 그 병사가 들어와 있었다.

"대사마?"

"오늘도 간밤에 역도 놈들이 이십 리를 물러났소. 혹시나 하여 확인해 보니 이번엔 화로가 사천백 개 라더군."

"하룻밤 만에 오백 개가 줄었다는 것은……."

"무슨 일이 생겨도 확실하게 생겼다는 의미겠지. 안 그렇소이까?"

이각이 즐겁기 그지없다는 듯 웃으며 주먹을 움켜쥐었다.

"조조며 그 위속이며 하는 놈들이 왔어도 결국엔 내 손에 죽을 운명들이었던 모양이외다."

위속이라는 이름이 이각의 입에서 튀어나왔을 때, 한수는 자신도 모르게 몸을 움찔거렸다. 비록 직접 만나본 적은 없지만, 연주와 그 근방에서 위속이 어떤 활약을 하고 있는지는 수도 없이 들었으니까.

하지만 지금 같은 상황에선 제아무리 위속이라 할지라도

방법이 없을 것이다. 한수는 그렇게 생각하며 이각을 향해 포권하며 고개를 숙였다.

"감축드립니다, 대사마. 조조와 위속의 목은 소장이 확실히 베어다 바칠 것입니다."

"누가 또 내 욕을 하나?"

귀가 간지럽다. 목도 살짝 간지럽고.

조조의 막사에 막 들어서며 내가 중얼거리니 조인이 뭐 그런 걸 고민하느냐는 듯 피식 웃으며 날 쳐다보고 있었다.

"형님한테 원한을 가진 게 뭐 한둘이오? 당장 떠오르는 것만 해도 스물은 넘을 텐데 새삼스럽긴."

"뭐 그것도 그렇기는 하네."

"흰소리 말고 앉기나 하시오."

처음 왕봉산에서 만났을 때까지만 해도 날 죽일 것처럼 노려보더니 이젠 애가 완전 순해졌다. 조인 쟤도 알고 보면 나쁜 놈은 아니었던 모양.

그렇게 앉아 있는데 막사의 상석에서 조조가 날 쳐다본다. 그 옆에 서 있는 곽가와 정욱 역시 마찬가지.

"위속 장군께서도 오셨으니 논의를 시작하지요. 아마 지금쯤이면 이각, 곽사의 무리도 화덕이 줄어든 것을 눈치챘을 것입니다. 저희 주공께 은혜를 입은 병사들을 풀어 탈영이 발생

한 것처럼 위장하고 있으니 앞으로는 계획대로 진행되겠지요. 이게 다 위속 장군과 공명의 공입니다."

그러면서 곽가가 내게, 공명에게 포권하며 고개를 숙인다.

내가 기분 좋게 웃으며 고개를 끄덕이는데 곽가가 말을 이었다.

"하여 이제는 적들을 산중 깊숙한 곳으로 끌어들일 방책에 대해 논의해야 하는데 제가 감히 생각기로 이 중책을 맡을 분은 진중에서 오직 한 분, 위속 장군뿐이신 듯싶습니다."

응? 나?

"제가 그놈들을 유인하라고요?"

"도발의 명인이 바로 장군이지 않으십니까. 일전에 한번 조인 장군도 장군의 도발에 곤욕을 치른 적이 있고, 왕봉산에서도 이각과 곽사가 장군의 도발에 혼백이 빠져 정신없이 산중 깊숙한 곳까지 추격한 일이 있으니 이 중임을 맡을 이는 장군뿐입니다. 계략의 성공을 위해 장군께서 나서주시지요."

그렇게 말하며 곽가가 작게 미소 짓는데 느낌이 싸하다.

이각, 곽사를 끌어들인다는 건 결국엔 거짓으로 패하는 모습을 연출한다는 건데 우리 쪽의 피해가 커질 수밖에 없는 일이다.

"와, 이건 좀."

내가 어이가 없어서 중얼거리는데 곽가는 얼굴빛 하나 변하지 않고 어떻게 하겠느냐는 얼굴로 날 쳐다보기만 할 뿐이었다.

뭔가 그럴듯한 이유를 들어서 거절해야 하는데. 어떻게 해야 하지?

"곽 선생. 이건⋯⋯."

일단은 시간을 좀 끌어보려는데 공명이가 내 옆으로 다가온다. 그런 녀석이 자신만만한 얼굴로 날 응시하더니 자그마한 목소리로 말했다.

"스승님. 제게 기회를 주지 않으시겠습니까?"

"응?"

"스승님께서 하시려는 것을 저 역시 짐작하고 있습니다. 허락해 주신다면 제가 그 일을 행하고자 하고 싶습니다. 안 될까요?"

그러면서 녀석이 초롱초롱한 눈으로 날 쳐다보는데 곽가의 얼굴이 굳어져 간다.

에라, 모르겠다. 어차피 계획도 없었는데 공명이가 나서준다고 하면 나야 땡큐지.

"오냐. 하나 한 치의 모자람도 없이 확실히 해야 할 것이다."

"물론입니다."

공명이가 기분 좋게 웃으며 내게 포권하더니 자신만만한 발걸음으로 막사의 중앙을 향해 걸어갔다.

녀석이 조조를, 곽가를 번갈아 쳐다보고서 입을 열었다.

"이미 한 차례 큰 낭패를 봤던 자들입니다. 단순한 도발로는 만족할 만한 결과가 나오지 않을 것이니 좀 더 극적인 상황을 만드는 게 낫습니다."

"극적인 상황이라. 뭘 말하는 것인가?"

곽가가 반문하며 경계심 어린 눈빛으로 날 쳐다본다.

아무래도 쟤들, 내가 진짜로 무슨 대단한 계책이라도 세운 줄 아는 것 같다. 진짜 아무것도 없는데.

나는 근엄한 얼굴로 덤덤히 그런 곽가의 시선을 받아낼 뿐이었다.

"우리의 입장이야 어쨌건 간에 이각과 곽사에서 있어 가장 좋은 것은 이곳에서 전투에 완승하며 조공을 살해하는 겁니다."

"뭐, 뭐라?"

가만히 이야기를 듣고만 있던 조인이 쌍심지를 켜며 자리에서 벌떡 일어섰다. 하후돈을 비롯한 나머지 장수들 역시 마찬가지. 몇몇은 아예 허리춤에 손이 가 있기까지 하다.

까딱 잘못하면 칼부림이 날 수도 있는 상황인데 공명이는 눈 하나 깜빡하지 않고 한심하다는 얼굴로 그 모습들을 가만히 쳐다보고만 있었다.

"아니, 왜들 그러십니까? 지피지기면 백전불태라 하였는데 적이 원하는 걸 이야기하지도 못합니까?"

"제장은 진정하고 앉아라."

"하, 하지만 주공!"

어떻게 그럴 수가 있느냐는 듯 반문하는 장수들을 조조가 지긋이 노려본다. 그 눈빛에 조인이, 장수들이 고개를 숙이며 각자의 자리에 다시 앉기 시작했다.

"계속 이야기해 보게."

"감사합니다. 어쨌든 저와 스승님께서 생각기로 적들이 원하는 바가 그러하니 스승님이 아니라 조공께서 직접 나서시는 게 백번 낫습니다. 그리한다면 적들은 설령 약간의 이상한 점이 느껴진다 해도 무시하고 전력으로 돌격할 테니까요. 이는 조공 휘하의 장군들께서도 한 차례 겪어본 일이니 효과는 다들 아시질 않습니까."

"크흠."

공명의 그 말에 주변에서 못마땅하다는 듯 헛기침하는 소리들이 울려 퍼진다.

'흐흐.'

공명이는 지금 거야에서 내가 형님을 미끼로 내세워 조조를 격파했던 일을 얘기하는 거다. 조조 쪽 장수들에겐 불편하기 그지없는 일이니 언급하는 자체만으로도 불편하겠지.

그나저나 쟤, 아슬아슬하게 줄타기를 잘하는데? 확실히 제갈공명은 어려도 제갈공명인 모양.

"그대의 말이 틀리지는 않네. 거야에서 여 사군이 스스로 미끼가 된 것은 확실히 너무도 매혹적이었지. 하나 어찌 신하된 자로서 우리가 주공께 그런 위험을 감수하시게 한단 말인가?"

이번엔 곽가의 옆에 서 있던 정욱이 수염을 매만지며 말했다.

공명이 어이가 없다는 얼굴로 정욱을 응시하고 있었다.

"제가 듣기로, 거야 전투에서 계책을 세운 게 선생이시라던데. 맞습니까?"

'웅? 그게 정욱이 세운 계책이었어?'

좌중의 시선이 정욱을 향해 집중된다.

시종일관 차갑기 그지없는 눈으로 좌중을 응시하던 그 얼굴이 살짝 굳어지고 있었다.

"그러하네만."

"선생께서도 말씀하셨듯 그 효과는 잘 아실 거 아닙니까. 그만큼 효과가 확실한데 그걸 알면서도 무작정 조공께서는 위험을 감수하면 안 된다는 고리타분한 말씀을 하십니까?"

공명의 그 목소리에 한 방 크게 맞아버린 정욱의 얼굴이 조금씩 벌겋게 변해간다.

'와, 쟤 진짜 어그로 잘 끄는데?'

내가 감탄하고 있을 때 조인과 시선이 마주쳤다.

녀석은 안 좋은 기억이 떠오른 듯, 인상을 찌푸리며 냉수를 벌컥벌컥 들이켜고 있었다.

"여 사군과 우리 주공은 경우가 다르질 않은가. 여 사군은 이전부터 이미 인중룡이라 불릴 정도로 강력한 무장일세. 하나 우리 주공은 무장보단 지장에 가까우신데 어찌 그런……."

"그러니까 조공께선 병력 일만을 이끌고 적을 유인하시면 됩니다. 그 정도면 조공께서도 안전하실 수 있고, 적들의 욕망을 자극하기도 충분하니 이보다 좋은 계책이 또 어디에 있겠습니까?"

"아무리 그렇다 하여도……."

정욱이 결코 그렇게 할 수는 없다는 듯 반문하려는 찰나.

"하, 진짜. 손자께서 말씀하시길 용병술은 태산처럼 우직하면서도 황하의 물줄기처럼 변화무쌍하고 바람처럼 매임이 없이 자유로워야 한다 하였습니다. 그렇게 틀에 박힌 사고로 계책을 짜니 우리 스승님의 변화무쌍함에 휘말려 참패를 당하는 것 아닙니까."

'오우야……. 이렇게까지 질러도 되는 건가?'

정욱의 얼굴이 시뻘겋게 달아오른다. 심지어, 눈가와 볼이 푸르르 떨리고 있기까지 하고 있었다.

"네이노오옴! 머리에 피도 안 마른 젖비린내 풀풀 풍기는 놈이 감히 정욱 선생을 능멸하려 드는 것이냐!"

그런 와중에서 조조군 장수 하나가 벌떡 일어서서는 공명이를 향해 삿대질하며 소리쳤다.

공명이가 어이가 없다는 얼굴로 그를 쳐다봤다.

"그 머리에 피도 안 마른, 젖비린내 풀풀 풍기는 놈보다 못한 분은 그럼 뭐가 됩니까?"

"뭐, 뭣?"

장수의 눈이 동그랗게 커진다.

그가 자신도 모르게 정욱을 쳐다본다. 난데없이 스플댐을 맞아버린 정욱에게서 빠드드득 이 가는 소리가 들려오고 있었다.

"말 좀 가려서 하시죠."

그 모습을 응시하던 공명이 말하니 장수가 얼굴이 시뻘겋게 달아오르면서도 곤혹스러운 얼굴이 되어 말없이 자리에 주저앉고 있다.

'와, 진짜 쟤가 말싸움에선 킹이다, 킹. 완전 본좌네.'

이런 상황을 만들어놓고서 공명이는 칭찬을 갈구하는 얼굴로 잠시 날 쳐다보더니 조조를 향해 포권하며 말했다.

"용단을 내려주십시오, 조공."

이제 조조의 결단만 남은 건가.

지금의 상황이 마음에 들지 않는다는 듯 턱을 괸 채 삐딱하게 앉아 있던 조조가 몸을 일으켰다.

그런 조조가 정욱을 한심하다는 듯 쳐다보더니 입을 열었다.

"그대가 하는 말에 틀린 것이 없다. 공명의 말대로 행할 것이니 제장들은 그리 준비하라. 또한 문숙과 그 휘하는 봉효, 문약과 함께 계책을 세워 적을 섬멸하는 일에 전념하라. 알겠는가?"

"예, 주공."

"예."

"회의는 이쯤에서 파할 것이다."

아우님, 아우님 하더니 이젠 그냥 문숙이라네. 대놓고 티를 내지는 않지만, 조조도 열이 뻗치기는 하는 모양.

내가 그렇게 생각하며 조조에게 인사하고 물러나는데 곽가가 딱딱하게 굳어진 얼굴로 날 노려보고 있다.

나한테 당한 것도 아니고 내 제자라고 나선 공명이한테 당했으니 더 분하겠지.

저 상태에서 몇 마디만 던져주면 피를 토하며 쓰러질 것 같은데 아직은 같은 편이니 참는다, 내가.

곽가를 비롯한 조조 쪽 사람들을 뒤로하고 막사를 나와 잠깐 걷는데 공명이 내게 말했다.

"스승님."

"응?"

"스승님께서도 짐작하시듯 곽가는 이대로 넘어가려 하지 않을 겁니다. 그래서 제가 곽가를 상대로 방책을 짜보고자 하는데 그래도 될까요?"

공명이가 눈을 반짝이며 날 쳐다본다.

"네가 다 맡아서 해결하겠다고?"

"예, 아마 모르긴 몰라도 지금쯤 여 사군께로도 스승님이 조조에게 돌아서고 있다는 식의 이야기가 들어가고 있을 거고요, 전투 중에 우리 쪽으로 적들을 몰아 피해를 강요하는 방책을 만들려고 할 거니까요."

"음."

확실히 공명의 말이 일리가 있기는 하다.

"그래. 네가 알아서 해봐라."

"진짜시죠?"

"이게 다 너를 아끼고 성장시키고자 하는 스승의 큰 뜻이다."

진궁의 그 어조를 흉내 내며 말하니 공명이의 얼굴이 더없이 환해진다.

"그러면 최선을 다해보겠습니다!"

이 자식, 진짜로 신난 것 같다. 자기가 나서서 업무를 자초

하는 건데 그게 그렇게 좋나? 이 예쁜 일 중독자 같으니라고.

'공명이를 제자로 들인 보람을 드디어 느끼는구나. 흐흐.'

내가 만족스럽게 미소 지으며 공명이가 다 자라고 나면 어느 정도의 능력을 보일지, 나 대신 얼마나 열심히 일할지를 두고 상상하고 있는데 누군가 내 어깨를 툭 치는 게 느껴졌다.

정신을 차리고 보니 쉰 살쯤 됐을까 싶은, 인자한 인상의 장년인이 미안하다는 얼굴을 하고 있었다.

"미안하외다."

"아닙니다. 제가 앞을 제대로 안 본 탓이니 제가 죄송해야죠."

그렇게 말하며 중년인을 보는데 낯이 무척이나 익다. 분명 처음 보는 사람일 텐데……. 뭐지?

"그럼 이만."

"저기, 잠시만요."

"왜 그러시오?"

"전 여 사군의 종제인 위속이라 합니다. 혹 우리, 어딘가에서 만난 적이 있던가요?"

"아, 사해에 그 위명을 떨치고 계신 위 장군이시구려. 허허……. 예서 이리 만나게 되다니 참으로 영광이외다. 이 사람은 사마방이라 합니다."

"사마…… 사마랑 선생의 아버님요?"

아니, 이 사람이 여기에서 왜 나와? 여긴 조조의 군영인데? 뭐지?

"우리 첫째를 잘 부탁드리겠습니다. 허허……."

내가 황당해하고 있을 때, 사마방이 부드럽게 미소 지으며 그렇게 말하더니 휘적휘적 진중을 가로지르며 어딘가를 향해 걸어갔다.

젠장……. 사마의 쪽으로는 내가 침을 발라놨는데 결국 조조가 먼저 손을 뻗은 건가? 속이 쓰리다.

📱

위속과 그 일행이 막사에서 나간 직후, 조조는 마음에 들지 않는다는 듯, 그들이 나선 쪽의 휘장을 응시하며 이마를 부여잡았다. 그런 조조를 정욱과 곽가가 응시하고 있었다.

"주공. 위속이 여포에게 돌아가도록 두어서는 안 될 것 같습니다."

"소생이 보기에도 그렇습니다. 위속 하나만 있어도 쉽지 않을 상황인데 저 공명이라는 녀석까지 장성하게 된다면…… 상상하는 것만으로도 두려울 지경입니다."

정욱에 이어 곽가가 말했다.

조조의 미간이 찌푸려지고 있었다.

"그래서 어쩌자는 것인가."

"품을 수 있다면 또 모르되, 그럴 수 없다면 제거해야 합니다. 물론 저들을 제거하는 것으로 적지 않은 반발이 일겠으나 위속이 살아서 여포에게 돌아가는 것에 비하면 사소한 문제일 뿐입니다."

"생각해 보도록 하지."

📱

"어서 오시오, 위속 장군."

이틀 전에 방문했던 그 막사. 달라진 것이라곤 그날보다 사십 리를 동쪽으로 물러난 위치에 설치되어 있다는 것밖에 없는 그곳에 들어서니 곽가가 싸늘하기 그지없는 미소를 지으며 날 맞이한다.

그 옆에 선 정욱은 나와 눈이 마주쳤음에도 인사는커녕 그저 나와 공명이를 번갈아 노려보고만 있을 뿐이었다.

"말씀드렸던 바와 같이 오늘 장군을 모신 것은 기황산에서 전투를 치를 때의 위치를 논의하기 위함입니다. 오늘 저들이 포판에 모인 배를 모두 불태우며 동관으로 향하는 길을 틀어막았습니다. 장군과 공명이 예상했던 그대로입니다."

여전히 싸늘하기 그지없는 미소를 입가에 머금은 채 곽가가 날 향해 포권했다.

그러거나 말거나 내가 가만히 쳐다보고 있는데 곽가가 막사 한쪽에 걸려 있는, 기황산의 모습을 그린 지도를 손으로 가리키며 말을 이었다.

"우리 주공께서는 이곳에서 산중의 입구인 사황곡으로 적을 유인할 예정입니다. 저는 조인 장군과 함께 그 옆의 소문곡을, 정욱 선생은 하후돈 하후연 장군과 세봉곡을 틀어막을 것이니 장군께서는 여기, 이 지점을 막아주시길 바랍니다."

"이건 논의가 아니라 통보 같은데요."

"하하, 그럴 리가요. 다른 위치를 원하신다면 말씀하십시오. 적극적으로 고려하여 결정하겠습니다."

말로는 그렇게 이야기하는데 그 눈을 보면 어디까지나 고려만 할 뿐, 실제의 의사 결정으로 이어지지는 않을 것 같다.

"공명아. 넌 어떻게 생각하냐?"

"상관없을 것 같습니다."

"네가 그렇다면. 그 안대로 하지요. 이만 돌아가도 되겠습니까?"

"정말 괜찮으시겠습니까?"

살짝 당황해하는 목소리로 곽가가 말했다.

뭐지? 서로 당황하고 말고 할 일이 없는 관계가 된 거 아니었나?

내가 다시 고개를 끄덕이니 곽가가 잠시 눈을 가늘게 하고 날 쳐다보더니 어련하시겠냐는 듯 포권했다.

"귀한 시간을 내주시니 감사할 따름입니다. 장군의 무운을 기원하지요."

그렇게 우릴 배웅하는 걸 뒤로하며 막사를 나서는데 느낌이 참 묘하다.

이틀 전, 공명이가 조조랑 정욱이랑 다 있는 앞에서 떠들던 때의 그 모습이 눈앞에서 아른거린다. 그때 조조가 완전 빠져했던 것 같은데 말이지.

"저 작자들이 완전히 척을 지려는 모양입니다, 스승님."

"네가 보기에도 그러냐?"

"예. 겉으로 보기엔 소문곡이나 세봉곡 그리고 우리가 맡기로 한 대평곡까지 특별할 게 없습니다. 하나 저들이 작정하고 대평곡으로 적들을 몰아붙인다면 우리 측의 피해가 커질 겁니다. 그러한 부분을 계산하고서 대평곡으로 몰아붙이는 것이겠고요."

"뭐, 그렇겠지."

이건 군략을 잘 모른다고 해도 충분히 알 수 있는 부분이다. 군략이 아니라 정치의 개념이고, 곽가와 정욱 등이 날 어떻게 생각하는지를 알면 확실히 추리해 낼 수 있는 거니까.

"공망아. 네가 실수를 좀 한 것 같다."

"예?"

"도발할 땐 선이라는 게 있어. 지난번에 너는 곽가와 정욱만 욕보인 게 아니라 조조도 같이 욕보인 게 된 거다."

"그, 그렇습니까?"

"탓하는 게 아니야. 그냥 알아두라는 거지."

당황해하며 이틀 전의 기억을 떠올리는 녀석의 어깨를 가볍게 두드려 주며 나는 주변을 돌아보았다. 이미 한번 곽가와 정욱으로부터 심상치 않은 것을 느꼈기 때문인지 진중을 걸어다니는 평범한 병사들로부터도 살의가 느껴지는 것 같다.

'아, 그냥 싸움이고 나발이고 그냥 다 집어치우고 야반도주나 해버릴까?'

내가 그렇게 생각하며 우리 쪽 병사들이 머무는 쪽으로 향하는데 저 멀리에서 익숙한 얼굴 하나가 다가오는 게 시야에 들어왔다. 양수다.

언제나 늘 그렇듯 하얀색 바탕에 검은색의 수가 놓여 있는 옷을 입은 양수가 웬 말 한 마리를 끌고 내게 다가오고 있었다.

"장군!"

"뭐냐?"

"이거, 이것 좀 보십시오. 이게 절영이라는 말입니다. 그림자가 보이지 않을 정도로 빠르게 달린다고 해서 붙은 이름인데 그냥 보기만 해도 명마라는 게 한 번에 느껴지는 녀석 아닙니까?"

갈색 털이 온몸을 뒤덮은, 양수의 말처럼 척 보기에도 힘이 무척이나 좋아 보이는 녀석이다. 온몸에 '나 명마요'라고 붙여 놓고 다니는 것 같은 느낌이랄까.

양수가 그런 녀석의 앞에서 무슨 좋은 일이라도 있는 것처럼 껄껄 웃고 있었다.

"그래서 뭐?"

"받으십시오."

양수가 갑자기 내게 고삐를 내민다.

"내가 왜?"

"선물이니까요."

"선물?"

"조공께서 장군께 하사하시는 것입니다. 이것뿐만이 아닙니다."

양수가 그렇게 말하며 어서 오라는 듯 우리 쪽 병사들이 머무는 곳을 공손히 두 손으로 가리킨다.

뭔가 싶어서 양수를 따라가 보니 무슨 비단이며 금이며 은이며 하는, 그냥 보기에도 비싸 보이는 물건들이 잔뜩 쌓인 짐수레가 세워져 있었다.

"우와……."

내가 황당해서 그것들을 쳐다보고 있는데 그 옆에서 허저가 입을 쩍 벌린 채 신기해하고 있다. 위월과 후성도 겉으로 티만 안 낼 뿐, 수레에 실린 물건들에서 눈을 떼질 못하고 있었다.

"예? 우리 스승님께 그리로 가라 했다고요?"

그런 와중에 손권이가 꽥 소리치는 게 들려왔다.

후성, 허저와 함께 내가 돌아오는 걸 기다리던 손권이가 공명에게서 곽가가 이야기한 것을 전해 듣고선 분노하고 있었다.

'쟤, 주워 와서 키우기 시작한 건데 어째 요즘엔 공명이나 후성이처럼 원래부터 나랑 같이 다니던 애들처럼 군단 말이지. 나랑 다니는 게 그렇게 마음에 들었나?'

내가 그렇게 생각하고 있는데 양수가 재차 말을 이었다.

"저것들 역시 조공께서 장군께 내리시는 것입니다. 비단 오백 필에 금이 오십 관, 은이 백 관입니다."

"응?"

'저게 그렇게 많다고?'

황당해서 수레에 실려 있는 것들을, 양수를 번갈아 쳐다보는데 녀석이 씩 웃는다. 마치 내가 이렇게 반응할 줄 알았다는 것처럼.

"장군에 대한 조공의 마음입니다. 인재를 아끼는 조공의 마음은 천하에서 제일간다는 점을 장군께서 알아주셨으면 합니다."

양수가 그렇게 말하며 짝짝 손을 치니 한쪽의 커다란 막사 뒤에 숨어 있던 소 네 마리가 끄는 마차가 모습을 드러냈다.

'저건 또 뭐야?'

"오늘 새벽, 삼봉곡으로 이동하실 때 장군께서 타고 가실 마차입니다. 소생이 편안하게 모실 것이니 부디 저것을 이용해 주시길 부탁드리겠습니다."

"와…… 편하기는 하겠다."

문을 열어서 보니 한가운데에 침상이 놓여 있는데 척 보기에도 엄청 푹신할 것 같다. 저기에 누워서 편히 이동하라는 거다.

조조가 이렇게까지 신경을 써 준다고? 이거 어째…….

"양수! 스승님이 어째서 삼봉곡으로 가신다는 말이오!"

밀려오는 싸한 느낌에 내가 인상을 찌푸리는데 손권이 분노한 목소리로 소리친다.

"삼봉곡으로 가는 게…… 아니었습니까?"

그럴 리가 없다는 얼굴로 양수가 반문했다. 그러거나 말거나 손권이 씩씩거리며 양수를 향해 성큼성큼 다가오고 있었다.

"우리 스승님께선 삼봉곡이 아니라 대평곡으로 가시게 되었소! 그대 주공의 그 잘난 군사들께서 우리 스승님을 사지로 몰아세운 것이나 마찬가지란 말이오!"

"저, 정말입니까?"

양수가 몹시 당황한 것 같은 얼굴로 말했다.

"어째서 그것을 그대로 받아들이신 겝니까! 장군께서 조금만 강하게 말씀하셨더라면 분명 대평곡이 아니라 삼봉곡으로 가시게 되었을 터인데……."

"양수! 그쪽이 농간을 부려 일을 이렇게 만들어놓고 이제와 스승님을 탓하는 건가?"

"아니, 그게 아니라……."

손권이의 얼굴이 벌겋게 달아올라 있다. 양수가 나를, 손권을 번갈아 쳐다보며 어쩔 줄을 몰라 하고 있었다.

"우리 스승님께서 다 뜻이 있으니 그쪽 책사들이 사지로 몰아세우려고 하는 걸 알았다고 하셨겠지!"

"장군. 소생이 지금이라도 가서 대평곡이 아니라 삼봉곡으로 가실 수 있도록 하겠습니다. 그리하는 것이 여러모로 나을 것이니……."

"스승님께서 뜻이 있어 그리하신 건데 왜 계속 왈가왈부하는 거냐!"

양수가 채 말을 끝내기도 전에 손권이가 잔뜩 흥분한 목소리로 소리친다.

쟤 진짜 열 받은 것 같다. 말투도 점점 공명이의 그것으로 변해가는 게 어째……. 저것도 느낌이 싸한데.

"아니, 그게 아니라······."

"아, 진짜 어이가 없네. 야. 계속 그럴 거면 그냥 네가 위속해! 네가 가서 원소군 삼십만 대군을 때려잡고 이각, 곽사도 때려잡아! 네가 다 하라고!"

극도로 분노한 얼굴로 한바탕 쏟아부은 손권이가 이를 악문 채 속상하다는 듯 날 쳐다보다가 공명이 쪽으로 터덜터덜 걸어간다.

내가 대평곡으로 가게 된 게 그렇게 속상한 건가? 귀여운 짜식 같으니라고.

"하, 하하······ 장군의 사승 관계가 참으로 끈끈한 듯합니다."

그런 녀석에게 한바탕 당해 버린 덕분에 어안이 벙벙하다는 듯 양수가 어색하게 웃는다.

"그러게. 쟤가 날 저렇게까지 생각하는 줄은 몰랐는데. 어쨌든 삼봉곡이 아니라 대평곡으로 갈 거니까 혹 다른 곳에서 내 얘기를 할 일이 있으면 착각하지 말고 잘 기억해 둬. 알았지?"

난 녀석의 어깨를 두드려 주고서 마차의 모습을 다시 확인했다.

"저걸 타면 참 편하기는 할 것 같은데 다들 고생할 때 나만 꿀 빨기는 좀 그렇다. 그냥 말이나 타고 갈 테니까 그렇게 알고."

"참으로 영명하십니다, 장군."

양수가 날 향해 포권하며 말을 이었다.

"한 가지, 더 전해 드릴 게 있습니다."

"선물이 뭐 또 남았어?"

"선물은 아닙니다만, 주공의 전언입니다."

조조의 메시지?

"주공께서 말씀하시길 장군께서 대평곡으로 가는 것으로 확인이 되면 꼭 이렇게 전하라 하셨습니다. 우리 군사들이 오늘은 장군께 크게 실수하였으나 어디까지나 충심에서 그러한 것일 뿐, 다른 의도는 없을 것이니 불쾌하더라도 양해해 달라 하셨습니다. 그리고."

양수가 잠시 말을 끊으며 날 쳐다본다. 마치 이 말을 듣고 나면 내가 어떻게 반응할지가 궁금하다는 것처럼.

"곽봉효와 정중덕이 이야기한 것은 신경 쓸 필요가 없으며, 주공께선 장군께서 하자는 대로 할 것이니 그리 알고 준비해 달라 하셨습니다."

"조공이 진짜로 그렇게 얘기했다고?"

"예, 허면 소생은 이만 물러갔다가 군의 이동이 시작될 때 다시 찾아오도록 하겠습니다."

양수가 날 향해 포권하며 고개를 숙이고선 만족스러운 얼굴이 되어 조조군의 영채를 향해 걸어갔다.

"와…… 장난 아닌데?"

양수가 전한 것이 조조의 진심이라면 곽가나 정욱은 닭 쫓던 개가 되는 꼴이 된다. 거나하게 물만 먹고 밀려나는 거겠지.

이쯤 되면 진짜 무슨 수를 써서라도, 정욱이나 곽가에게 원망을 사는 한이 있더라도 날 수하로 얻고 싶다는 그 욕망이 확 느껴질 수밖에 없다.

그래서일까? 괜히 기분이 좋아진다. 이렇게까지 날 수하로 들이고 싶어 하는 사람이 나타날 줄이야.

이거 완전 그거나 마찬가지다. 능력 있는 직원을 사방에서 스카우트해 가려고 덤벼드는 것 같은, 그런 상황.

"흐흐."

어깨가 으쓱으쓱해진다.

쏴아아아아—

차디찬 새벽바람이 불어온다. 병사들을 이끌고 조조를 버리고 전장을 이탈하는 것처럼 부랴부랴 짐을 싣고서 산중으로 이동했다.

그렇게 도착한 산중의 한가운데, 은밀함을 유지하기 위해 횃불도 켜지 않고 오직 밤하늘의 달빛과 별빛에 의지해 움직이던 그 길목에서 익숙한 이들이 그 모습을 드러냈다.

조조다.

그 휘하의 조인과 하후돈을 비롯한 장수들, 순욱과 정욱 곽가를 비롯한 책사들 역시 함께였다.

나는 말을 몰아 그들 쪽으로 걸어갔다.

저 사이에서 오늘의 전투에 관해 몇 마디 이야기를 주고받고 나면 곧장 싸움이 시작될 터였다.

그렇게 생각하며 조조의 앞에 섰는데.

"오셨소이까?"

생각지도 못한 정중한 어조로 이야기하는 목소리가 들려왔다. 조조가 입가에 부드러운 미소를 지은 채 날 쳐다보고 있었다.

"예?"

"절영은 좀 어떻소? 타기에 편하시외가?"

조조의 시선이 내가 타고 있던, 자기가 선물한 말을 향했다.

순간 조조의 옆에 있던 조인이 화들짝 놀라는 얼굴이 시야에 들어왔다. 하후돈을 비롯한 나머지 장수들 역시 마찬가지.

"절영이라니?"

"절영은 주공의 명마가 아닌가."

"그런 절영을 어찌 저자에게……."

그들이 술렁이고 있다.

그런 와중에서 곽가와 정욱은 설마 하는 표정으로 날 쳐다보고 있었다.

"흠. 좀 불편하시오? 장군이 원한다면 내 다른 말로 바꾸어 줄 수도 있소이다. 조황비전이라고 혹 들어보시었소?"

"조, 조황비전까지!"

누군가 헉하고 숨을 들이켜며 중얼거리는 소리가 들려왔다. '그게 그렇게 좋은 말인 건가?'

"말씀만 하시오. 장군께서 원한다면 내 흔쾌히 넘기리다."

조조가 말을 몰아 내 바로 앞까지 다가오며 말했다. 그러면서 내 팔을 붙잡는데 날 쳐다보는 얼굴이 정말 인자하기 그지 없었다. 마치 내가 원한다면 달이라도 따다줄 것처럼.

갑자기 확 부담이 된다.

"괘, 괜찮습니다."

"그럴 수도 있지. 원한다면 얼마든지 말씀하시오."

"감사합니다, 조공."

내가 그렇게 말하자 조조가 고개를 끄덕이며 좌중을 돌아 본다. 그 시선이 정욱, 곽가 쪽에서 특히 길게 머물고 있었다.

"배치를 시작하도록 하지."

"예, 주공. 소생들이 짜놓은 계획대로라면……."

당연하다는 듯 곽가가 말을 몰아 앞으로 나오며 설명을 하 려는데 조조가 홱 고개를 돌리며 날 쳐다본다.

"위속 장군. 그대가 총군사가 되어 매복 지점을 정해 군을 배치해 주지 않겠소?"

"예, 예?"

갑자기 이게 무슨 전개야?

내가 황당해서 쳐다보는데 여전히 인자한 표정으로 미소 짓 고 있는 조조의 그 얼굴 뒤로 곽가의 눈이 동그랗게 커지는 게 보인다. 정욱 역시 믿을 수 없다는 듯 조조의 뒤통수가 뚫어지 라 쳐다보고 있었다.

"자, 어떻게 하면 되겠소?"

조조가 어서 이야기해 달라는 듯 날 쳐다보면서 말했다.

와. 진짜로 내가…… 여기에서 총군사가 된 거야? 리얼?

8장
난 누굽니까?

"머지않았다."

이각이 씩 웃으며 중얼거렸다. 이각의 앞으로 그와 곽사가 함께 이끄는 팔만 명의 병력과 함께 마등과 한수가 이끌고 온 오만 명의 병력이 도열해 있었다.

"대사마. 이렇게 한 번에 들이치는 건 좀 불안한 감이 없지 않게 있습니다만…… 괜찮겠습니까?"

그런 이각 쪽으로 말을 몰아 다가온 한수가 말했다.

이각이 피식 웃으며 말했다.

"원소가 텅 비어 있던 연주를 공격했다. 조조 놈은 제 안방을 지키기 위해 병력의 반절 이상을 빼돌렸으며 그 와중에서 적지 않은 숫자가 탈영하기까지 했고. 걱정할 게 무엇이란 말이냐?"

"그래도 적진에는 그자, 위속이 있질 않습니까."

"위속? 여포와 함께라면 모를까, 그놈도 이제는 이빨 빠진 호랑이일 뿐이다. 두려워할 필요가 없지."

피식 웃으며 말하던 이각을 향해 부장 하나가 달려와 말했다.

"주공! 적들이 기황산 초입에 모여 있습니다!"

"매복을 숨겼다는 이야기로군."

이각의 입가에 피어오른 미소가 진해졌다.

"조심해야 합니다. 설령 병력이 줄었다 한들, 쉽게 볼 수 없는 자들이질 않습니까."

"기껏 해봐야 이만 명 정도가 전부일 것이다. 반면 우리는 무려 십삼만, 그것도 이민족과 질리도록 싸우며 단련된 정예 중의 정예이고. 우리가 질 것이라 생각하나?"

한수가 입을 다물었다. 그가 생각하기에도 질 것으로 보이는 싸움은 아니니까.

"깊숙한 산중에서도 자유로이 말을 달리며 적들을 도륙하던 우리다. 중원의 약골과는 비교할 수조차 없을 정도로 강인한 것이 우리 서량병이지. 걱정할 필요가 없다. 아니 그러한가!"

"그렇습니다!"

"그렇습니다!"

"모조리 쓸어버릴 시간이다! 중원의 약골들을 도륙하자!"

"와아아아아아아아아!"

십만도 넘는 대군이 함성을 내지르자 그 굉음이 온 사방으로 퍼져 나간다.

이각은 만족스러운 얼굴로 그 모습을 지켜보다 한쪽에서 대기 중이던 부장을 향해 손짓했다.

뿌우우우우우우-

진군을 알리는 뿔 나팔 소리에 이각, 곽사와 마등, 한수의 연합군이 기황산 사황곡을 향해 나아가기 시작했다.

두두두두두두-

평소의 그것과 같은, 그저 가볍게 걷는 속도임에도 불구하고 말발굽 소리가 천지를 뒤흔든다. 창칼이 갑옷과 부딪히며 쇳소리가 퍼져 나온다.

그렇게 얼마나 지났을까? 사황곡에서 대기 중이던 조조군이 그들을 발견하고선 허겁지겁 산중으로 달려 들어가기 시작했다.

"저 약골들이 산은 우리 앞마당이나 마찬가지라는 걸 모르는 모양이야!"

"대사마. 제게 적의 목을 딸 기회를 주시죠."

이각을 향해 젊은 장수 하나가 병사들을 이끌고 다가와 말했다. 다부진 체격에 남성성이 한껏 묻어 나오는 사각턱의 청년이었다.

"오, 네가 마초라고 했던가?"

"예."

"좋다. 네가 선봉이 되어 조조의 목을 따 와라. 그리한다면 내 네 녀석에게 큰 상을 내릴 것이다. 알겠느냐?"

"존명."

마초가 가볍게 포권하며 고개를 숙여 보임과 동시에 말을 몰아 사황곡 안쪽으로 질주해 들어가기 시작했다.

그 휘하의 병사들 역시 마찬가지.

"추격하라!"

일말의 망설임도 없이 마초가 소리치며 말의 배를 걷어찼다. 말이 울부짖는 그 소리와 함께 선두에서 달리는 속도가 더욱더 빨라진다. 뒤처지기 시작한 몇몇 병사들이 마초가 이끄는 기병의 창에 찔려 아스러지고 있었다.

"조맹덕! 더는 도망칠 길이 없을 때까지 도망만 치겠다는 것이냐?"

그런 병사들의 선두에서 붉은 전포를 휘날리며 말을 달리고 있는 조조를 향해 마초가 소리쳤다. 하지만 답변은 돌아오지 않았다. 조조는 그저 계속해서 말을 달리고, 또 달리며 산속 깊숙한 곳으로 달리고만 있을 뿐이었다.

"그렇게 나온다 이거냐?"

마초가 씩 웃더니 주변을 돌아보았다. 그런 마초의 눈빛을 받은 부장 몇몇이 기겁하고 있었다.

"장군! 뭐 하시는 겁니까?"

"뭐 하긴? 저 조조만 잡으면 전쟁은 끝이잖아? 난 제대로 해야겠다."

"제대로라뇨! 그걸 하겠다는 게 어떻게 제대롭니까?"

"야. 내가 항상 말하잖아. 갑옷 이거 거추장스럽다고. 차라리 벗고 싸우는 게 편해. 너희도 그렇잖아?"

"아무리 그래도 그렇지, 이건 좀 아니지 않습니까? 저 앞에 뭐가 있을지 어떻게 알고요?"

걱정스러운 얼굴로 말하는 부장의 그 목소리에 마초가 어이가 없다는 듯 고개를 절레절레 저었다.

"너희는 그래서 안 되는 거야. 뭐, 마음대로 해라. 난 내 방식대로 할 거니까."

"어쩌면 매복이 있을지도 모르는데 갑옷을…… 장군, 장군!"

부장이 기겁하며 소리쳤다.

그러거나 말거나 마초는 갑옷을 벗어 땅에 던졌다. 그런 마초에게 남은 것은 면으로 된 평복과 함께 활 한 자루, 화살로 가득한 화살통 그리고 손에 쥔 창과 허리춤의 칼 한 자루뿐이었다.

마초가 고삐를 잡아당기니 말이 앞다리를 번쩍 들어 올리며 히히힝- 울부짖었다.

"너희가 무슨 중원인도 아니고 거추장스럽게 그런 거 다 챙겨가면서 날 따라올 수가 있겠냐? 평지도 아닌 이런 험준한 산지에서? 뭐, 마음대로들 하셔."

"에이, 모르겠다. 같이 갑시다! 우리가 뭐 언제 깊이 생각하고 행동했나?"

한 명이 툭툭 갑옷을 벗어 던지니 다른 부장들 역시 함께 움직이기 시작했다. 그 주변에 있던, 마초의 개인 친위대 병사들 역시 마찬가지.

마초가 만족스러운 얼굴로 그 모습을 쳐다보더니 기분 좋게 웃으며 창을 들어 올렸다.

"가자!"

두두두두두-

두꺼우면서도 무겁기 그지없던 갑옷을 벗어 던지는 것으로 말로 표현하기 어려울 자유로움을 느끼며 마초가 말의 배를 걷어찼다.

잠시 멈춰 실랑이를 벌이느라 조금씩 멀어지던 조조와 그 휘하 병사들과의 거리가 무서운 속도로 좁혀지고 있었다.

"으응?"

조조와 함께 서량군을 유인하던 조인이 다시 또 들려오는 말발굽 소리에 뒤를 돌아봤다. 갑옷도 없이, 그저 하얀 천으로 된 옷만을 걸친 기마 수백 기가 그들을 향해 질주해 오고 있었다.

"저 미친놈들은 도대체……."

웃기지도 않는 일이다. 전장에서 갑옷도 없이 적진을 향해 돌격해 오더니.

어이가 없다는 듯 그 모습을 쳐다보고 있던 조인의 눈이 동그랗게 커졌다. 그들의 속도가 무서울 정도로 빠르다. 이대로 가면 오래지 않아 따라잡힐 터. 수를 써야 한다.

"궁수! 궁수! 저놈들을 향해 있는 대로 쏟아부어라! 당장!"

"쏴라!"

조인의 그 목소리와 함께 천 발도 넘을 화살이 마초와 그 휘하의 기마를 향해 쏟아졌다.

조인은 당연히 그들이 화살에 맞아 고꾸라지며 죽어 나자빠질 것이라 확신해 마지않았다. 하지만.

"뭐, 뭐냐!"

조인의 눈앞에선 직접 보고도 믿기 어려울, 미친 광경이 펼쳐졌다. 날아오는 화살을 보고서 적병들이 말고삐를 부여잡아 신기에 가까운 기마술을 펼치며 화살을 피해낸다. 몇몇은 방패며 창이며 할 것 없이 손에 쥔 것을 휘둘러 화살을 쳐내고 있기까지 했다.

"저, 저게 무슨……."

말도 안 되는 광경에 조인의 얼굴이 일그러져 가고 있을 때, 그 선두에 선 자가 후열에 도착해 창을 휘두르기 시작했다.

그 창이 움직일 때마다 병사가 두셋씩 찔리고 베이며 쓰러지고 있다. 그런 장수의 바로 뒤에 바짝 붙어 따라오는 자들 역시 마찬가지.

조인이 눈 깜짝할 사이, 후방에 있던 병사 중 백 명 가까이가 목숨을 잃으며 죽어가고 있었다.

"이보게, 자효! 뭘 하고 있는가! 어서 후퇴하게!"

이걸 어떻게 해야 할까. 어떻게 해야 병사들의 희생을 줄일 수 있을까. 그 찰나의 순간 동안에 그걸 고민하고 있던 조인에게 하후돈의 목소리가 들려왔다.

'방법이 없다.'

조인은 이를 악물고서 말 머리를 돌려 조조와 하후돈을 비롯한 몇몇 장수들을 향해 질주하기 시작했다.

"뭐지?"

적들을 유인하며 잘 도망치고 있던 조조 쪽의 후위가 깃발도 없이 달려드는, 생판 처음 보는 장수에게 작살이 나고 있다.

애초에 무위가 뛰어난 장수가 뒤에서 병사들을 보호하는 게 아니고서야 적을 유인하는 행위가 다 그렇기는 하지만 저건 좀 상태가 심하다. 잠깐 사이에 후위가 완전히 박살 나버렸고, 중간 지점까지 파고들어 와 있었다.

"지금 조조는 적을 유인하는 게 아니라 사력을 다해 도망치는 것 같습니다, 스승님."

옆에서 나와 함께 그 모습을 지켜보고 있던 공명이 말했다.

"내가 보기에도 비슷한 느낌이야. 움직이는 게 조금만 지체된다면 곧장 중군까지 돌파당할 거다. 저거 완전 파죽지세인데?"

우리 형님이 저 상황에 놓여 있다면 어떨까. 저 장수 이상으로 압도적인 돌파력을 보여줄 수 있을까?

그 호기심의 답을 쉽게 낼 수 없을 정도로 무지막지한 돌파력이고, 무위다.

내가 그렇게 생각하며 조조가 목표했던 지점에 도착하길

기다리고 있을 때.

뿌우우우우-!

사력을 다해 도망치고 있던 조조 쪽에서 뿔 나팔 소리가 울려 퍼졌다. 그와 동시에 그 위쪽 능선에 매복해 있던 병사들이 모습을 드러내며 검을 들어 밧줄을 끊는다.

그와 동시에.

쿠구구구구구구궁-!

크고 작은 바위가 조조의 바로 등 뒤까지 따라붙은 서량 기마대를 향해 굴러 내려간다. 처음엔 그저 느리기만 하던 것이 가파른 산세를 따라 움직이면 움직일수록 가속도가 붙어 점점 더 속도가 빨라지고 있었다.

그리고 그 돌덩이들은.

"저게 가능한 거야?"

정말 거짓말처럼 서량 기마대의 사이를 휙휙 스쳐 지나가며 산 아래로 굴러떨어졌다. 몇몇이 돌덩이에 깔리기는 했지만 말 그대로 몇몇일 뿐이다. 대부분은 여유롭게 말을 움직이며 그 돌덩이를 피해내고 있다.

그러는 동안에 조조는 간신히 추격에서 벗어나 예정되어 있던 곳으로 도망쳐 올라가는 것에 성공했지만 피해는 애초 생각했던 것 이상으로 심각했다.

"이거 이러면 나가린데……."

살짝 속이 답답해진다.

내가 인상을 찌푸리고 있는데 공명이가 자신 있어 하는 얼굴로 입가에 미소를 지어 보이며 말했다.

"스승님의 계책은 아직 펼쳐지지도 않았습니다."

"네 계책이겠지."

"스승님께서도 생각하셨던 것을 제가 이야기만 했을 뿐인걸요. 그러니 스승님의 계책이죠."

그러면서 공명이가 손가락으로 사황곡 안쪽을 가리킨다.

계곡 안쪽으로 바글바글하게 밀려들어 온 이각, 곽사와 마등, 한수 연합군 병력이 슬금슬금 사방으로 퍼져 나가는 중이다.

그리고 그 뒤에서 우금, 하후연, 서황을 비롯한 장수들과 곽가가 함께 이끄는 삼만 남짓한 병력이 소문곡을 빙 둘러 적의 후방을 향해 치고 들어가고 있었다.

거기에 더해서 매복조가 지른 불이 강력한 북풍을 타고 사황곡 안쪽에 모인 연합군을 향해 빠르게 번져가기까지.

'잠깐만, 이거 이러면……?'

"모조리 쓸어버려라!"

"밀어붙여라! 적은 이미 전의를 상실했다!"

온 사방에서 조조군 장수들의 목소리가 울려 퍼진다.

그런 목소리 아래에서 화염을 피하기가 용이한 서쪽으로부터 공격을 시작한 조조군 병사들이 서량군을 향해 공격을 퍼붓고 있다.

십만이 넘는 병력으로 얼마 안 되는 매복 따위 간단하게 밀어붙이겠다는 듯 위풍당당하게 사황곡 안쪽으로 밀려들어 왔던 서량군이 불길을 피하기 위해 자기들끼리 밟고 밟히며 아우성치고 있다.

"남쪽이다! 남쪽으로 도망치면 살 수 있어!"

"남쪽이 아니라 동쪽이라고, 이 멍청아!"

"끄아아아아아아아악, 살려줘!"

몇몇 장수들이 혼란에 빠진 병사들을 수습하고자 고래고래 소리를 치지만 온 사방에서 아우성치는 병사들의 그 목소리에 묻혀 버리고 있다. 그리고 적지 않은 숫자가 사황곡 바로 아래, 소문곡을 넘어 도망치고자 움직이고 있었다.

하지만.

우르르르르르르르르르-!

그런 이들을 향해 크고 작은 바위 수백 개가 굴러떨어져 내리기 시작했다. 동쪽으로 도망쳐 가던 이들을 향해서 역시 마찬가지.

거기에 더해서.

"쏴라! 있는 건 모조리 다 퍼부어라!"

능선 위에 매복해 있던 조조군 병사들이 화살의 비를 쏟아내기 시작했다.

북쪽은 불이고, 남쪽과 동쪽으론 굴러떨어지는 바위이며, 서쪽으론 조조군과 합류한 우리 쪽 병력까지 버티고 있다. 적들의 입장에선 도망칠 길 하나 없이 어디로 가건 죽을 수밖에 없는 상황.

"슬슬 길을 열어줘야겠군."

능선을 따라 있는 힘껏 달려 서쪽에서 다시 합류한 조조가 만족스러운 얼굴로 그 모습을 지켜보며 말하고 있었다.

"길을 열어줍니까?"

"위 장군. 그대가 알다시피 궁지에 몰린 쥐는 고양이를 무는 법이오. 그러나 가능성이 희박하더라도 살길이 열리고 나면 저항을 포기한 채 그리로 도망치게 마련이지. 자신만은 살아남을 수 있을 것으로 생각하면서 말이오. 그러니 살길을 가장한 죽을 길을 열어 최소의 희생으로 최대의 전과를 올릴 수 있도록 해야 하지 않겠소이까."

조조가 섬뜩하기 그지없는 미소를 입가에 지어 보인 채 바로 뒤에서 대기하고 있던 조인을 향해 고개를 끄덕인다.

그 명령을 알아들은 듯, 조인이 말을 움직여 어딘가를 향해 달려가고 있었다.

아직도 적들은 우리보다 숫자가 두 배 이상 많다. 혼란을 수습하고 전열을 가다듬을 수만 있다면 우리가 감히 어쩌지 못할 정도로 강력한 자들이기도 하고.

그러나 아무리 봐도 전황은 이미 기울어져 있다. 내 주변에 있는 그 누구도 우리의 승리를 의심치 않고 있다. 심지어는 공명이 역시 마찬가지였다.

"와, 이거 참……."

사기가 떨어지고, 혼란에 빠진 군대라는 건 참 물어뜯기 좋은 먹잇감일 뿐인 모양이다.

내가 그렇게 생각하며 감탄하고 있는데 조조가 내 쪽으로 시선을 옮긴다. 그런 조조가 말을 몰아 내 바로 옆으로 다가오고 있었다.

"참으로 대담한 계책이었소. 보면 볼수록 탐이 나는군. 어떻소이까, 위 장군. 나와 함께 천하를 제패해 보지 않겠소?"

"예, 예?"

"생각해 보시오. 서량군을 궤멸시켰으니 나는 이대로 여세를 몰아 장안을 점령할 것이고, 나아가 서량과 한중에 이어 서측 전역을 떨어뜨릴 것이외다. 비록 중원을 손아귀에 넣는 것보다야 못하겠으나 고조가 그러했던 것과 같은 기반을 얻게 되겠지. 그대의 주공과는 다르게 말이오."

그러면서 조조가 내 손을 붙잡고는 말을 이었다.

"그대의 종형인 여포는 분명 뛰어난 자요. 그대의 말이라면 길에서 굴러다니는 돌로 황금을 만든다 해도 믿을 정도로 신뢰 역시 깊겠지. 하나 그뿐이오. 그대들은 북으로 원소, 남으로 원술에 의해 포위당한 형국이 아니오? 내게로 오시오. 일인지하 만인지상의 자리를 그대에게 내어줄 것이니. 그대가 가진 바 능력을 모자람 없이 펼칠 수 있도록 내 지원을 아끼지 않을 것이오."

"모자람 없이 펼칠 수 있도록요?"

"모자람 없이 펼칠 수 있도록. 내 모든 것을 걸고 약속할 수 있소."

조조가 그렇게 말하는데 소름이 돋는다.

'하아.'

어차피 그럴 생각도 없기는 했지만, 혹여나 내가 조조 밑으로 들어가면 편하게 놀고먹기는커녕 죽을 때까지 고생고생해가며 일만 할 판이다. 이 양반은 내가 뭘 원하는 건지 전혀 모르는 건가?

"지금 당장에 답을 내려달라는 말을 하지는 않겠소. 하나 장군은 남다른 식견과 지혜를 가지고 있으니 현명한 판단을 내릴 수 있을 것이라 믿소."

그 말을 남겨놓고서 조조가 말을 몰아 자신의 장수들 사이로 향했다.

그 뒷모습을 쳐다보는데 격무에 시달리며 코피를 흘리는, 휴가를 갈구하며 고통스러워하는 내 모습이 머릿속에서 그려진다. 리얼로다가 끔찍하다.

"장군."

"어, 양수? 뭐야. 어디에서 있다가 갑자기 나타나는 거냐?"

"하하. 다름이 아니라 한 가지를 장군께 알려 드리고자 합니다."

"뭘?"

"주공께서 장군을 위해 많은 선물을 준비해 두셨습니다. 지난번에 드렸던 것보다 더 많은 것을 말이지요. 장군께서 무엇을 상상하시건 간에 그 이상의 선물일 것입니다."

"어, 그래?"

"절대 실망하지 않으실 겁니다."

"그래. 뭐, 그렇겠지. 일단은 전투가 끝나고 나면 그때 가서 얘기하자. 앞으로 뭘 하건 간에 저것들은 싹 쓸어야 할 거 아니냐?"

내가 손을 뻗어 어느덧 조인이 열어둔 살길을 가장한 죽을 길을 향해 물밀듯 밀려가는 양주군을 가리켰다.

양수가 고개를 끄덕이며 날 향해 포권했다.

"장군의 무운을 빕니다."

"오냐."

양수를 돌려보내고 나니 나도 모르게 한숨이 푹 새어 나온다. 소매를 걷어보니 팔에 닭살이 가득했다.

"위월."

"예, 장군."

"아무래도 우리 야반도주해야 할 것 같다."

"예?"

"조조가 날 가만히 둘 것 같지가 않아."

날 쳐다보던 그 눈빛, 그건 먹잇감을 앞에 둔 스토커의 그것과도 같았다. 일단 잡히면 죽을 때까지 쪽쪽 빨아 먹으며 갈갈 갈릴 거다.

"눈치껏 패잔병을 소탕하는 척 빠져나가자."

"예, 장군."

"스승님. 제가 위월 장군을 돕겠습니다."

"오냐. 공명이 너랑 위월이만 믿으마."

공명이가 자신 있게 나서서 난 무슨 기기묘묘한 계책이라도 사용할 줄 알았는데…….

"이거 너무 쉬운 거 아니야?"

병력을 셋으로 나눠서 사방으로 뿔뿔이 흩어져 도망치는 서량군을 추격하는 척 움직이니 아무도 우리 쪽으로는 관심을 두질 않는다.

그렇게 한참을 동쪽으로 달린 덕분에 우린 전장을 이탈해 동관 근처에 도달할 수 있었다.

"상황이 상황이잖습니까. 반의반 정도밖에 안 되는 병력으로 대군을 섬멸하는 중인데 아군이 적을 추격하는 것까지 신경 쓸 정신이 남아 있으면 그게 더 이상하죠."

후성이가 당연하다는 듯 말하는데 느낌이 참 묘하다. 공명이가 이런 말을 했으면 그렇구나 생각하며 고개를 끄덕였을 텐데, 어째 못 미더운 느낌이 든다고나 할까.

"저도 아까 이상해서 물어봤었습니다. 공명이가 이렇게 이야기하더군요."

"난 또 뭐라고."

공명이가 그렇게 얘기했으면 확실한 거겠지.

"이대로 동관을 지나기만 하면 되겠군요. 드디어 집으로 돌아가는 모양입니다."

집이 간절하다는 듯, 후성이가 말했다.

"난 집보단 형님이 더 보고 싶다."

"주공을요?"

"우리 형님만큼 좋은 군주가 없다는 걸 새삼 느꼈거든."

공명이를 키우고, 장수들을 키워서 내 일거리를 모두 맡겨 놓고 탱자탱자 놀기만 할 거다. 내가 그렇게 하는 걸 용납해 줄 군주는 이 세상에 형님뿐이다.

이제 슬슬 공명이가 성장해서 자기 몫을 하기 시작하는 중이니 조금만 더 참으면 된다.

오래 지나지 않아 다가올 그 행복한 미래를 꿈꾸며 내가 말을 몰아 후성이와 함께 앞으로 나가는데 저 앞에서 조(曹)의 깃발을 휘날리는 병사들이 우르르 다가왔다.

"뭐야. 형님이 아니오?"

그런 병사들의 선두에서 조인이 날 발견하고선 반문했다.

"형님이 여기까진 무슨 일이오? 병사들도 다 끌고⋯⋯. 설마?"

나를, 내 뒤로 이어지는 우리 쪽 병사들의 행렬을 확인한 조인의 눈이 동그랗게 커졌다.

"네가 생각하는 그게 맞을걸? 돌아가야지, 이제."

"우리 주공은 형님을 품을 그릇이 안 된다는 거요?"

"그런 건 아닌데, 나랑 생각하는 바가 좀 달라서."

"그 생각을 바꿔줄 수는 없겠소? 주공은 형님을 정말로 원하고 계시오. 형님이 온다면 천하를 통일하고, 난세를 종식해 태평성세를 이루는 것도 가능할지 모른단 말이오."

"그럴지도, 아닐지도. 근데 난 조공보단 우리 형님이 낫다."

"형님이 우리 주공을 모신다면 내 진심으로 친형님보다 더

극진히 모시겠소. 생각을 바꿔주시오."

더없이 진지한 얼굴로 날 처다보며 조인이 말했다.

뭐, 진정성이 느껴지기는 하는데…….

"미안."

"……정말로 안 되는 것이오?"

"세상엔 그런 일도 있는 법이니까. 나중에 보면 인사나 하자고."

녀석을 향해 가볍게 손을 흔들며 앞으로 나아갔다.

혹시 모른다는 생각이 들어 경계를 튼튼히 했는데 조인은 아무런 반응도 없이 그저 가만히 서서 내가, 우리 병사들이 지나가는 모습을 처다보기만 할 뿐이었다.

진짜로 끝인 모양이다. 이제 남은 건 돌아가는 일밖에 없겠지. 흐흐. 기분이 좋아진다.

나는 그렇게 생각하며 말을 몰아 앞으로 나아갔다.

그렇게 얼마나 지났을까?

"끄으으으으……."

저 멀리 앞의, 논두렁 아래에서 웬 사람의 고통에 가득 찬 신음이 들려오고 있었다.

"장군. 서량군의 패잔병인 모양입니다."

"그러게."

"처리할까요?"

"뭐 하러? 이제 우리 전쟁도 아닌데. 놔둬. 살 운명이면 살고, 아니면 죽겠지. 그냥 돌아가자고."

당장에라도 처치하겠다는 듯 검을 뽑아 드는 후성이를 만류하며 나는 계속 발걸음을 재촉했다.

그랬는데.

"도, 도와주시오……."

논두렁 아래에서 피 칠갑을 한 남자가 힘겹게 올라와 내게 말했다. 그는 어깨에 건장한 체격의, 머리에서 피를 흘리고 있는 또 다른 남자를 짊어지고 있었다.

"너 내가 누군 줄 알고 도와달라고 하는 거야?"

"그런 것은 모르오……. 그저, 이분을…… 이분을……."

힘이 빠지는 모양인지 녀석이 털썩 주저앉았다. 그런 통에 어깨에 짊어지고 있던 남자가 땅에 떨어지는데 그 모습이 묘하게 낯이 익었다.

"흠?"

갑옷이 없는, 그저 하얀 옷 한 벌만을 걸치고 있다. 허리띠에는 검 없이, 검집만이 덩그러니 달려 있을 뿐이고.

"쟤 설마."

"맞소……. 이분은 마등 장군의 자제인 마초 장군…… 으윽."

"야, 야?"

말을 채 끝내기도 전에 병사가 철퍼덕 쓰러져 버렸다. 우리 쪽 병사가 황급히 달려가 그 목에 손가락을 얹더니 숨이 끊어졌다는 듯 날 쳐다보고 있었다.

"허, 이거 참."

뭐가 어떻게 되어가는 거지? 마초면 되게 유명한 애 아닌가?

그런 애가 정신을 잃고 부상을 입은 채로 내 앞에 쓰러져 있어?

"장군. 어떻게 할까요?"

이번엔 위월이 내 쪽으로 다가와 말했다.

"그냥 줍줍이나 하자."

"예?"

"마초라잖아. 데리고 있으면 어디든 써먹을 일이 있겠지."

다른 놈도 아니고 마초인데 자기 밥값 정도는 하겠지. 나중에 서량에서 협상용으로 쓰건, 뭐가 되었건 간에.

"다른 건 이제 신경 쓰기도 싫다. 얼른 돌아가기나 하자고."

"으흐흐흐."

역시 집이 최고지.

모처럼 돌아온, 산양성 태수부 한쪽의 집에서 한숨 자고 일어나니 나도 모르게 웃음이 나온다.

두 달 가까이 죽도록 고생하고 돌아왔으니 이제는 진짜로 푹 쉬기만 할 거다. 고생할 게 뭐가 있어? 조조도 해결했고, 원소랑 원술도 크게 한 방씩 먹여줬는데.

한동안은 걱정할 게 없다. 형님이랑 같이 탱자탱자 놀면서 여유롭게 지내면 된다.

내가 그렇게 생각하고 있는데 갑자기 밖에서 다급한 발소리가 들려왔다.

"시바?"

제발 어디에서 쳐들어왔다는 얘기만은 아니었으면 좋겠다. 제발. 진짜 간절하다. 제발제발제발!

"자, 장군!"

문이 열리며 후성이가 그 얼굴을 들이민다. 녀석의 얼굴이 붉게 달아올라 있었다.

"야. '예, 아니요'로만 답해."

"예?"

"누가 쳐들어왔냐? 그런 거야?"

"그, 그런 건 아닙니다. 그런데 바로 와보셔야 할 것 같습니다!"

"야. 나 이제 막 일어났어. 아직도 피로가 안 풀려서 죽을 것 같은데 어딜 오래?"

"그, 마속이라는 장군 말입니다. 그자가 깨어났습니다!"

"그런데?"

"그런데 좀…… 아, 어쨌든 좀 일어나 보십쇼. 저랑 같이 가셔야 합니다."

"하, 이 자식이 진짜."

정신을 잃었던 마초가 깨어났으면 다행인 거지. 왜 이렇게 재촉을 하고 난리야?

대충 옷만 갈아입고서 후성이를 따라 마초가 있는 곳으로 향했다.

심신을 안정시키는 효능이 있다는 향냄새가 짙게 배어 있는 그곳에 들어서니 주변을 지키고 있던 병사들의 어리둥절해 하는 얼굴이 시야에 들어왔다.

더 안쪽으로 들어갔다.

이번엔 마초를 회복시키기 위해 데리고 왔던, 연주에서 제일 유명한 의원이라던 양반이 난감하다는 듯 날 쳐다보고 있었다.

"왜 그래요?"

"그, 생각지도 못한 상황이 벌어졌습니다."

"생각지도 못한 상황이라니?"

"장군께서 직접 보셔야 할 것 같습니다. 드시지요."

이쯤 되니 뭔가 심상치 않은 일이 벌어진 것 같기는 하다.

의원과 함께 안쪽으로 들어가니 어제까지만 해도 정신을 되찾지 못하고 있던 마초가 깨어나 침상 위에 앉아 있다. 그것도 몹시 혼란스러운 얼굴로.

"이봐."

내가 다가서니 녀석이 날 쳐다본다.

근데 표정이 좀 묘했다.

"당신은…… 누굽니까?"

"연주 자사 휘하의 총군사 위속이다."

"연주 자사…… 총군사……."

내 말을 한참이나 따라 하며 중얼거리더니 녀석이 재차 말했다.

"그러면 난 누굽니까?"

"너는…… 응?"

"아무것도 기억이 나질 않습니다. 도대체 내가 누구인지……"

부상당해 정신을 잃고 쓰러져 있던 마초를 주워 온 건데 기억이 리셋된 건가?

얼마 전까지만 해도 사람이 거의 살지 않는 폐허나 다름없던 낙양. 그곳에서 조조는 자신의 앞에 모여 있는 이들의 모습을 응시하고 있었다.

"낙양을 비롯한 사주 전역 그리고 장안과 그 주변 지역을 포함한 옹주의 대부분 지역이 복속되어 질서를 되찾아가고 있습니다, 주공."

"량주 역시 안정되고 있기는 마찬가지입니다. 기황산에서 살아 돌아간 서량군의 숫자가 채 삼만이 되질 않습니다. 덕분에 마등과 한수의 힘이 크게 줄어 크고 작은 부족들이 들고일어나 싸움을 시작했으니 한동안 관중은 평온할 테지요."

"연주에서 군을 일으켜 하내로 나아가던 때에 목표했던바 이상으로 많은 것을 이루어냈으니 참으로 주공의 홍복이 아닐 수 없습니다."

곽가와 정욱에 이어 순욱이 말하며 조조를 향해 포권했다.

"감축드립니다, 주공."

주변에서 그 이야기를 듣고 있던 장수들, 문관들이 함께 포권하며 축하의 인사를 올린다.

그런 와중에서도 조조는 마음에 들지 않는다는 듯 미간을 찌푸리며 관자놀이를 매만지고 있을 뿐이었다.

"문약. 북연주는 어떻게 되어가고 있나?"

"인구를 옮기는 중입니다. 두 달 정도면 이주가 마무리될 것으로 보입니다, 주공."

"그다지 춥지 않을 시기에 시작해서 다행일세."

추수가 끝남과 동시에 북연주에 있던 백성들을 낙양으로 옮겨 오는 것이다. 식량이 모자라지도 않을 것이고, 날이 추워 동사자가 나오거나 할 일도 없다. 전시와 같은, 급박한 상황 속에서 숨 가쁘게 움직여야 할 이유도 없고.

수많은 사람이 움직이게 되면 어떤 방식으로든 사고를 당하는 이들이야 나오겠지만, 절대다수는 안전하게 이동할 수 있을 터. 조조는 그렇게 생각하며 한숨을 내쉬었다.

"위속, 그자에 대한 소식은?"

"주공, 위문숙은……."

"위속을 얻었더라면 천하를 평정하는 것이 한결 더 쉬워졌을 것인데……. 참으로 아쉽구나. 참으로 아쉬워."

대놓고 얼굴을 찌푸리며 조조가 한스럽다는 듯 중얼거렸다.

그런 와중에서 순욱이 비장의 한 수를 준비했다는 듯, 득의양양한 얼굴로 조조를 쳐다보고 있었다.

"주공. 소생이 주공께 소개해 드릴 사람이 있습니다."

"소개라니?"

"남양 태수 장수가 주공께 귀순코자 태수의 직인을 들어 찾아왔습니다."

순욱의 그 목소리에 조조가 자리에서 벌떡 일어섰다. 그게 정말이냐는 듯, 조조가 놀란 얼굴로 순욱을 쳐다보고 있었다.

"그게 정말인가?"

"예, 주공. 남양 태수를 들라 하시게."

순욱의 그 목소리에 바깥에서 대기하고 있던 두 사람이 그 모습을 드러냈다. 젊은 장수 한 명과 함께 그 옆을 따르는, 키가 크며 몹시 날카로운 인상의 중년 문사가 조조의 앞으로 다가오고 있었다.

"남양 태수 장수가 장군께 태수의 직인을 바칩니다."

그러면서 장수가 무릎을 꿇고, 직인을 내민다. 조조가 그 직인을 받아 바로 옆에 서 있던 순욱에게 넘겼다. 그런 상태에서 조조는 가후를 쳐다보고 있었다.

"내 일찍이 장수에게 가후라는 꾀주머니가 있다는 것을 들어 알고는 있었지. 이 투항을 권유한 건 필시 그대이렷다?"

"그렇습니다."

"남양은 비록 식량이 부족하긴 해도 방어에 용이하며 사방으로 뻗어 나갈 수 있는 곳이다. 당장에 남양이 위태로울 일도 없는데 어찌 내게 직인을 바친 것인가?"

그 목소리에 가후가 고개를 들어 조조를 응시했다. 무표정한, 감정이라곤 찾아볼 수조차 없을 정도로 무미건조한 그 얼굴이다.

조조가 흥미롭다는 듯 그런 가후를 마주하고 있었다.

"어차피 오래 지나지 않아 원본초나 여봉선 둘 중 하나에게 공격당할 남양입니다. 그들에게 굴복해 모든 것을 빼앗기느니 능력은 있으나 기반이 미약한 군주에게 바치는 것이 낫다고 조언했지요. 하여 이렇게 장군을 모시고 조공을 찾아온 것입니다."

"내 기반이 미약하다고?"

표정을 굳히며 조조가 반문했다.

가후는 망설임 없이 고개를 끄덕이고 있었다.

"조공께 십만의 대군이 있다면 채 삼 년이 지나지 않아 한중과 서촉을 모두 평정할 수 있을 것입니다. 오만 명이라면 오 년이, 동원 가능한 병력이 삼만을 넘기지 못하는 지금은 십 년을 필요로 하고 말입니다. 하여 남양 태수가 삼만의 병력과 함께 직인을 바치는 것입니다."

"천하를 두고 벌이는 노름에서 내게 판돈을 걸겠다는 이야기로군."

조조가 씩 웃더니 성큼성큼 장수와 가후에게 걸어가 그들을 일으켜 세웠다.

"문약. 호랑이를 잃어 슬퍼하고 있던 내게 그대가 용을 가져다주었구나."

"감축드립니다, 주공."

"감축드립니다, 주공!"

순욱에 이은 여러 장수와 책사, 문관들의 인사에 조조가 기분 좋게 웃기 시작했다.

야심으로 가득한 조조의 눈이 한쪽 벽면에 걸린 지도의 한 중을, 서쪽을 뚫어져라 쳐다보고 있었다.

"위속, 그 빌어 처먹을 놈이 또 승리를 거뒀다고 합니다!"

"또? 또 이겼다고?"

이마에 하얀 띠를 매고 있는, 아직도 화병이 가라앉질 않은 전풍이 인상을 찌푸리며 반문했다. 그런 전풍의 앞에서 젊은 문관 하나가 신기하다는 듯, 그러나 기분이 나쁜 것처럼 억지로 인상을 찌푸리며 서 있었다.

"이번엔 서량군이라 합니다. 조조를 도와서 서량군을 괴멸 시켰는데 그 결과로 이각과 곽사가 죽고 조조가 장안을……."

"그만 이야기해도 될 것 같네만?"

전풍과 마찬가지로 띠를 매고 있는 저수가 싸늘하기 그지없는 목소리로 말했다.

"입으로 떠들 필요 없네. 그놈이 어떤 곳에서 어떤 방법을 써서 어떻게 이겼는지 조사한 뒤 죽간에 적어 보내게."

"위속 그놈이 이번엔 바람을 다스렸다더군. 북서풍이 부는 곳에서 동남풍을 만들어냈다는데 이쯤 되니 의아하기만 할 뿐이다. 여포 그 버러지의 수하인 위속은 평지를 호수로 만들고, 바람을 만드는데 왜 내 수하들은 그런 일을 하지 못하는 것인가."

좀 전의 문관이 뭔가 더 이야기하기도 전에 원소가 쩌렁쩌렁한 목소리로 말했다.

저수와 전풍을 비롯한 이들이 자리에서 벌떡 일어나며 원소를 맞이했다.

원소는 몹시 마음에 들지 않는다는 얼굴로 그들을 쳐다보고 있었다.

"내게 보고할 것이 있다 하여 나왔다. 헌데 들리는 것은 온통 위속 그자를 욕하는 소리일 뿐이니 안타깝기가 참으로 그지없구나."

"주공. 소인 등이 위속의 군략을 철저하게 분석하고 또 분석하는 중입니다. 차후 그자와 다시 맞붙게 될 상황이 온다면 기필코 승리를 거둬 과거의 패배를 설욕할 것입니다."

"피 토하다가 죽지나 않으면 다행이지."

기대하지도 않는다는 듯 말하는 원소의 그 목소리에 저수가 몸을 흠칫했다. 전풍 역시 마찬가지. 그러거나 말거나 원소는 자신의 자리로 가 앉으며 좌중을 돌아보고 있었다.

"할 말이 있으면 하게."

"주공. 소인 등이 아뢸 것은 북연주의 제북, 동평, 태산 등을 공격해 복속시키는 한편 여포의 심장이나 마찬가지인 산양 주변에 새로운 요새를 쌓는 것으로서……."

"요새를 쌓는다고?"

자신이 잘못 들은 게 아닌가 싶다는 얼굴로 원소가 저수의 말을 끊으며 반문했다.

"예, 주공."

"우리가 요새를 쌓는다고 하면 위속 그놈이 가만히 있지 않을 터. 결국엔 전투가 벌어질 텐데 그걸 어떻게 할 방법은 있고?"

"그 방법을 얻고자 소인들이 밤낮으로 위속에 대해 연구하는 것이 아니겠습니까. 최근엔 나름의 성과도 거두었으니 이번에는……."

"뭐, 고생하고 있다는 이야기들은 나도 들어서 알고 있다."

원소가 저수를, 전풍을 번갈아 쳐다봤다. 그들의 건강이 아직도 회복되지 않은 이유엔 위속을 상대하며 얻은 화병이 아직 안 가라앉은 점이 크다.

하지만 가장 큰 이유는 위속이 전장에서 어떤 계책을 사용하는지, 그가 평소에 어떤 생각을 가지고 있으며 무엇을 하고 지내는지에 대해 밤낮없이 연구로 격무에 시달리고 있다는 것이었다.

"그렇기는 하나 이쯤에서 진지하게 반문해 볼 수밖에 없을 것 같다. 그래서 지금 그대들이 위속과 싸운다면 확실하게 이길 수 있을 것 같나?"

"연구에 사용할 시간을 조금만 더 주신다면 팔 할은 이길 수…… 있을 것입니다."

"맞습니다, 주공."

자신 없는 어조로 답하는 저수에 이어 전풍이 말했다.

원소가 답답하다는 듯 한숨을 푹 내쉬며 고개를 숙이고 있었다.

"산양에서 겪었던, 그 물난리의 기억이 아직도 선명하다. 열 번을 싸워 열 번 다 이길 수 있을 것이란 확신 없이 싸움을 벌인다면 이번엔 불바다를 체험해 볼 수도 있겠군. 아니, 생각해 보면 재미있겠어. 한 번은 물바다고, 한 번은 불바다라니. 그냥 가서 해볼까? 어떻게 생각하나? 총군사."

"……."

저수가 입을 다물었다. 전풍 역시 마찬가지.

원소는 한심하다는 듯 그들을 쳐다보고 있었다.

그때.

"주공."

장합이 조심스레 자리에서 일어났다.

"소장이 최근 연이 닿아 군략을 사사받고 있는데 스승께서 식견이 참으로 대단하십니다. 무엇을 여쭤도 막힘이 없지요. 특히 군략을 말씀하실 땐 듣는 것만으로도 소름이 돋아 두렵기까지 할 정도입니다."

"준예 그대가 그렇게 이야기할 정도라면……."

"주공께서 원하신다면 소장이 지금 당장에라도 모셔 오겠습니다. 그분께서 총군사와 부군사를 돕는다면 위속의 목을 베는 것도 꿈만은 아닐 것입니다."

"위속의 목을 베는 일?"

원소의 눈매가 가늘어졌다. 생각하는 것만으로도 속이 후련하다는 듯, 그런 원소의 입꼬리 한쪽이 휙 올라가 있었다.

"좋다. 데리고 와라."

"예, 주공."

장합이 원소를 향해 포권하고서 곧장 움직이기 시작했다.

그렇게 시간이 얼마나 지났을까?

장합이 한 남자를 데리고 원소의 앞에 나타났다.

키가 작으며 체격이 왜소하고 얼굴엔 앳된 티가 남아 있다.
그러나 그 눈은 하북의 최강자라 할 수 있는 원소를 마주하는
것임에도 위축됨 없이 당당하기 그지없었다.

"그대의 이름이 무엇인가."

"소생 방통 방사원이라 합니다."

남자, 방통이 원소를 향해 포권하며 말을 이었다.

"천하에 위명이 높으신 원 사공을 뵙게 되어 참으로 영광입
니다."

□

"흠."

자신의 앞에 산더미처럼 쌓인 죽간을 쳐다보며 원술이 인상
을 찌푸렸다.

자신에게까지 온 죽간이면 분명 중요한 것들이고, 꼭 직접
보고서 처리해야 하는 것들이긴 하지만 많아도 너무 많다. 저
정도면 하루 이틀로는 끝나지 않을 터. 답이 없다.

원술은 그렇게 생각하며 한숨을 내쉬고 있었다.

'저것들에게 넘기면……. 안 되겠군.'

원술의 시선이 이번엔 손책과 주유를 향했다.

비록 위속을 상대하며 대패를 당하기는 했지만 손책과 주유가 있었기에 강남을 무척이나 빠른 속도로 평정할 수 있었다. 저들에게 일거리를 넘긴다면 이 역시 빠르고 정확하게 처리할 수 있겠지.

하지만 지금 둘은 수춘을 점령당하는 와중에 손권이 실종당한 일로 침울해져 있었다.

'혈육을 잃은 일이니…….'

저들을 이끄는 군주로서 위로해 주지는 못할망정 강남을 평정하느라 수도 없이 전투를 벌이며 지친 그들에게 또 다른 일거리를 던져줄 순 없는 노릇이다.

원술은 그렇게 생각하고 있었다.

그랬는데.

"주공. 강남의 모든 군현이 주공께로 평정되었으며, 호족들 역시 충성을 맹세했습니다. 주공의 명령이면 당장에라도 십오만에 달하는 병력이 달려올 정도로 상황이 좋아졌으니 이쯤에서 다시 북쪽으로 나아가시는 것은 어떻겠습니까?"

총군사 염상의 목소리가 들려왔다.

그가 자신만만한 얼굴로 원술의 앞으로 나와 쩌렁쩌렁한 목소리로 이야기하고 있었다.

"수춘을 수복하라는 말이더냐?"

"수춘뿐만이 아닙니다. 수춘을, 나아가 예주 전역을 수복하십시오. 강남을 평정한 지금 주공께서 친히 나아가 위엄을 떨친다면 예주는 어렵지 않게 되찾을 수 있을 것입니다."

"위속이 직접 병력을 이끌고 날 막으려고 한다면?"

"연주가 동원할 수 있는 병력은 고작 삼만에 불과할 것입니다. 삼만으로 십만이 넘는 대군을 어찌 막겠습니까? 걱정하지 마소서, 승리는 주공과 함께할 것입니다."

염상의 그 이야기에 원술이 인상을 찌푸렸다.

어이가 없다. 위속은 산양에서 고작 오만도 안 되는 병력으로 삼십만이나 되는 원소의 대군을 수몰시켰다. 그런 자가 사용할 수 있는 병력이 삼만밖에 안 되니 걱정할 필요가 없다니. 이게 말인지 개소리인지 원술은 구분할 수가 없었다.

그런 상태에서 땅이 꺼져라 내쉬는 누군가의 한숨 소리가 들려왔다.

원술이 고개를 돌리니 주유가 모든 걸 체념한 것 같은 얼굴로 염상을 쳐다보고 있었다.

"……"

원술의 시선이 염상을 향했다. 참으로 자신만만하다.

원술의 시선이 다시 주유를 향했다. 얼굴에 걱정이 가득하다.

한 놈은 쥐뿔도 모르면서 용감하기만 하고, 또 다른 놈은 아직 머리에 피도 마르지 않았을 정도로 어리지만 똑똑하고 현실을 너무도 잘 알고 있다.

둘의 능력 차이가 빤히 보인다. 나이 때문에, 오랜 세월 한결같은 충성을 바쳐왔다는 점 때문에 능력과 관계없이 적절하지 못한 자리에 앉아 있도록 할 수는 없다. 이제는 바꿔야 한다.

원술이 주먹을 움켜쥐었다.

"주공근."

"예, 주공."

"이제부터 총군사는 너다."

"……예?"

"예?"

주유가, 염상이 각각의 이유로 믿을 수 없다는 듯 반문했다.

"염상. 지금껏 고생이 많았다. 하나 앞으로는 그대보단 주공근이 총군사가 되어 종군하는 것이 나을 터. 그대는 섭섭해하지 마라."

"소, 소인이 어찌……."

그렇게 말하면서도 염상의 볼살이 부들부들 떨린다.

섭섭하고도 화가 날 거다.

그 마음을 이해한다는 듯 원술이 자리에서 일어나 염상의 어깨를 가볍게 두드려 주었다.

"내 그대를 앞으로도 중히 쓸 것이다."

부드럽기 그지없는 목소리로 그렇게 말하며 원술은 이번엔 주유 쪽으로 시선을 옮겼다.

"공근."

"예, 주공."

"앞으로 너와 백부의 등에 날개를 달아줄 것이다. 너희가 하고 싶은 대로 해봐라. 단, 여포고 원소고 조조고 할 것 없이 모조리 쓸어버려야 할 것이다."

9장
사기꾼과 사기꾼

"장군, 주공께서 기다리고 계십니다."

여전히 기억을 잃은 채 멍하니 앉아 있는 마초의 모습을 지켜보는데 후성이 다가와 말했다.

"응? 형님이?"

"예. 긴히 하실 말씀이 있다고……."

"뭐지? 일단 가자."

형님이 나한테 긴히 할 이야기라고 하니 괜히 또 걱정된다. 무슨 일이 벌어질지.

두근두근하는 심장을 억지로 진정시키며 외당에 들어섰다. 형님이 상석에 앉아 진지하기 그지없는 얼굴로 날 쳐다보고 있었다.

"문숙."

"예, 형님."

"네게 할 이야기가 있다."

"예."

"진짜 중요한 거야."

"뭔데요?"

"뭐냐면. 나 이십만지적은 언제 하게 해줄 생각이냐?"

"……예?"

"야. 내가 십만지적에서 머문 지 벌써 일 년이야. 슬슬 올라가게 해줘야지."

형님이 씩 웃으며 날 처다본다.

긴히 할 이야기가 이거였던 건가? 진짜로 이거였어?

이런 게 너무 오랜만이어서 그런가, 살짝 뇌정지가 오는 느낌이다. 이러고 있으니 진짜로 집에 돌아왔다 싶기도 하고.

"하하……. 곧…… 해드리겠습니다."

"진짜지? 흐흐, 내 문숙 너만 믿고 있으마."

형님이 만족스럽게 웃는다.

그래요…… 저도 형님이 즐거워하니까 즐겁네요. 하. 하.

📱

이제 좀 편하게 지낼 수 있을까 싶었다.

그동안 월급으로 받은 돈을 한 푼도 안 쓰고 모아두기만 했으니까 그것들을 가져다가 집이라도 한 채 살 생각에 태수부 근처의 장원들을 구경하러 다니기도 했다.

단 이틀이지만 진짜 좋았는데…….

"오랜만이오, 장군."

진궁이 날 반갑게 맞이했다. 더없이 환한 미소를 지어 보이며.

그 옆으로 사마랑과 제갈근이, 장료와 고순까지 자리를 차지하고 앉아 있다. 형님 밑에서 중책을 맡은 이는 수춘을 책임지고 있는 최염 하나만 빼고 다 모인 것이나 마찬가지.

그런 와중에서 형님이 날 향해 손을 흔들고 있었다.

"아니…… 그냥 간단하게 회의 한번 하고 마는 거 아니었어요? 뭐 이렇게 다들 모이셨대."

"주기적으로 하던 것 아닌가. 무에 특별할 게 있다고. 빨리빨리 하고서 치워 버리세."

진궁이 그렇게 말하는데 우리가 둘러앉을 원탁의 중앙에 산더미처럼 쌓여 있는 죽간이 시야에 들어온다.

나도 모르게 한숨이 푹 나왔다

'저것들이 다 회의 안건일 건데…… 특별할 게 없을 리가 없잖아.'

"시작하겠습니다, 주공."

내가 자리에 앉자 진궁이 자리에서 일어나 첫 번째 죽간을 집으며 말했다. 내 자리는 제갈근의 바로 옆이었다.

"격무에 노고가 참으로 크십니다, 장군."

제갈근이 자그마한 목소리로 내게 말했다. 어지간해선 표정이랄 게 없는, 항상 포커페이스의 달인이나 마찬가지였던 제갈근의 얼굴에 부드러운 미소가 피어올라 있었다.

"아, 예…… . 하하…… ."

이건 분명 제갈영 건으로 항의하는 것일 터다.

조조를 도우러 가기 전, 원래는 제갈부로 찾아가 제갈근과 제갈영을 만나기로 했었다. 그랬던 걸 갑자기 제대로 기별조차 못 하고 전쟁터로 나가 버렸으니까.

제갈영과 얼굴만 한번 마주한 이후로 이렇게 바람맞힌 게 벌써 다섯 번을 넘어간다. 빡칠 만도 하다. 이건 내가 무조건 죄인이다.

"죄송합니다, 제갈 선생."

"예? 아니요, 총군사께서 그리 말씀하셔야 할 이유가 무에 있겠습니까. 천하가 혼란스러운 탓이지요. 다 이해합니다."

그러면서 제갈근이 빵끗 미소를 짓는데 진짜 기괴하다. 딱 코를 경계로 해서 그 아래는 웃고 있고, 그 위로는 열 받은 기색이 역력하니까.

"이, 이번에는 꼭…… ."

"위속 장군, 아니지, 위속 총군사. 그대는 어떻게 생각하시오?"

꼭 제갈부를 찾아가겠노라고 약속을 하는데 난데없이 진궁의 목소리가 들려왔다. 좌중의 시선이 날 향해 집중되어 있었다.

"예?"

"식량을 비축하는 것 말이외다. 각각의 성마다 일 년 치를 비축하고 있는 걸 더 늘려야 하겠소, 아니면 줄여야 하겠소?"

"식량은 많으면 많을수록 좋죠. 언제 포위당할지 모르는 거 잖습니까."

"그러면 늘리는 것에 동의하시는 게요?"

"아니요. 그래도 일 년 치면 충분하지 않을까 하니…… 현상 유지에 한 표 던지겠습니다."

"총군사는 그렇게 생각하시는군."

진궁이 고개를 끄덕이며 회의를 이어 나간다.

아, 내가 지금 무슨 말을 한 거지?

갑작스러운 상황이어서 아무렇게나 말한 것 같은데 다들 그 러려니 하는 모양새다.

다행이다. 시발…….

📱

다행이라고 생각했던 거, 그냥 취소다.

"이번에 증축된 산양성 성벽 증축 작업이 얼마나 잘되었는 지 확인하는 것, 임시로 급하게 덧대놓기만 했던 제방의 확실 한 보수, 거기에 더해서 북연주를 포함한 북방의 방위 계획을 좀 더 확실하게 세우는 일까지. 총군사께서 맡아주셔야 할 업 무는 이 정도인 것 같소."

이백 개는 되어 보이는, 내 앞으로 차곡차곡 쌓아둔 죽간을 탁탁 손으로 건드리며 진궁이 말했다.

"너, 너무 많은 것 아닙니까?"

"군사적인 부분은 총군사가 맡아야 할 수밖에 없소이다. 제방에 대한 것 역시 농업의 전문가인 총군사께서 봐줘야 할 일이오. 적들의 움직임을 하나하나 예측해 비상시 북방 전선의 병력이 어찌 움직여야 할지 그 계획을 왜 총군사가 만들어야 하는지는 굳이 설명할 필요조차 없고."

"하하……."

진짜 이번엔 진지하게 뇌정지가 올 것 같다.

쉴 새 없이 사방으로 돌아다니면서 죽을 둥 살 둥 전쟁만 하고 돌아다녔는데 집으로 오자마자 다시 또 죽어라 갈갈갈 갈릴 판이라니.

그냥 도망가 버릴까? 어디 한반도 쪽으로, 고구려나 백제 아니면 신라 같은 곳으로 가면 적당히 편하게 놀고먹을 수 있지 않을까?

내가 그렇게 생각하며 인상을 찌푸리고 있는데 묘한 시선이 느껴진다.

고개를 드니 형님이 날 쳐다보고 있었다.

"문숙."

"예?"

"내가 잊고 있던 일이 있다. 여남의 유벽에게서 도움을 요청한 일이 있었어."

"유벽 장군이요? 도움을? 아니, 그 양반은 또 뭘 도와달라 한단 말입니까?"

자기 일도 제대로 처리 못 하나?

짜증이 확 치솟아서 쏘아붙이는데 형님이 앉아 있던 자리에서 일어나더니 내게로 다가와 어깨를 두드려 주며 말했다.

"심각한 사안은 아니다. 그러나 네 지혜가 필요하다던데. 가볼 거냐? 여남으로 가야 해."

"어라, 여남이라고요?"

형님이 고개를 끄덕인다.

여남이면 왕복하는 거로만 거의 보름은 걸리는 곳이다. 거기까지 갔다 오는 것만으로도 그런 거니까 이건……

내 생각이 거기까지 미쳤을 때, 형님이 내 어깨를 탁- 소리가 나게 한 번 더 두드려 주고선 자신의 자리로 돌아가 앉는다.

와. 이거 형님이 나 힘드니까 쉬라고 배려해 주는 거 맞지? 너무 좋아서 눈물이 앞을 가릴 것 같다.

내가 싱글벙글 웃는데 형님이 화살촉 하나를 만지작거리고 있다. 그런 와중에서 뭔가 기대하는 것 같은, 강렬하게 열망하는 눈으로 날 쳐다보고 있었다.

단순한 배려가…… 아닌 거였나?

내게 맡겨져 있던 업무를 단번에 쳐내 버리는 형님의 그 한마디 이후, 회의는 굉장히 깔끔하게 마무리됐다.

방위 계획은 진궁에게, 보수된 성벽을 확인하는 것도 진궁에게, 제방을 짓는 일 역시 진궁에게 넘어가 버렸다.

의도치 않게 내 일을 전부 진궁에게 떠넘겨 버린 꼴이기에 미안한 마음이 들어 획 빠져나가려는데 성큼성큼 진궁이 내 쪽으로 다가오고 있었다.

"총군사."

"하, 하하……. 공대 선생."

"부탁 하나만 해야겠소."

"부탁이라뇨. 말씀만 하십쇼. 공대 선생께서 말씀하시는 건데 다 들어드려야죠. 제가 뭘 하면 되겠습니까?"

"유벽과의 동맹 아닌 동맹이 이어진 지도 어느덧 일 년이 다 되어가오. 듣자 하니 유벽이 스스로의 능력에 대해 한계를 느끼고 있다더군."

"그렇습니까?"

내가 반문하니 진궁이 고개를 끄덕이더니 말을 이었다.

"그러니 총군사께서 유벽을 복속시켜 주어야겠소."

"……예?"

"얼마 전, 남양 태수가 조조에게 직인을 바치며 귀순했소. 세력 구도가 재편되는 게지. 유벽 역시 그 사실을 들었을 터, 총군사께서 지혜를 발휘해 유벽을 귀순시켜 보시오. 내 믿고 있겠소이다."

진궁은 그렇게 말하고선 내 대답 같은 건 궁금하지도 않다는 듯 휘적휘적 걸어 저 멀리 가버렸다.

아니, 편하게 휴가 좀 가려는데 난데없이 이게 무슨 퀘스트야? 말이 좋아서 귀순이지, 사실상 유벽을 항복시키라는 건데.

"가능한 일인가?"

모르겠다. 무릉도원에서도 유벽이 죽지 않았으면 항복 비슷하게 했을 거라고 해서 세양으로 가 도왔던 것이긴 하니까……

"에이. 가서 보면 무슨 수가 나오겠지."

그래도 혹시 모르니까 공명이를 데리고 될 거다. 그 녀석이 지금 우리 사무실에서 일하고 있을 테니까 아마…… 준비를 좀 해가야겠지?

"뭐야. 여기에 마초도 있었네?"

사무실에 도착해서 보니 마초가 멍한 얼굴로 한쪽에 얌전히 앉아 있다.

그런 녀석의 앞으로 위월과 후성이 공명, 손권이 함께 앉아 있는데 녀석들의 자리 앞으로 죽간이 잔뜩 쌓여 있었다.

"장군!"

후성이 제일 먼저 날 맞이하며 자리에서 벌떡 일어난다.

"드디어 오셨군요."

위월이 뒤를 잇고.

"스승님, 어떻게 되었습니까?"

공명이가 당연하다는 듯 내게로 다가온다. 손권 역시 마찬가지. 이 자식들, 다들 일하기 싫은 거다.

"마초 쟤는 왜 여기에 와 있는 거야? 아직 몸 상태가 정상으로 안 돌아온 거 아닌가?"

"아뇨. 의원 말로 몸은 괜찮답니다. 그냥 이게 문제인 거죠."

후성이가 손가락으로 제 머리를 톡톡 건드리며 말을 이었다.

"계속 방에 혼자 앉아 있으니 답답하다고 해서 바람이나 좀 쐬어줄 겸 데리고 왔습니다."

"인간아. 바람을 쐬어줄 거면 산이나 들로 데리고 나가야지, 왜 사무실로 데리고 와?"

"스승님. 그나저나 회의에선 어떤 얘기가 오갔습니까? 적들의 동태에 대한 보고는 없었는지요?"

후성이가 시무룩해져서는 고개를 숙이는데 옆에서 공명이가 반문했다.

"그런 거 없다."

"그럼요?"

"일을 맡기더라. 그래서 출장 가기로 했다. 여남으로."

"여남이면…… 출진입니까? 원술이 쳐들어왔군요?"

공명이가 눈동자를 반짝인다.

"인마. 넌 그랬으면 좋겠냐?"

"아니, 그거밖에 없잖습니까? 원술이 쳐들어왔으니 스승님을 여남으로 보내는 거겠죠. 그게 아니면 뭐가 있습니까?"

"하여간 이 호전광 자식 같으니라고."

주특기만 좀 다를 뿐이지, 애도 완전 형님이랑 같다니까.

"그런 거 아니고 그냥 느긋하게 쉬러 갔다 오는 거다."

"쉬러…… 간다고요? 그게 정말입니까?"

후성이가 반문했다. 그 옆의 위월은 눈이 동그랗게 커졌고.

녀석들이 자신의 자리에 쌓인 죽간을, 날 번갈아 쳐다보고 있었다.

"저, 가겠습니다. 무조건 장군을 따라갈 겁니다. 장군께선 손가락에 물 한 방울 안 묻히시도록 제가 확실히 모시겠습니다."

내게 다가와 간절하기 그지없는 얼굴로 후성이 말했다.

위월은 타이밍을 놓쳤다는 듯, 무슨 말을 해야 자신이 따라갈 수 있을지 고민하는 눈치였다.

"스승님. 저만 믿으십시오. 제가 모든 걸 다 처리하겠습니다."

그런 와중에서 공명이가 자기 가슴을 탕탕 두드린다.

"내가 가 있는 동안 네가 여기 있는 일들 다 하겠다고?"

"예? 섭섭하게 뭐 그런 말씀을 하십니까? 오며 가며 하는 와중에서 생기는 일들을 제가 처리하겠다는 거죠. 스승님께선 편히 말 위에만 앉아계시면 됩니다. 하나부터 열까지 다 제가 처리할 거니까요."

"오냐. 뭐 그러시던가. 그래도 다 같이 갈 수는 없으니까 뽑기로 결정하자."

내가 그렇게 말하며 품속에서 손바닥만 하게 자른 종이 몇 장을 꺼냈다. 미리 준비해 둔 덕분에 모두 잘 접혀 있다. 그런 게 네 장이었다.

"장군. 그걸로 정하는 겁니까?"

"당연하지. 내가 이 안에 표시해 놨거든? 너희는 잘 골라서 꺼내기만 하면 돼. 두 명은 남고, 두 명은 같이 간다."

"그럼 시작하시죠."

공명이가 손권과 함께 다가와 말했다.

녀석들이 더없이 진지한 얼굴로 내 손에 있는 제비를 쳐다본다.

남으면 일 더미에 치여 죽어라 일만 해야 하지만 나랑 같이 움직이면 여남까지 편하게 다녀오기만 하면 된다는 것을 자기들도 아는 거다. 그러니 저렇게들 이글이글 불타오르는 눈을 하는 거겠지.

"얘들아."

"예?"

"조를 나눠서 하자."

"나누다뇨?"

"마초도 있잖아. 쟤 빼고 우리끼리만 하면 얼마나 섭섭하겠어? 셋, 둘로 나누자고. 후성에 위월, 마초로 한 조, 공명에 손권으로 한 조. 오케이?"

후성이가 굵은 침을 꿀떡 삼키며 고개를 끄덕인다. 위월 역시 마찬가지.

내가 마초에게 가서 손을 내밀었다. 녀석이 이게 뭐냐는 듯 날 쳐다보고 있었다.

"그냥 아무거나 하나 뽑으면 돼."

"그러면…… 되는 겁니까?"

"응."

마초가 손을 뻗더니 제비를 하나 뽑아서 내게 내민다. 직접 확인해 달라는 것처럼.

후성이가, 위월이 내 옆으로 달려와 바싹 붙어선 간절하기 그지없는 얼굴로 그 제비를 쳐다보고 있었다.

"장군. 저희도 뽑겠습니다."

"맞습니다. 일단 저희도 뽑고 나서……."

"그냥 이거 먼저 보자. 그게 더 재미있잖아?"

그러면서 내가 확 제비를 열어젖혔다.

그런 제비의 한가운데에 선명하게 쓰여 있는 당첨 두 글자가 세상에 드러난다.

"으아아악! 한 방에 당첨이라니! 어째서어어어어어어!"

"하, 하하…… 내 유일한 희망이……."

후성이가 소리를 지르는 사이, 위월이가 그 옆에서 넋이 나간 얼굴로 중얼거린다.

"뒷일을 부탁하마."

감정을 주체하지 못하는 녀석들에게 그렇게 말하고서 나는 다시 공명이와 손권에게 다가갔다.

비교적 덤덤한 얼굴로 날 쳐다보는 공명이와 달리 손권이는 후성, 위월 못지않은 간절한 얼굴로 제비를 쳐다보고 있었다.

"공명아. 네가 먼저 뽑아라."

"그래도 되는 겁니까?"

"당연하지."

내가 고개를 끄덕이니 공명이가 제비를 뽑는다. 녀석은 더 기다릴 것도 없다는 듯 종이를 펼치더니 당첨 두 글자를 확인하고서 씩 웃으며 날 쳐다보고 있었다.

그리고 그런 녀석의 옆에서 손권이는.

"추, 축하해요, 공명 형님……."

눈가가 벌겋게 변한 채로 축하의 인사를 건네고 있다.

'뽑기에서 졌다고 우는 거야? 귀여운 녀석 같으니라고……
호호.'

내가 그렇게 생각하고 있는데 저 멀리에서 누군가의 발소리
가 들려왔다. 뭔가 싶어서 보니 어째 익숙한 인상의 여자가 이
쪽으로 다가오고 있었다.

기억이 날 듯 말 듯 한데. 누구였지?

"누, 누님? 누님께서 여긴 왜……."

공명이가 화들짝 놀라며 뒷걸음질 친다.

아. 저게 제갈영이었구나. 너무 오랜만에 봐서 얼굴도 잊어
버리고 있었네.

"제갈 소저. 정말 오랜만에 뵙습니다."

처음부터 제갈영이었다는 걸 알고 있었다는 것처럼 자연스
럽게 다가가 포권하며 인사했다.

"안녕하세요. 장군, 아니지, 총군사님이 되셨다죠? 축하드립
니다."

"하하…… 감사합니다. 그런데 여긴 무슨 일로 오셨는
지……?"

아무리 생각해 봐도 잘 모르겠다. 시종 하나 없이 여자가 혼
자 여기까지 올 일은 적어도 지금의 시대에서는 아무리 생각해
봐도 없는 것 같아서 한 말인데 제갈영이 생긋 웃고 있었다.

"오라버니께서 말씀하셨어요. 장군은 공사가 다망하신 분이라 기다리기만 해서는 대화를 나누는 것조차 어려울 것이니 차라리 따라나서라고요."

"누, 누님. 그러니까 그 말씀은⋯⋯."

"응, 장군께서 여남으로 가시는 것, 나도 함께 따라가 보겠다는 얘기야."

제갈영이 생긋 웃으며 말한다.

'와, 예쁘다.'

내가 혼자 감탄하고 있는데 공명이의 얼굴이 하얗게 변해 간다.

쟤가 저렇게 무서워하는 건 제갈근 이후로 처음인데⋯⋯. 공명아, 너 혹시 제갈영한테도 맞은 거냐?

"스, 스승님."

"엉?"

"정말로 누님도 동행하실 겁니까?"

"그래야지. 제갈 선생도 괜찮다고 했고, 본인도 가고 싶다고 하는데 내가 막을 이유가 없잖아?"

"아니, 스승님. 그래도 어찌 여자가⋯⋯."

공명이가 목소리 톤을 높이며 말하는데 제갈영의 눈매가 가늘어진다.

그 모습을 본 공명이가 입을 다물며 슬금슬금 뒤로 물러서고 있었다. 확실히 제갈영한테도 맞은 모양이다.

"소녀가 동행해도 괜찮을까요? 총군사님."

"물론이죠. 전 누구처럼 여자는 이래야 한다, 저래야 한다고 떠드는 앞뒤 꽉 막힌 사람이 아니니 걱정하지 않으셔도 됩니다."

"감사드려요, 총군사님."

제갈영이 그러면서 좀 전과는 비교도 되지 않을 정도로 환하게 웃는데 와, 저 얼굴 뒤로 무슨 후광이 비치는 것 같다.

"저, 스승님. 상황이 이리되었으니 전 빠지겠습니다."

"엥. 네가?"

"예. 그러니까 중모, 네가 나 대신 스승님을 모시거라."

공명이가 손권이에게 제비를 건네는데 녀석의 눈이 동그랗게 커진다. 그런 녀석이 감격하기라도 한 것처럼 제비를, 공명이를 번갈아 쳐다보고 있었다.

"혀엉……. 진짜 양보해 주는 거예요?"

"어."

"혀엉! 고마워요!"

키가 공명의 가슴께밖에 안 오는 손권이 녀석을 끌어안는다. 그렇게 좋은가?

"남세스럽게 뭐 하는 짓이냐? 됐으니 놔. 난 일이나 해야겠다."

공명이가 손권을 떨어뜨리며 사무실 안으로 들어간다.

흠, 공명이가 빠지기는 했지만 그래도 제갈영에 손권, 마초니까…….

그냥 무릉도원으로 해결 봐야겠구나. 쓰읍.

"잘 다녀오십시오, 장군!"

"오실 때 그 기념품도 좀 챙겨오시고요!"

후성과 위월이 위속을 배웅한다.

제갈량은 사무실에서 그 모습을 응시하며 혼자 고개를 절레절레 젓고 있었다.

아마 저들은 좀 전의 뽑기가 위속이 짜놓은 한판의 사기극이나 마찬가지였다곤 꿈에도 생각지 못할 것 같았다.

"눈치가 없어도 저렇게까지…… 가만, 이러면 내 일도 넘길 수 있겠군."

호호호.

제갈량이 표정을 갈무리하며 안타깝기 그지없다는 얼굴로 위월과 후성, 두 먹잇감을 향해 다가가기 시작했다.

멀찌감치 그 모습을 지켜보던 위속이 역시 제갈량이라며 피식 웃고 있었다.

산양을 나섬과 동시에 남서쪽으로 이동을 시작했다.

평소 나랑 같이 떠들던 후성도 없고, 공명이도 없다. 여전히 기억을 상실한 채로 있는 마초, 나와 함께 다니는 것만으로도 즐겁다는 듯 싱글벙글 웃고 있는 손권, 거기에 확실히 이 시대의 여자들하곤 여러모로 다른 제갈영과 오십 명의 호위 병력만이 있을 뿐이다.

그래서일까. 딱히 내게 먼저 와서 농담을 거는 녀석도 없고,

장난을 치는 녀석도 없다. 그저 조용히 말을 몰아가며 남서쪽으로 움직이고, 또 움직일 뿐이다.

그렇게 움직이다가 마침내 우리는 야영을 위해 강변에서 멈췄다.

"다들 서둘러 움직여라! 총군사님께서 사용하실 막사를 만들어야 한다!"

낯선 목소리와 함께 병사들이 움직이며 막사를 설치하기 시작했다. 그런 와중에서 마초는 혼자 강가에 앉아 멍하니 앞을 응시하고 있을 뿐이었다.

"뻘쭘하지?"

"예?"

"어색하겠다고."

"아, 예."

"기억은 아직 아무것도 안 나는 거야?"

"예. 전혀……."

"네 이름은?"

"이름은 마초, 자는 맹기라고 들었습니다. 아직 기억나는 건 없지만요."

자기가 생각하기로도 속상한 듯, 녀석이 푹 고개를 숙인다.

"내가 좀 도와줄까?"

"예?"

"일단 너는 엄청 잘 싸우는 장수였어."

"제가…… 그렇습니까?"

"응. 그리고 서량에서 네 아버지 마등과 함께……. 흠?"

마초가 눈을 동그랗게 뜨고선 날 쳐다본다. 그런 녀석의 공포로 일그러져 있다. 무슨 귀신이라도 본 것처럼. 그 와중에서 녀석이 거칠게 숨을 내쉬는데 과호흡이라도 온 것 같은 모양새다.

"야, 야. 진정, 진정해. 일단 숨 먼저 편하게 쉬자. 크게 내뱉고, 들이마시고. 후우, 후우. 알지?"

녀석이 고개를 끄덕이며 숨을 길게 들이마시고, 내쉬길 반복하니 당장에라도 혼절해서 쓰러질 것 같던 그 증세가 가라앉는다. 녀석이 한결 편해진 얼굴로 털썩 주저앉고 있었다.

갑자기 왜 저러지? 내가 무슨 트라우마를 건드리기라도 한 건가?

"너 혹시 마등이랑 무슨……."

마등이라는 이름이 나오기가 무섭게 녀석의 얼굴이 새하얗게 질려간다.

"알았어, 알았어. 그 얘기는 안 할게."

마초가 고개를 끄덕이고 조금 시간이 지나자 얼굴이 다시 전처럼 돌아왔다.

와, 이거 되게 느낌이 묘하다. 기황산에서는 완전 형님 뺨치는 맹장이었는데 기억을 잃으니 완전 순둥이로 변해 버린 것 같다고나 할까?

"저, 스승님."

내가 그렇게 생각하고 있을 때, 손권이가 다가왔다.

"응?"

"잠시만 좀. 누님께서 스승님께 드릴 말씀이 있다고 하셔서요."

"누님? 누구, 제갈 소저?"

손권이가 배시시 웃으며 고개를 끄덕인다.

"그 여자를 왜 네가 누님으로 모셔?"

"공명 형의 누님이면 저한테도 누님이죠."

아무래도 제갈영이 손권이를 구워삶은 모양이다.

내가 그렇게 생각하며 녀석을 따라가니 제갈영이 죽간 하나를 손에 쥔 채 뒷짐을 지고 서 있다.

진궁의 그것과 비슷한, 검은색 장삼을 입고 긴 생머리를 풀어 헤친 제갈영의 모습은 정말…….

"오셨어요?"

저 얼굴 속으로 빨려 들어갈 것 같다.

내가 감탄하며 쳐다보는데 제갈영이 작게 웃으며 내 쪽으로 시선을 옮기고 있었다.

"산양을 나서기 전에 오라버니께 받은 죽간이에요. 여남군의 영역에서 누군가 쌀을 높은 가격에 사 모으고 있다더라고요."

"식량을? 그쪽은 원래부터가 쌀이 많이 나는 곳이니까 그런 거 아닙니까? 낙양 쪽도 그렇고 강남 쪽도 그렇고 전란에 농사가 잘 안돼서 식량이 모자라다는 얘기를 들었던 것 같은데."

"아니요. 일반적인 상행인 것 같지는 않아요. 쌀을 평소보다 반 이상 비싼 가격으로 사는 중이라고 했거든요."

그렇게 말하며 제갈영이 죽간을 내민다. 뭔가 싶어서 보니 여남에서 벌어지는 여러 일에 대해 적은, 일종의 정탐 보고서 같은 것이었다.

그리고 그곳에 적혀 있는 건 정체를 알 수 없는, 감녕이라는 자를 우두머리로 한 상인 무리가 쌀을 잔뜩 구입하는 중이라는 것 이외에도 몇 가지가 더 있었다.

흠, 감녕이라. 옛날에 얼핏 들어본 이름 같다. 나중에 유명해지는 사람인 모양.

"유벽 휘하의 관리들이 감녕이라는 놈한테 매수된 것 같다고?"

"네, 유벽도 건강이 좋지가 못하다고 해요. 두문불출한 지가 벌써 석 달 가까이 되었다고 하니까."

"이거 그림이 그려지는군."

와병 중인 유벽, 매수당한 관리, 식량을 미친 듯이 빼먹는 감녕이라는 놈의 상단까지.

"원술을 생각하시는 거죠?"

제갈영의 반문에 내가 고개를 끄덕이는데 손권이의 표정이 살짝 굳어진다. 원술 쪽에서 이런 계책을 낼 만한 놈이라면 주유 정도밖에 없다는 걸 녀석도 알고 있기 때문이겠지.

"신경 쓰지 마. 손권이는 손권이일 뿐이다. 주유나 손책이 하는 일로 네가 신경 쓸 필요는 없어."

"스승님······."

녀석의 얼굴이 조금은 편안해진다.

내가 다시 제갈영 쪽으로 시선을 옮겼다.

"이 정보의 출처가 어딥니까?"

"총군사께서 적들을 막아 세우는 동안 공대 선생과 오라버니께서 함께 첩보망을 만드셨어요."

"그러면 그 양반은 이걸 다 알면서 나한테 여남군을 복속시키라고 한 건가."

느긋하게 가서 유벽의 부탁이나 하나 들어주고 오면 되는 휴가인 줄 알았는데. 이럴 거면 후성이랑 위월이도 데리고 올걸 그랬다. 허저도 같이. 그러면 고민할 필요도 없이 그냥 힘으로 밀고 들어가 버릴 텐데. 쓰읍.

"지원을 요청하는 게 낫지 않을까요? 스승님."

"병사들을 끌고 여남으로 가자고? 유벽이 의심할 거다. 그 사람은 괜찮다고 생각해도 밑에 놈들이 가만히 안 있겠지. 감녕이라는 놈도 마찬가지일 거고."

"전쟁이 날 수도 있고, 그게 아니라도 감녕이 매입한 식량을 전부 가지고 떠나거나 불태워 버릴 수도 있어. 조용히 움직이는 게 나은 상황이지. 지금 중요한 건 감녕이 매입한 식량을 되찾는 거야."

"아……. 그렇군요."

제갈영의 말에 손권이가 고개를 끄덕인다.

확실히 제갈씨는 제갈씨라는 건가?

"일단은 여남으로 가는 게 나을 거예요. 감녕에게 매수되지 않은 자들의 명단도 가지고 있으니 그들의 도움을 받아 문제를 해결하는 게 나을 테고요."

"그거 말고, 좀 더 확실하게 갑시다."

"예?"

"나한테 방법이 있어요."

수도 없이 많은 첩보 영화를 보면서 쌓은 경험치를 활용할 때가 왔다. 으흐흐.

산양에서 출발하며 가지고 온, 지금껏 위풍당당하게 휘날리기만 하던 내 깃발을 불태워 버렸다. 우리 병사들이 입고 있던 갑옷도 곽공의 영역이었던 양국에 잠시 들러 맡겨 버렸고.

"스승님. 갑옷도 없이 그냥 가버리는 건……. 좀 위험하지 않을까요?"

그렇게 움직이길 잠시, 손권이가 걱정스럽다는 목소리로 말했다. 그리고 그에 이어 나온 목소리는 제갈영의 것이었다.

"싸움이 난다고 해도 우리가 아니라 여남군 사이에서의 내전일 테니까. 병사도 오십 명밖에 안 되는데 아무리 무장을 잘 갖춘다고 해도 대국에 큰 영향을 주지는 못하지 않을까?"

"아…… 그런가요?"

"내가 보기엔 지금 총군사께서 하시는 것처럼 또 다른 상단으로 위장하는 게 제일 괜찮아 보여. 감녕이라는 자가 총군사님이 여남에 도착했다는 걸 아는 것도 좋지가 않잖니."

제갈영이 조곤조곤 설명해 주고, 손권이는 고개를 끄덕인다. 벌써 며칠째 계속해서 보는 광경. 저 여자, 예쁘기만 한 줄 알았는데 자상하기까지 하다. 도대체 공명이가 왜 그렇게 제갈영을 무서워하는지 모를 정도.

"흠. 여기가 남돈이라는 곳인가?"

양국을 지난 지도 며칠이 더 지났을 때.

우리는 여남의 북쪽에 있는 남돈 성에 도착했다. 사방으로 활짝 열린 성문 너머, 정말 헤아릴 수조차 없을 정도로 넓은 농토가 잔뜩 뻗어 있었다.

"슬슬 시작해 볼까. 얘들아, 세팅하자."

"예!"

상단의 직원 같은 것으로 위장한 우리 병사들이 남돈성 안쪽, 그나마 번화한 거리에 수레를 가져다 놓고 테이블을 설치하기 시작했다.

나는 말 위에 앉아 그 세팅이 끝나기를 기다리며 주변을 돌아봤는데 거리를 오가던 사람들이 호기심 가득한 얼굴로 우리의 모습을 구경하고 있었다.

"나는 연주에서 온 상인 임상옥이라 하오!"

"상인이 여기엔 무슨 일로 온 거요?"

"내 간단하게 말하리다. 시세보다 세 배의 값으로 쌀을 사 주겠소. 그대들이 가지고 오는 쌀은 전부 살 수 있을 정도로 많은 재화를 가지고 왔으니 걱정일랑 말고 가지고만 오시오."

"세, 세 배라고?"

"정말로 세 배의 값을 치러주겠다는 거요?"

사람들의 눈이 휘둥그레진다. 한 배 반도 아니고 두 배도 아닌 세 배다. 이 정도면 팔지 않아야 할 이유가 없다.

사람들이 헐레벌떡 각자의 집으로 향하기 시작했다.

"감녕이라는 자를 끌어낼 작정이시군요?"

"전쟁을 치를 수도 없고, 유벽을 움직일 수도 없으면 내가 직접 처리해야 할 수밖에요."

내 말에 제갈영이 나와 마초를 번갈아 쳐다본다. 그런 제갈영의 시선이 어느덧 쌀 포대를 짊어지고서 다가오기 시작하는 사람들 쪽으로 옮겨지고 있었다.

"두목! 큰일 났습니다, 두목!"

"짜샤. 내가 왜 두목이야? 이제 나도 장군이라고, 장군."

"예? 아, 하하. 그랬죠. 장군님. 어쨌든 큰일 났습니다요."

여남의 역관. 그곳으로 달려 들어온 남자, 석문이 한쪽 무릎을 꿇고 앉으며 말했다.

그런 석문의 앞으론 온몸에 크고 작은 흉터가 가득한, 산적이나 수적 두목이라고 한다면 누구나 바로 수긍할 수밖에 없을 감녕이 앉아 있었다.

"무슨 일인데 그래?"

"그, 남돈과 항, 무구, 여양이 이미 털렸습니다. 그 아래쪽으로 있는 크고 작은 마을들도 싹 다 털리고 있고요."

"털리다니? 자식아, 알아듣게 좀 얘기해. 뭐가 털렸다는 건데?"

"아 글쎄 연주에서 내려온 상단이 쌀을 있는 대로 다 사들이고 있단 말입니다! 가격도 무려 세 배랍니다, 세 배!"

석문의 말에 감녕이 병나발을 불던 호리병을 내려놨다.

그런 감녕이 잠시 허공을 노려보더니 재미있게 되었다는 듯 입가에 미소를 머금고 있었다.

"자, 장군?"

"위속 그놈이 내려온 모양이다."

"위속이라고요? 그, 물을 다스리고 바람을 다스린다는 인간 같지도 않은 놈 말씀이십니까?"

"자식아. 그건 그냥 천문에 능해서 앞날을 읽은 건데 뭐가 바람을 다스리고 물을 다스린다는 거냐?"

"아, 아니…… 그게 진짜로 그렇기는 하잖습니까요."

"그게 다 허명이다. 너처럼 무지한 놈들이 혼자 겁에 질려서 떠드는 헛소문이라는 거야."

"그렇습니까요?"

"그래."

위속이라는 이름이 나오기가 무섭게 겁에 질려 있던 석문의 얼굴이 조금씩 평소의 그것으로 돌아오기 시작했다.

곧 석문은 의아하다는 듯 감녕을 쳐다보며 말했다.

"그런데 장군. 그게 위속이라는 건 어떻게 아셨습니까?"

"자식아. 위속이 깃발까지 걸어놓고 산양을 나섰다는 장계가 온 거, 내가 얘기해 줬냐? 안 해줬냐?"

"그거야 듣긴 들었습니다만……. 그거랑 이거랑 무슨 상관이라는 겁니까?"

석문의 얼굴이 이번엔 의심쩍게 변해간다. 감녕이 헛소리를 하는 게 아닌지 의심하는 얼굴이다.

감녕은 어이가 없다는 듯 고개를 절레절레 저었다.

"생각해 봐라. 위속이 산양을 떠나 여남으로 향한다고 했는데 이쪽으로 오는 놈은 없고, 갑자기 웬 임상옥인지 뭔지 하는 놈이 세 배나 되는 돈을 풀어서 쌀을 있는 대로 다 사고 있다. 그만한 권한을 가지고서 날뛰는 게 위속이 아니면 누구일 것 같으냐?"

"그거야 당연히…… 한 몫 단단히 챙겨보려는 상인 아니겠습니까?"

"하."

감녕의 얼굴이 일그러진다.

그가 더는 말하기도 싫다는 듯 자리에서 벌떡 일어나더니 한쪽에 걸려 있던 검을 검집째 꺼내 들었다.

"애들 다 불러 모아라. 위속 놈이 어디에 있는지 위치도 파악하고. 이렇게 된 거, 내가 직접 그놈의 목을 따서 공을 세워야겠다."

"알겠습니다, 장군!"

앞으로 하루 정도만 더 가면 상채현에 도착이다.

남돈을 시작으로 그 주변에 있던 마을은 전부 다 지나온 탓에 쌀이 어마어마하게 많이 쌓였다. 수레도 처음엔 열 대가 전부였는데 지금은 이백 대가 넘어간다. 자연히 함께 움직이는 사람들의 숫자도 많아졌다.

감녕이 의심하지 않도록 일부러 들르는 마을마다 인부를 고용해서 숫자를 늘린 것이었다.

"으흠."

밤바람이 슬슬 차갑다. 두꺼운 옷으로 몸을 감싸며 장작불 앞에 앉아 있는데 추운 것과는 다르게 느낌이 싸하다.

그런 내 느낌이 틀리지 않았다는 걸 증명하기라도 하려는 듯, 저 남쪽 어딘가로부터 말발굽 소리가 들려오기 시작했다.

"적습인 것 같은데요."

제갈영이 앉아 있던 자리에서 일어나며 말했다.

적습이라는 것을 알면서도 목소리가 묘하게 침착하다. 여전히 아름다운 그 얼굴엔 당황한 기색이 전혀 없다. 마치 이렇게 공격해 올 것을 예상하기라도 한 것 같은 얼굴이었다.

"수레를 한데 모으고 인부들과 손권이는 그 사이에 숨도록 하죠."

이제는 대응책까지 술술 새어 나온다. 뭐지? 이 여자.

"총군사님?"

"아, 그래요. 다들 들었지? 도망치면 오히려 위험하니까 수레 사이에 숨어서 기다려!"

"예, 예에!"

인부들이 숨어드는 사이, 우리 쪽 병사들이 무기를 챙기며 수레 주변에서 방진을 펼치기 시작했다.

심지어는 제갈영 역시 마찬가지. 그녀의 손에 장검 한 자루가 들려 있었다.

"뭐야. 소저도 싸우려는 겁니까?"

"제 한 몸은 충분히 지킬 수 있어요."

목소리에 자신감이 가득하다.

똑똑한 여자니까 충분히 근거 있는 자신감이겠지. 그랬으면 좋겠다.

나는 그런 제갈영의 옆을 지나 마초에게로 다가갔다. 녀석은 살짝 멍한 얼굴로 병사들의 뒤에 서 있기만 할 뿐이었다.

"위험하다 싶으면 수레 사이로 들어가서 숨어. 무슨 얘긴지 알지?"

"예? 예……."

기황산에서 신기에 가까운 무위를 펼쳤던 마초인 만큼, 기억을 잃었다고 해도 자기 한 몸 정도는 충분히 지킬 수 있을 거다.

나는 그렇게 생각하며 창을 꺼내 들고서 앞으로 나갔다.

적들이 어느덧 우리의 바로 코앞에 멈춰 서 있다. 날이 너무 어두워 몇 명인지는 짐작조차 할 수 없다. 그저 엄청나게 많은 숫자라는 것만 알 수 있을 뿐이다. 그것도 전투를 코앞에 두고도 전혀 긴장한 기색이 보이지 않는 놈들이었다.

"장군……."

그런 놈들의 모습을 살피고 있는데 마초가 내 옆으로 다가왔다. 언제 챙긴 건지 창까지 한 자루를 들고 있는 게 날 도우려는 모양. 이거 든든한데?

"위속! 얌전히 네놈의 목을 바치거라. 그리한다면 일행의 목숨만은 살려줄 것이다."

기마들의 사이에서 쩌렁쩌렁한 목소리가 울려 퍼졌다.

산적 두목이다. 정말 딱 그렇게 생긴 놈이 날 향해 창끝을 겨누고 있었다.

"네가 감녕이냐?"

"내가 누군지는 네놈 목을 베기 직전에 알려주마. 쳐라!"

"와아아아아아아-!"

놈의 명령과 동시에 기마 수백 기가 우리를 향해 일제히 쇄도해 오기 시작했다.

그런 와중에서.

"어?"

마초가 창을 손에 들고 방진을 빠져나가 저 앞으로 질주하기 시작했다.

"야! 뭐 하는 거야!"

내가 황당해서 쳐다보는데 마초가 선두에 있던 적을 향해 창을 집어 던진다.

부웅-!

그 창이 허공을 가르며 날아가 적의 가슴을 꿰뚫고 관통해 그 뒤로 바짝 따라오던 놈의 어깨에 가서 꽂혔다. 두 명의 적이 허망하게 말에서 떨어졌다.

"저놈! 저놈 먼저 잡아라!"

누군가의 외침과 함께 적들이 일제히 마초를 향해 방향을 틀어 달려들기 시작했다. 그러거나 말거나 마초는 자신이 쓰러뜨린 기병의 말을 뺏어 올라타더니 누구의 것인지도 모를 창을 뺏어 들고 있었다.

"죽여라!"

자신을 향해 찔러져 오는 창을 마초가 정말 말도 안 되는 기마술로 피해낸다. 그러면서 창을 휘두르는데 창이 한 번 움직일 때마다 적병이 딱 한 놈씩 쓰러지고 있었다.

게다가.

"크아아악!"

"저, 저 계집은 뭐냐!"

"이쪽, 이쪽도 도와줘!"

언제 뛰쳐 나간 건지 제갈영이 검을 휘두른다. 무슨 무협 소설에서 튀어나온 절대고수라도 되는 것처럼 제갈영의 검이 허공을 가를 때마다 말이 한 마리씩 쓰러지고, 그 위에 타고 있던 적병의 숨통이 끊어지고 있었다.

"……저것들 뭐야?"

"장군, 장군!"

석문의 목소리에 가뜩이나 딱딱하게 굳어져 있던 감녕의 얼굴이 더더욱 험악하게 일그러졌다.

아무것도 아닌 것으로 보이던 여자가, 기껏 해봐야 별거 아닌 부장 정도로 보이는 놈이 그의 부하들을 일방적으로 밀어붙이다시피 하고 있었다.

"내가 직접 간다. 너는 부하들을 데리고 쌀 쪽으로 가라. 저놈들이 피를 봤으니 나도 제대로 해줘야겠지."

"예, 장군!"

석문이 감녕의 명령을 받고 움직이기 시작했을 때.

두두두두두두-

감녕의 귓가에 낯선 말발굽 소리가 들려오기 시작했다.

멀지만은 않은 곳이다. 그런 곳에서 적지 않은 숫자의 기마가 이쪽을 향해 정신없이 질주해 오고 있다.

지난 수십 년간 밀수업에 종사하며 쌓아온 경험이 감녕의 머릿속에서 위험 신호를 보내고 있었다.

"서, 설마."

감녕의 시선이 위속을 향했다. 위속은 병사들의 사이에서 팔짱을 낀 채 태연하기 그지없는 얼굴로 계집과 사내놈의 싸움을 지켜보고 있었다.

빠드드드득.

감녕의 입에서 이 갈리는 소리가 새어 나오기 시작했다.

"매복을…… 매복을 뒀다 이거냐?"

자신이 역으로 당했다는 생각에 움켜쥔 주먹을 부들부들 떨며 감녕은 적들이 다가오는 소리에 정신을 집중했다.

　소리가 작다. 시간이 없지는 않은 셈.

　"가자! 위속의 목을 벨 것이다!"

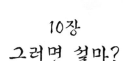

10장
그러면 설마?

"네놈의 머리통을 박살 내주마, 위속! 나와라!"

또 다른 수백 기의 기마가 무서운 속도로 가까워져 온다.

마초, 제갈영은 적의 말을 빼앗아 탄 채 혈혈단신으로 싸우는 중이고 우리 쪽의 나머지 병사들은 쌀 수레 사이로 파고드는 적들을 막아내느라 정신이 없다.

이 와중에서 저것들까지 오면 진짜 방법이 없다. 버티기는커녕 저 멀리에서 달려오고 있는, 내가 미리 준비시켜 놓았던 지원군이 도착하기도 전에 다 끝나 버릴 거다. 시간을 끌어야 한다.

내가 그렇게 생각하며 한 손에는 창을, 한 손에는 검을 들고 쌀 수레에서 내리는데.

"모조리 쓸어버려라!"

"와아아아아아-!"

낯선 목소리와 함께 수많은 병사들이 내지르는 함성이 들려왔다.

'뭐, 뭐지?'

당황스럽다. 내가 부른 건 어디까지나 백상이 이끄는 기마 이천 명인데 저것들은 보병인 모양이다. 생판 처음 보는 깃발을 휘날리며 놈들이 질주해 오고 있었다.

"네놈들은 뭐냐!"

"유벽 장군의 심복이다! 죽어라, 원술의 개들아!"

그러면서 마초와 제갈영을 포위한 채로 싸우고 있던 적들의 측면을 들이친다. 수도 없이 많은 장창이 적 기마의 심장을 꿰뚫고, 그들의 전마를 쓰러뜨리고 있었다.

저것들이 왜 여기에 나타난 건지는 모르겠다. 하지만 저것들, 우리 편이다. 그렇다는 건…….

"너희는 나 위속의 계책에 빠졌다! 지금이라도 무기를 버리고 투항한다면 목숨만은 살려주마! 투항하라!"

있는 힘껏 놈들을 향해 소리쳤다.

"계책이라니!"

"장군! 이게 어떻게 된 겁니까!"

"감녕 장군!"

"장군! 이제 어떻게 해야 하는 겁니까?"

놈들의 사이에서 혼란스러워하는 목소리가 울려 퍼지기 시작했다. 쌀 수레 쪽을 쉴 새 없이 공략하던 녀석들의 공격이 무뎌지는 것 역시 마찬가지.

그 와중에서 좀 전의 그 산적 두목과 같은, 감녕이 이를 악무는 모습이 시야에 들어왔다. 놈이 날 노려보며 동쪽에서부터 다가오는 기마대와의 거리를 재고 있었다.

"젠장. 퇴각한다!"

"어딜!"

감녕이 퇴각 명령을 내림과 거의 동시에 마초가 정말 미쳤다는 것 이외엔 아무런 말도 나오지 않는 기마술을 펼치며 적들의 사이를 꿰뚫기 시작했다. 그런 마초가 감녕의 코앞에 도착한 것은 정말 눈 깜짝할 새였다.

"어딜 도망가겠다는 것이냐!"

"도망은 누가 도망을 친다고! 전술적으로 잠시 물러나는 거다, 이 무식한 놈아!"

깡, 까강-!

한 차례씩 말을 주고받던 감녕과 마초가 한데 뒤섞이기 시작했다. 마초의 창이 감녕을 향해 쇄도한다. 감녕은 그것을 막아내며 어떻게든 마초를 떨쳐내고자 노력하지만, 지금은 막는 것조차 어려워 보였다.

그러는 사이.

"공격! 원술의 수하를 한 놈도 빠짐없이 모조리 척살하라!"

우리의 코앞까지 다가온 백상이 소리쳤다.

그 병력이 감녕의 병력 사이로 파고든다. 마초를 상대하느라 감녕이 이러지도 저러지도 못하는 사이, 그 휘하의 병력을 착실하게 줄여 나가고 있었다.

"이겼군."

중간에 조금 위험하기는 했지만, 이 정도면 확실하게 이긴 거다. 후후.

📱

사아아―

불어오는 바람에 갈대가 흔들린다.

쉴 새 없이 싸움이 벌어지는 와중에서 갈대밭에 들어가 몸을 숨긴 손권이 그 모습을 주의 깊게 살피고 있었다.

"나도 조금만 더 자라고 나면……."

위속이, 마초가, 제갈영이 그런 것처럼 적들에게 맞서 싸울 수 있을 것이다. 아직은 나이가 어려서 전장으로 나설 수 없지만 공명에게 병법을 배우고, 후성과 위월에게 부탁해 무공을 익히면 자신 역시 당당한 위속의 제자 중 한 사람으로서 밥값을 할 수 있을 터.

손권은 위속과 함께 위(魏)와 손(孫)의 깃발을 휘날리며 전장으로 나설 그 날의 모습을 떠올리고 있었다.

그랬는데.

저 옆에서 스르륵― 갈대밭 흔들리는 소리가 들려왔다.

바람이 분 건 조금 전이다. 그럼에도 갈대밭이 흔들린다는 건 뭔가 이곳에 또 다른 것이 있다는 이야기.

손권이 허리춤의 검집으로 손을 뻗었다.

"고, 공자?"

그때 익숙한 목소리가 들려왔다. 그 소리가 들려온 쪽으로 손권이 홱 고개를 돌렸다.

손권도 익히 아는, 청년 하나가 저 뒤쪽에 몸을 웅크리고 있다가 벌떡 일어나서는 더없이 반가워하는 얼굴로 그를 향해 다가오고 있었다.

"조루? 조 교위인가?"

"예, 공자! 저 조루입니다!"

주변을 두리번거리며 손권의 바로 옆으로 온 조루가 정말 반갑다는 듯 손권의 어깨를 부여잡고선 기분 좋게 웃는다.

그러다가 '이쪽이다!'라며 갈대밭 근처를 지나는 누군가의 목소리에 화들짝 놀라며 몸을 숙이고 있었다.

"조 교위가 여기엔 무슨 일로?"

"그러는 공자야말로 어떻게 된 것입니까? 주유 장군과 손책 장군께서 공자가 실종되신 이후로 얼마나 심려가 크신데요!"

"나야 뭐……."

"혹시 위속 그 벼락 맞아 죽을 놈에게 납치를 당하셨던 겁니까?"

적의 가득한 조루의 목소리에 손권이 인상을 찌푸렸다.

어둠 속이라 그 변화를 감지하지 못한 조루가 계속해서 말을 잇고 있었다.

"잘되었습니다, 공자. 저와 함께 돌아가시죠. 손 장군께서 정말 기뻐하실 겁니다."

"그렇겠지?"

"물론이죠! 비록 이 전장에서는 주공의 용병이 패배한 것 같지만, 괜찮습니다. 이 조루만 믿으십시오. 제가 책임지고 공자를 강남까지 모실 것입니다."

조루가 자신의 가슴을 탕탕 두드리며 말하고 있을 때, 손권이 고개를 끄덕이며 자신의 옆에 있던 사람 머리통만 한 돌덩이를 주워 들었다.

그 모습도 보지 못한 조루가 여전히 웃는 낯으로 주변을 두리번거리고 있었다.

"이쪽으로 가시…… 고, 공자? 공자!"

픽!

손권을 데리고 싸움이 벌어지고 있는 곳과는 반대쪽으로 나서려던 조루가 픽 쓰러졌다. 돌덩이로 있는 힘껏 조루의 머리를 내려친 손권이 슬금슬금 뒤로 물러나고 있었다.

"미안."

"어, 어째서……."

다리의 힘이 풀린 듯, 땅에 주저앉은 채 혼란스러운 얼굴로 조루가 말했다.

손권은 그런 조루를 뒤로 한 채 슬슬 싸움이 마무리되어 가는 전장을 향해 총총총 달려갔다.

"투, 투항! 투항하겠습니다!"

"죽이지만 마십쇼! 투항하겠습니다!"

"저희가 쓰던 무기 여기에 있습니다요. 헤헤, 나리들 힘드실까 봐 제가 직접 모아놨습니다요."

조금 전까지만 해도 죽을힘을 다해 싸우던 감녕의 병사들이 전세가 역전된 것을 느끼고선 스스로 무기를 버리며 투항하고 있다.

생긴 것도 도적 떼 같더니, 하는 것도 약간 그런 느낌이다. 이길 수 있을 것 같은 싸움에서는 엄청 열심히, 정말 죽어라 싸우지만, 전세가 뒤집히고 나서부턴 흐물흐물 녹아내리는 것 같다고나 할까?

"하, 정말로 내가 망하는 날이 오게 될 줄이야."

그런 와중에서 감녕이 어이가 없다는 듯 투구를 벗어 던지며 중얼거리고 있었다.

"야, 감녕. 너 어차피 쟤 못 이겨."

"붙어봤으니 나도 잘 안다. 괴물 같은 새끼잖아, 완전."

그렇게 말하며 마초를 노려보면서도 감녕은 손에서 창을 놓지 않고 있었다.

뭐랄까, 어지간해서는 항복하지 않을 것 같다. 그래도 내가 이름을 알 정도면, 쟤도 한가락 했던 장수 같은데 아깝다. 투항시킬 방법은 없으려나?

"이대로 죽긴 좀 아깝지 않냐? 항복하지그래?"

"항복하면 살려주겠다는 거냐?"

뭐, 뭐야. 이렇게 쉽게?

"살려주면 항복하겠다는 거야?"

"당연하지. 이런 곳에서 개죽음을 당해야 할 이유가 없잖아?"

당연하다는 듯 말하는 감녕의 그 목소리에 주변의 시선이 싸해진다. 유벽의 심복이라며 병사들을 이끌고 왔던 장수도 그렇고, 내가 부른 백상도 그러하며, 심지어는 제갈영 역시 좋지만은 않은 눈으로 감흥을 쳐다보고 있었다.

"좋아. 살려주마. 그 대신, 우리 형님을 위해 일해라."

"그건 좀 다른 얘기 같은데. 사실 내가 돈으로 움직이는 남자거든. 예전엔 서측에서 밀수로 재미를 좀 봤었는데 이젠 그 짓도 못 하게 돼서 말이야."

"돈이라?"

어째 좀 흥미로워지는데?

"얼마면 되겠어?"

"내가 지금껏 원공로에게 받던 봉록이 매월 오백 냥이다. 우리 애들을 먹여 살리는 건 원공로가 책임졌었고."

어째 말하는 걸 보니 원래 자기가 받던 것보다 살짝 높인 느낌이다. 만부장인 위월이가 매월 삼백 냥, 장료나 고순은 육백 냥인 것으로 알고 있으니까.

오백 냥이면 원술 쪽에서도 핵심 인력에 가까운 금액일 테니 감녕이 예주에 와 있는 걸 감안해 보면 한 삼백 냥쯤 되겠지.

음…… 얼마가 좋으려나?

"천 냥 주마."

"처, 천 냥? 진짜로?"

감녕의 눈이 동그랗게 커진다. 주변에서 그 이야기를 듣던 감녕의 부하들 역시 마찬가지. 심지어는 우리 쪽 애들조차 웅성이고 있었다.

천 냥이면 여러모로 다르기는 하지만 21세기를 기준으로 천만 원 정도 되는 액수니까. 어마어마한 녹봉인 셈.

"정말로 제게 매월 천 냥을 주시겠다는 겁니까?"

"어. 우리 형님은 원술하곤 그릇의 크기가 차원이 다르시거든? 그러니까 천 냥인 거야."

"가, 감사합니다! 목숨을 바쳐 충성하겠습니다!"

"돈에 왔다 갔다 하는 놈이 목숨은 무슨. 됐고, 조건이 있다. 이거 어디까지나 성과제거든? 의리 뭐 이딴 거 없어. 천 냥을 받는 만큼의 성과를 내지 못하면 그대로 계약 종료야. 무슨 말인 줄 알지?"

"좋습니다. 대신 성과가 더 좋으면 녹봉을 높여주실 수도 있는 거 맞죠?"

"성과만 보여, 성과만. 그러면 천 냥이 아니라 만 냥이 될 수도 있어."

"명심하겠습니다."

감녕이 씩 웃는다.

오냐, 지금은 웃겠지만, 나중에 가면 월급 좀 제발 줄여달라고 사정사정하게 될 거다. 사회가 그렇게 만만한 게 아니거든. 월급을 많이 주면 많이 주는 이유가 다 있는 거란다. 으흐흐.

"자, 그러면 첫 번째 성과를 거둬보자고. 지금껏 사재기해서 모아놨던 쌀 다 어디에 있냐? 그거 먼저 회수하는 거로 시작해 보자고."

"하, 피곤하다."

감녕을 갈궈서 그동안 사재기했던 쌀의 위치를 파악하고, 여남군에서 매수되어 있던 놈들의 명단까지 파악했다. 그다음으로는 쌀을 여남으로 옮겨서 비축분으로 쌓아두라는 명령을 내리기까지.

그 과정에서 알아보니 유벽은 정말로 와병 중이란다. 대화조차 못 할 정도로 심각한 건 아니지만 제대로 움직이질 못하는 와중에 내게 모든 권한을 위임하기로 했다고.

진궁이 얘기했던 복속을 어느 정도는 이룬 것 같아서 기분이 좋기는 한데…….

"왜 또 이렇게 죽간이 쌓이는 거야?"

미치겠다. 여남성 역관에 마련된 내 숙소로 죽간이 미친 듯이 몰려든다.

이거 피해서 여남까지 온 건데 왜 또 이래? 진짜 나랑 장난치는 건가?

"그동안 유벽 장군이 정사를 돌보질 못했으니까요. 매수당한 자들도 자기 잇속을 차리는 것에만 골몰했지, 제대로 업무를 볼 생각조차 없었을 거고요."

내 맞은편 자리에 앉아 차곡차곡 쌓이는 죽간을 살펴보던 제갈영이 말했다.

"지금 그게 중요한 게 아니잖아요. 나는 어디까지나 산양에서 쌓인 일들을 보기가 싫어서 여기까지 온 건데 이래 버리면. 쓰읍……."

입맛이 쓰다.

"진짜 일복 하나는 미치게 많다니까."

"제가 좀 도와 드릴까요?"

내가 혼자 중얼거리는데 내 눈을 번쩍 뜨이게 할, 제갈영의 그 목소리가 들려왔다.

죽간 하나를 펼쳐 잠시 살펴보던 제갈영이 별거 아니겠다는 듯 날 쳐다보고 있었다.

"총군사께서 허락하신다면 제가 좀 도와 드리고요. 금방 끝낼 수 있을 것 같은데?"

그러면서 정말 별거 아니라는 듯 웃기까지.

이 여자, 진짜다. 얼굴만 예쁜 줄 알았는데 싸움도 잘하고, 똑똑하고 배려심 깊기까지.

머릿속에서 댕댕댕 종소리가 들려오는 것 같다.

"부탁드리겠습니다, 제갈 선생."

"선생요?"

"일 도와주시면 다 선생님이죠."

내 말이 웃겼던 모양이다. 제갈영이 풋, 손으로 입을 가리며 웃더니 고개를 끄덕인다.

"도와 드릴게요."

"저, 그런데 하나만 물어봅시다."

"네?"

"유벽의 심복이라는 작자들이 우릴 도우러 왔었잖아요. 그건 소저의 안배였습니까?"

"아, 진도 장군요? 네. 제가 했어요. 장군께서도 뭔가 준비하시는 것 같기는 한데 유비무환이라고 하잖아요? 준비는 철저하면 철저할수록 좋은 거니까."

감녕에게 매수당하지 않은 이들의 명단을 가지고 있다던 제갈영의 그 말이 떠올랐다.

확실히 그랬었지.

'사, 사, 사랑합니다⋯⋯.'

그 말이 입 밖으로 튀어나오려는 걸 억지로 내리눌러 참았다. 벌써 그 말을 하긴 좀 그런 것 같아서.

"피로하실 텐데, 좀 쉬세요. 나머지는 제가 보도록 하죠."

"소저도 고생하셨는데 오늘은 두고 내일 하시죠."

"전 일하는 게 좋아요. 총군사님이 아니면 누가 여자인 제게 이런 일을 맡기겠어요?"

"아."

"전 괜찮으니 먼저 들어가서 쉬세요."

확실히, 시대가 시대이긴 하지.

나야 21세기에서 살았으니 여자가 됐건 남자가 됐건 능력만

좋으면 장땡이지만 이 시대에선 '어디 여자가!' 같은 소리가 심심찮게 들려오는 편이니까. 제갈영이 저렇게 일을 맡게 됐다며 좋아하는 마음도 이해할 수 있을 것 같다.

"그럼 부탁드리겠습니다, 제갈 선생."

평소 내가 진궁이나 제갈근, 사마랑에게 하는 것처럼 제갈영에게 포권하며 고개를 숙여 보이고선 역관의 방으로 돌아왔다.

진짜 피곤하다. 지금은…… 씻는 것도 귀찮다. 그냥 바로 잠들어 버려야 할 것 같다.

쏴아아아아-

침상에 누워 잠을 청한 지 얼마나 됐을까. 익숙한 바람 소리와 함께 방 안을 가득 메운 짙은 안개가 시야에 들어온다. 정신도 맑다.

"무릉도원? 벌써…… 가 아니구나."

마지막으로 무릉도원에 들어온 게 조조를 도우러 가기 직전이었으니까.

그 이후로 수많은 일이 있었는데 이제야 한 달이 지났다는 게 오히려 놀랍기만 할 정도다.

나는 그렇게 생각하며 머리맡에 있는 핸드폰을 꺼내 들었다.

이제는 익숙해지기만 한 손놀림으로 핸드폰을 켜 무릉도원에 접속하니 한글로 된, 온갖 글들이 잔뜩 떠올라 있었다.

'삼국 장군전 이거 미친 거 아님?', '삼국 장군전 능력치 완전 개판임. ──', '삼장전 제작자가 위까임에 틀림이 없다'

"삼장전이라니?"

다른 말이 없으면 그냥 넘어갔을 텐데 위까라는 말이 있으니 괜히 신경이 쓰인다.

〈아니, 진짜 내가 다른 건 다 이해하겠는데 위속이 무력 74에 지력 93 정치 85 매력 80이라는 게 말이 됨?? 이래놓고 가후랑 저수, 주유는 지력 정치 둘 다 99인데 님들 이게 말이 되는 것 같음?〉

└전풍좌: 위속 개거품인 거 이제 알 사람들 다 아는데 저게 왜 말이 안 됨? 난 오히려 삼장전 제작사가 삼잘알들인 것 같은데??

└위속위문숙(글쓴이): ㅋㅋㅋㅋㅋㅋㅋㅋㅋㅋㅋㅋㅋㅋㅋㅋㅋㅋ 실질적인 기상학의 창시자이자 전쟁만 하면 무조건 이기다시피 한 게 위속인데 이게 거품이라구여?? 원빠들 진짜 양심 어따 버렸음??

└프린스원소: 까놓고 위속이 그렇게 고평가 받는 거 다 진수한테 돈 먹여서 그런 거잖슴. ── 사람이 신선이 아니고서야 멀쩡한 땅을 호수로 만들고 동남풍 만들고 하는 걸 어떻게 함?

└갓문숙승상: 진수는 233년에 태어났는데 230년대 이후론 행적 자체가 묘연한 위속이 어케 뇌물을 주죠?? 말이 되는 소리 좀;;

└여봉봉선: 줬다고 해도 웃길 수밖에 없어요. 진수가 정사 삼국지를 쓰기 시작한 게 수십 년 뒤인데 그걸 한참 전에 예견하고 뇌물 줄 정도면 리얼 예언자임. ㅇㅇ

미래에서 내가 나오는 삼국지 게임이 발매된 모양이다.

"흠."

그냥 뒷맛이 좀 안 좋다.

뽀록으로 한 거긴 하지만 내가 안량도 잡고, 장합이랑도 일기토 한 적이 있는데 그래도 무력 74는 좀 너무 심한 거 아닌가? 인간적으로 85 정도는 줘야지.

"하여간 원소나 조조, 원술 좋아하는 놈들은 다 별로라니까."

이름부터 시작해서 하는 짓이며 생각하는 거며 다 별로다. 그러니 그런 놈들을 좋아하는 애들도 다 별로일 수밖에. 역시 빛빛빛은 우리 여포 형님 한 분뿐이시지.

내가 그렇게 생각하며 자유 게시판을 나와 삼국지 토론 게시판으로 향했다.

그랬는데.

토론 게시판 최상단에 있는, 댓글도 몇 개 달리지 않은 글 하나가 시야에 들어왔다.

"관우가 술이 식기 전에 돌아오지 못한 이유…… 라고?"

〈주유의 기만책에 속은 유비가 병력 상당수를 재배치했다가 바로 통수 맞고 그대로 멸망함. ㅋㅋㅋㅋ 주유 진짜 개쩌는 듯. 위속한테 몇 번 당하고서 완전 절치부심해서 칼 갈다가 한방에 다 털어버리는 거 졸멋인 듯. ㅇㅇ〉

"뭐야?"

주유가 서주를 한 방에 털다니? 원술은 지난번에 수춘을 뺏긴 이후로 강남을 정복하고서 얌전히 지내는 중 아니었나?

당혹스러운 마음에 원술, 서주를 키워드로 검색해 보니 또 다른 글들이 쏟아져 나오기 시작했다.

'원소-원술 연합군 vs 여포', '대군사 방통의 화려한 데뷔전', '유비 삼형제의 최후', '한 명의 천재와 두 준걸의 싸움' 같은 제목들이 잔뜩 있다. 너무 갑작스럽기 그지없다.

그래도 역시 무릉도원인 것 같다. 딱 문제가 되는 상황을 해결할 방책까지 나오다니.

"흐흐."

나는 기분 좋게 웃으며 '위속이 방통-주유 연합군을 격파할 방법에 대해 ARABOJA'를 클릭했다.

〈는 그딴 방법 없음. ㅋㅋㅋㅋㅋ 상식적으로 다른 놈도 아니고 방통이랑 주유가 각 잡고 병력을 30만, 15만씩 동원하면서 남북으로 기습해서 쳐들어간 건데 그걸 위속이 어떻게 막음?ㅋㅋㅋㅋㅋㅋ 어떻게 운 좋게 위속이 하나는 막았다고 쳐도 나머지 하나는 뭐 어쩌려고? 그냥 여기서 위속이랑 여포는 망할 만해서 망했음. ㅇㅇ 여포 말고 조조가 여기에 있었어도 똑같이 망했을 거임. ㅇㄱㄹㅇ ㅂㅂㅂㄱ ㅃㅂㅋㅌ ㅇㅈ? ㅇㅇㅈ〉

"이런 시발? 이런 걸 가지고 낚시를 해?"

열이 확 오른다.

나도 모르게 핸드폰을 집어 던질 뻔했는데 그 아래로 줄줄이 달린 댓글들이 시야에 들어왔다.

찾아야 한다. 주유, 방통이 진짜 각 잡고 쳐들어온 거다. 지난번처럼 방법도 못 찾고 무릉도원을 나가는 일은 없어야 한다. 무조건이다, 진짜.

└위속킬러방통: 위속이 한 네 명쯤 되면 막을 수 있을 듯. 근데 현실은 뭐였다? ㅋㅋㅋㅋㅋㅋㅋㅋㅋㅋㅋㅋㅋㅋ

└킹왕저수지: 이때 위속이 진짜 악전고투하긴 했는데 애초에 시작부터 승부는 정해진 싸움이라 ㅡㅡa 저수, 전풍 당하는 거 보고 방통이 각 완전 날카롭게 세웠죠.

└조건달: 병사 수, 장군, 책략 전부 여포가 지고 시작한 싸움임. 시벌 이때 위속이 여포랑 같이 죽을 게 아니라 조조한테 왔으면 개이득이었을 건데 진짜 개아쉬움.

└주유핵미남: ㅁㅊ 위속이 조조한테 가면 퍽이나 조조 위해서 싸우겠다. 조조 이용해서 여포 부흥 운동이나 안 하면 다행이지. ㅡㅡ 조조가 위속을 컨트롤할 수 있을 것 같음????

└프린스원소: 원소가 위속 포로로 잡아놓고서 어떻게든 자기 부하로 써먹겠다고 반년 동안 눈물의 똥꼬 쇼하다가 저거 안 죽이면 자기들이 죽어버릴 거라고 저수랑 전풍이랑 방통까지 나와서 협박하는 바람에 어쩔 수 없이 죽였잖음;; 그런 우주 대괴수 위속을 조조가 제어한다고??? 웃고 갑니다. ㅎ

"쉬벌……."

여봉봉선 왜 없는 거야. 위속위문숙, 돌돌허저 너네 왜 다 안 보이는 거니. 이쯤에서 내가 이렇게 했으면, 여포네가 이렇게 했으면 이겼을지도 모른다고 댓글 다는 게 하나 정도는 있어야 하지 않아?

어떻게 해서라도 찾아야 한다. 이 꿈에서 깨어나기 전에 해결 방법을, 내가 살 길을 찾아야 한다.

📱

쏴아아아아아아-

바람 소리가 들려온다. 꿈속에서 들었던, 온 세상이 녹아내리던 그때와 같은 소리다.

눈을 뜨니 강풍이 불어오는 것인지 내 방 창문이 흔들리고 있었다.

저런 모습을 보니 더 심란해진다.

침상에서 일어나 대충 이불을 끌어안고서 밖으로 나갔다.

찬란한 태양이 떠오르고, 하늘도 더없이 맑다. 평소 같으면 참 날씨가 좋다고 생각했겠지만, 지금은 한숨만 나온다.

1,402개의 댓글을 봤으나 그중 내가 유리하다는 댓글은 단 하나밖에 없었다. 가망이 없어.

"총군사님?"

내가 그러며 역관의 마당에 서 있는데 제갈영이 다가왔다.

언제 옷을 갈아입은 건지 여느 귀족 가문의 여식들과 별반 다를 바 없는, 곱디고운 옷차림이 된 제갈영이 그 청초한 얼굴로 날 쳐다보고 있었다.

"안색이 너무 안 좋으신데. 괜찮으세요?"

"하, 하하……. 괜찮아야 하는데 괜찮지가 않네요."

"무슨 일이 있으신 건가요?"

진짜 걱정스럽다는 듯 제갈영이 말하는데 빈말로도 괜찮다고는 못 하겠다.

"유벽 장군이건, 권한 대행이건 이쪽 사람들을 만나러 가봐야겠습니다."

📱

"공격하라!"

"있는 대로 퍼부어라! 한 놈도 올라오게 둬서는 안 될 것이다!"

"돌을 던져라! 기름을 뿌려라! 아무것도 없으면 모래라도 뿌리란 말이다!"

서주 남쪽의 하비성. 그 성벽 위에서 백부장, 천부장들의 목소리가 사방에서 울려 퍼진다.

산양보다 두 배 가까이 높은 그 성벽에 걸린 사다리를 타고 개미 떼보다 많은 원술군이 꾸역꾸역 밀고 올라오는 중이었다.

"사군께 은혜를 갚기 위해서라도 성은 꼭 지켜야 하네! 어서 나르시게!"

그런 와중에서 하비성의 백성들이 성내에 있는 돌을, 저 아래에서 끓인 물과 기름을 성벽 위로 나르고 있기까지 했다.

"장군. 확실히 적들의 공격이 거세지만 막기에 어려움이 있을 것 같지는 않아 보입니다."

성루에서 그 모습을 응시하던 통통한 체형의 장수, 미방이 말했다.

관우는 아무런 말도 없이 가볍게 고개를 끄덕이며 기다랗게 늘어뜨린 자신의 수염을 만지작거렸다.

그러면서 관우는 저 멀리 성벽 아래서 휘날리는 원(袁)의 깃발을 응시하고 있었다.

"적들은 두렵지 않으나 서주성의 상황이 걱정스러울 뿐일세."

"심려치 마십시오, 장군. 서주성에 계실 주공 곁에는 익덕 장군과 이만 명의 정예 장병이 함께이질 않습니까."

괜찮아야 할 거다. 괜찮아야 한다.

계속해서 수염을 쓰다듬으며 관우는 얼마 전, 하비를 지나 북상해 올라가던 원술 대군의 모습을 떠올렸다.

그 병력이 총 십오만이나 된다고 했다. 그중 삼만 명이 하비를 포위한 것이고, 나머지 십이만은 여세를 몰아 서주의 중심부라 할 수 있는 서주성으로 북상해 올라간 상태.

남쪽에서 원술이 공격해 올 것이라고는 예상조차 하질 못했던 만큼, 서주성의 상황 역시 심각할 거다. 서주의 행정적인 중심지일 뿐, 군사적인 기능은 하비보다 떨어지는 만큼 어쩌면 이미 함락당했을지도 모를 일이고.

거기까지 생각이 미쳤을 때, 관우는 앉아 있던 자리에서 벌떡 일어나 미방이 힘겹게 붙들고 있던 청룡언월도를 건네받으며 성 밖의 모습을 응시했다.

쉴 새 없이 공격을 퍼붓던 원술군이 병력을 물리고 있다. 그런 와중에서 기(紀)의 깃발을 휘날리며 장수 기령이 책사 염상과 함께 앞으로 걸어 나오고 있었다.

"관우! 이것이 무엇인 줄 아는가?"

기령의 손가락이 저 뒤를 향한다. 그곳에 웬 병사들이 유(劉)가 적혀 있는 깃발을 들고 있다.

그것을 목격한 순간, 관우의 눈이 튀어나올 듯이 커지고 있었다.

"저, 저것은!"

옆에서 함께 지켜보고 있던 미방을 비롯한 부장들 역시 마찬가지.

"네놈들의 주군 유비가 가는 곳이라면 어디나 따라간다는 장군기다! 서주성이 떨어지기 직전이라고 주공근이 보내며 자랑하더군. 관우 네놈은 유비, 장비와 한날한시에 죽기로 맹세했다지? 곧 그 맹세를 지켜야 할 것이다!"

그렇게 말하던 기령이 껄껄 웃으며 진중으로 돌아갔다.

있는 힘껏 움켜쥔 관우의 주먹이 부들부들 떨리고 있었다.

"슬슬 나오겠지?"

늦은 밤중, 하비성의 모습을 쳐다보며 기령이 말했다.

"그럴 것이외다. 관운장은 신의에 살고 신의로 죽는 자. 다른 것도 아니고 유비가 죽을 위기라면 모든 것을 내팽개치고서라도, 심지어는 자신이 죽게 될지라도 움직일 것이오. 심지어는 그 장군기조차 진실로 유비의 것이질 않았소이까."

그 옆에서 염상이 자신의 짤막한 수염을 매만지며 답했다. 그런 염상의 시선이 원술군 영채의 입구 쪽에 걸린 유비의 장군기를 향해 있었다.

"내 비록 주공근에게 총군사의 자리를 빼앗기기는 했으나 그 능력을 의심치는 않소. 관우는 오늘 밤 확실히 성을 빠져나올 것이외다."

"그럼 오늘 우리는 공을 세울 수 있겠군. 관우의 목을 자를 땐 어떻게 해야 하지? 이렇게 하는 건가? 아니면 요렇게?"

자신의 앞에 관우를 무릎 꿇려 앉혀놓은 것을 상상하며 이리저리 포즈를 잡아보던 기령이 혼자 히죽 웃으며 중얼거렸다.

그때, 기령이 갑자기 자신의 어깨를 부여잡았다.

"크윽."

"왜 그러시오? 또 그때의 부상 때문에 그러시외까?"

걱정스럽다는 듯 반문하는 염상의 목소리에 기령이 인상을 찌푸렸다.

"여포, 그 인간 같지도 않은 놈 때문에."

"걱정마시오, 장군. 서주를 토벌하고 나면 다음 차례는 연주가 될 것이니. 그 괴물 같은 놈도 빠르면 올해 안에, 늦어도 내년까지는 세상에서 사라지게 될 것이외다."

"흐흐흐. 위속 그자 역시 마찬가지이질 않겠소."

여포에게 부상당했던 그 부분이 다시 또 아프지만 기령이 정말 기분 좋게 소리 내며 웃기 시작했다.

"내 여포, 위속 그 두 놈이 머리 없는 귀신이 되는 걸 생각하는 것만으로도 기분이 좋소. 그거만큼 행복한 일이 없단 말이지. 만약 우리가 그자의 목을 베게 된다면 내 꼭 그 얼굴에 침을 뱉어줄 거외다."

횃불을 거의 다 꺼놓은, 어둡기 그지없는 영채의 한가운데에서 기령이 주먹을 움켜쥐었다.

상상하는 것만으로도 십 년 묵은 체중이 쑥 내려간다는 것처럼 행복한 얼굴을 하고 있던 기령이 갑자기 코를 킁킁거렸다.

"왜 그러시오?"

"죽음의 냄새가 나는 것 같소. 계책이 성공할 징조인 모양이군."

기령은 그렇게 말하며 자신의 무기를 챙겨 말 위에 올라 병사들을 이끌고 매복 장소로 이동하기 시작했다.

그 모습을 본 염상은 채신머리가 없다며 혼자 고개를 절레절레 젓고 있었다.

그렇게 얼마 지나지 않은 시점에서.

끼이이이익-

하비성의 성문이 열리며 관(關)의 깃발을 휘날리는 오천 기마가 은밀히 빠져나오기 시작했다.

저벅, 저벅.

야음을 틈타 성을 빠져나오며 관우는 주변을 돌아보았다. 야습할 것이라고는 생각지도 못한 듯, 기령의 영채는 어둡기 그지없다.

저 안쪽에선 삼만 병력이 극히 일부의 경계병만을 남겨둔 채 편안히 잠들어 있을 터. 저것들을 습격해서 모조리 쓸어버리고 기령의 목을 벤 뒤, 곧장 서주성으로 달려가면 된다. 그러면 유비를 구할 수 있을지도 모른다.

관우는 그렇게 생각하며 청룡언월도를 쥔 손에 힘을 더했다.

그런 관우가 말의 배를 걷어차며 저 앞을 향해 질주하기 시작했을 때, 뿌우우우우우- 뿔 나팔 소리가 울려 퍼지며 유비군 병사들이 함성을 내질렀다.

"원술의 개들을 쓸어버리자!"

"와아아아아아아아-!"

지금쯤이면 원술군은 부랴부랴 잠에서 깨어나 제대로 움직이지도 않는 몸을 억지로 가누며 야습에 대응하고자 하고 있을 것이다.

관우는 그렇게 생각하며 선두에서 기세 좋게 원술군 영채의 목책을 부수며 그 영채 안쪽으로 달려 들어갔다.

그랬는데.

"……."

조용하다. 이런 기습을 당했다면 혼란에 빠진 병사들이 사방에서 아우성치며 도주하기 시작했을 터다. 하지만 너무도 조용하다.

순간 관우의 얼굴이 딱딱하게 굳어졌다.

"퇴각……."

관우가 채 명령을 내리기도 전에.

둥- 둥- 둥- 둥-!

멀찌감치 떨어진 곳에서 북소리가 울려 퍼진다.

동시에 관우의 병사들이 외치던 것과는 비교도 되지 않을 정도로 커다란 함성이 사방에서 울려 퍼지며 수도 없이 많은 횃불이 나타났다. 그 병력이 관우를 향해, 그 휘하의 병사들을 향해 질주해 오고 있었다.

"귀 큰 놈의 병사들을 모조리 척살하라!"

"관우의 목을 베는 자에게는 주공께서 백금을 내리고 식읍을 하사하실 것이다! 수염이 길고 얼굴이 붉은 놈이 관우이니 그 목을 베어라!"

기령의 것임에 분명한 외침이 원술군 부장들의 사이에서 또렷이 들려온다.

관우가 고개를 돌려 뒤를 쳐다봤다. 하비의 성문으로 가는 길목을 어딘가에 매복해 있던 원술군 병사들이 틀어막는 중이다.

어찌어찌 저것을 돌파해 성으로 돌아갈 수는 있지만, 그 과정에서 오천에 달하던 이 병력은 반절, 어쩌면 반의반으로 줄어들게 될 터.

"형님…… 미안하오."

나지막이 중얼거리던 관우가 하늘을 올려다보고선 중얼거리더니 이를 악물고서 소리쳤다.

"내가 길을 뚫을 것이다! 연주로 가 우리의 상황을 알려라! 위속 장군이 우리의 사정을 알게 되면 이 위기를 해소할 수 있을 터! 내 목숨으로 길을 뚫을 것이다!"

관우가 말을 달려 원술군을 향해 질주했다.

그런 관우를 향해 수백 명이나 되는 병사들이 창을 들이밀기 시작했다. 관우가 청룡언월도를 휘두르며 그 창을 쳐내고, 병사들을 베어 넘기기 시작했다. 가히 양 떼 사이에 뛰어든 맹수나 다름이 없는 모습.

하지만.

"끄아아아악!"

"과, 관우 장군, 장군! 살려주십……."

"으으윽!"

"어, 어머니……."

그 뒤에서 압도적인 숫자로 달려드는 원술군 병사들에게 앞길을 막힌 유비군 병사들은 허망하게 죽어가고 있을 뿐이었다.

관우가 입술을 질끈 깨물었다. 입술이 터지고 피가 주룩 새어 나오고 있었다.

"장군! 병사들을 보내실 게 아니라 장군께서 직접 길을 뚫고 연주에 구원을 청하러 가셔야 합니다!"

그런 관우를 향해 미방이 달려와 소리쳤다. 관우는 대답하지 않았다. 그저 미친 듯이 적병을 베어 넘길 뿐이다.

관우의 입가에서 흐르는 핏줄기가 점점 더 굵어지고 있었다.

"장군! 주공을 위해서라도 살아남아 후일을 도모하셔야 합니다! 이리 막무가내로 적들을 베다가 장군께서 전사하시기라도 한다면 저승에서 주공께 어찌 그 죄를 청하려 하십니까!"

"형님께서 살아남지 못하신다면 나 역시 이곳에서 장렬……."

하게 죽어버릴 것이다!

그렇게 말하려던 관우의 시선이 서쪽을 향했다.

두두두두두두-

그곳에서 들려올 리가 없는, 그러나 정말 반갑기 그지없는 말발굽 소리가 들려오고 있었다.

"원술 담당 일진 위속 님이 오셨다! 덤벼, 이 짜식들아!"

마초, 제갈영과 함께 선두에 서서 오추마를 달리며 내가 소리쳤다.

"위, 위속이라고?"

"위속이 나타났다니? 어째서!"

"으아아아악! 위속이 나타났다!"

"저승사자, 저승사자가 왔다!"

원술군 병사들의 사이에서 당황한 목소리들이 울려 퍼진다.

흐흐. 내가 지금까지 원술을 좀 많이 때리기는 한 모양이다.

성 근처에서 매복해 관우의 병사들을 때려잡던 원술군 놈들이 당황하며 물러나고 있었다.

"가자, 마초! 관우를 구해!"

"예!"

여전히 갑옷이라곤 전혀 입지 않은, 그냥 평상시 입고 다니던 옷만 한 벌 걸친 채 창을 꼬나잡은 마초가 원술군의 사이로 파고든다. 그 뒤를 내가 예주에서 급하게 끌고 온 기병들과 함께 치고 들어갔다.

퍼어어어억-!

대 기병 방진조차 제대로 펼치지 못한, 원술군 병사들이 무방비로 말에 부딪치며 쓰러져 간다.

"싸워라! 숫자는 우리가 더 많다! 위속도 사람이니 창으로 찌르면 죽는단 말이다!"

"위속을 잡으면 주공께서 백금이 아니라 천금을 내릴 것이다! 어쩌면 주공의 따님과 결혼할 수 있을지도 모른단 말이다! 무조건 잡아라! 위속을 찌르라고!"

"우리가 저승사자를 어떻게 잡는답니까! 짚 지고 불길 속으로 뛰어드는 꼴 아니오!"

"천금을 받고 싶으면 그대나 가시오!"

몇몇 부장들이 목이 터져라 소리치며 전투를 독려하지만 같은 부장조차 말도 안 된다고 생각한 모양이다.

우리가 도착하기 전까지만 하더라도 관우와 그 휘하 병력을 전멸시킬 것처럼 맹렬하게 싸우던 원술 쪽 병사들이 완전히 기세가 꺾여 전의를 잃고 도망치고 있다. 그것도 내가 무서워서.

무슨 신묘한 계책을 펼친 것도 아니고, 그냥 내가 나타났다는 사실 하나만으로도 다들 무서워서 도망치는 거다.

'이거 기분 좋은데?'

"이래서 형님이 전장에 나오는 걸 좋아하는 건가?"

내가 그렇게 중얼거리고 있을 때, 저쪽에서 몹시 익숙한 느낌의 장군 하나가 다가왔다. 붉은 얼굴에 수염을 기다랗게 기른 채 청룡언월도로 무장한 관우다.

관우가 믿을 수 없다는 듯 날 쳐다보고 있었다.

"위속 장군…… 그대가 어찌 이렇게 빨리……."

"천기를 읽었더니 장군의 별이 기운을 잃었기에 달려왔습니다."

"허, 허어…… 정말로 천기를 읽으면 그런 것까지 알 수가 있단 말이오?"

"뭐, 그런 거죠."

설명하기 귀찮아서 대충 둘러대는 건데 이게 또 먹히네?

아무것도 없던, 옛날의 내가 이런 말을 했다면 관우는 쌀쌀맞은 얼굴로 택도 없는 소리 하지 말라 면박을 주지 않았을까 싶다.

하지만 지금은 위속이라는 두 글자가 주는 무게감이 있으니까 이것도 먹히는 거겠지. 흐흐.

"장군. 적들을 추격할까요?"

내가 혼자 웃고 있을 때 마초가 다가왔다.

"아냐. 뭐가 더 있을 줄 알고 추격해? 만족함을 알고 물러나야지."

"알겠습니다."

"위속 장군! 이것 좀 보시죠!"

마초가 고개를 끄덕이는데 이번엔 또 감녕의 목소리가 들려왔다. 감녕이 웬 중년인을 포로로 붙잡아 끌고 오는 중이었다.

"갑자기 안 보인다 했더니. 뭐냐? 뭘 잡아 온 거야?"

"이놈이 적의 상장 기령입니다. 제가 특별히 적진으로 침투해서 생포한 거죠."

"오, 그래?"

"이게 제 가치라는 겁니다. 어떻습니까? 돈값 하죠? 천 냥이 아깝지 않죠?"

녀석이 뿌듯하기 그지없는 얼굴로 기령의 등을 툭 치니 놈이 픽 쓰러져 무릎을 꿇는다. 그런 기령이 내가 무슨 저승사자라도 되는 것처럼 쳐다보고 있었다.

"어쩐지 죽음의 냄새가 나더라니…… 그게 위속이 오는 냄새였구만. 허허허……."

"기습이 먹혀서인지 우리 쪽의 피해는 거의 없다시피 하네요."

넋이 나가 있는 기령을 어떻게 처리할까 고민하고 있던 내게 제갈영이 다가와 말했다.

전투의 와중에서 몸을 격렬하게 움직인 탓인지 상투 틀 듯 곱게 말아 올렸던 머리가 엉성하게 풀어 헤쳐져 있다. 그런데 이렇게 보니 이게 또 예쁘다는 생각이 든다.

"왜 그렇게 보세요?"

"내가 뭘요?"

"눈빛이 좀 묘했는데."

"생각을 좀 하느라. 그래서 묘하게 보였을 겁니다."

눈치도 빠르네.

그렇게 말하고 있는데 저 멀리에서 살아남은 유비군의 여러 부장과 이야기를 나누던 관우가 다가오고 있었다.

"장군. 우릴 구해줘서 참으로 고마우나 아쉽게도 더 이야기를 나눌 상황이 아닌 것 같소. 우린 한시라도 빠르게……."

"서주성으로 가시려는 거죠?"

관우가 순간 멈칫하더니 날 쳐다본다.

"어떻게 안 것이오?"

"우리도 그러려고 왔으니까요. 서주가 위급하고, 유비 장군이 위급하니 저도 돕겠습니다."

"위험할 것이오. 아니, 어쩌면 죽으러 가는 것이나 다름없는 일이 될 수도 있소. 지금 서주에선 원술의 십오만 대군이, 원소의 아들놈이 이끄는 오만 병력이 활개를 치고 다니는 중이외다. 여 사군이 직접 대군을 이끌고 오는 게 아니라면 지금과 같은 규모로는……."

관우가 말꼬리를 흐리며 침울한 얼굴로 수염을 쓰다듬는다. 이 상태로는 정말 답이 없다는 것처럼.

나도 그렇게 생각하고 있기는 하다. 하지만 방법이 이것밖에 없는 걸 어떻게 해.

"그런 위험도 함께 겪으며 도움을 주고받는 것이 동맹 아니겠습니까? 아마 저희 형님께서도 이런 제 결정을 이해해 주실 겁니다."

"그게 정말이시오?"

"당연하죠."

내가 그렇게 말하니 관우가 말없이 날 쳐다본다. 그윽하기 그지없는 그 눈빛에서 꿀이 뚝뚝 떨어지는 것 같다는 생각마저 들 정도.

"내 맹세하오. 오늘의 은혜는 결코, 꿈에서조차 잊지 않을 것이며 시간이 얼마가 걸리건 보답할 것이오. 살아서 갚지 못한다면 죽어서라도 보답할 것이외다."

내가 안 죽고 살아남으려고 돕는 건데. 이 양반, 약간 오해한 것 같다. 뭐, 그래도 굳이 오해를 정정해 줄 필요는 없을 터.

"가시죠. 서주성을 구원하려면 지금 당장에 출발한다고 해도 모자랄 테니."

"그럽시다."

"출발한다!"

관우의 뒤에 있던, 동글동글한 체형에 꽤 귀여워 보이는 청년의 외침과 함께 우리는 움직이기 시작했다.

시작이 좋다. 이렇게만 하면…… 유비를 구할 수 있겠지?

이틀을 꼬박 달렸다.

중간중간 정말 휴식도 최소한으로 하며 강행군을 이어나간 끝에 서주성 근처에 도착했는데.

"젠장."

서주성의 성벽 위에서 원(袁)의 깃발이 휘날리고 있다.

유비가 아니라 원술이다. 그 말은 곧 서주성이 원술의 손아귀에 떨어졌다는 의미.

"혀, 형님께서……."

관우가 이를 악문다. 안 그래도 벌겋던 그 얼굴이 더더욱 붉게 달아오르고, 청룡언월도를 쥔 손이 분노로 부들부들 떨리고 있었다.

"총군사님! 근처 농가에 숨어 있던 패잔병을 찾아왔습니다."

그런 와중에서 우리 쪽 병사 하나가 꼬질꼬질한 모습의 젊은 남자 하나를 데리고 왔다. 갑옷도, 군복도 버리고 거지꼴을 한 남자가 살짝 얼이 빠진 모습으로 날 쳐다보고 있었다.

"자, 장군?"

관우가 말에서 번쩍 뛰어내리더니 그 병사를 향해 성큼성큼 걸어갔다.

여전히 얼이 빠진 얼굴로 있던 병사의 눈이 동그랗게 커진다. 관우의 모습을 알아본 모양.

"형님, 형님께선 어떻게 되셨느냐!"

"관우 장군님이십니까? 맞으시죠? 관우 장군님?"

"형님께서 어떻게 되셨는지 묻고 있잖느냐!"

격양된 목소리로 관우가 소리친다.

병사가 헤실헤실 웃으며 손가락으로 저 멀리, 북쪽을 가리켰다.

"주공…… 어제 성이 떨어져서 도망치셨습니다. 어제요. 바로 어제. 흐흐흐…… 다 죽었어요. 다 죽었다고요."

"헛소리하지 마라! 형님께서 소천하시다니! 말도 안 된다!"

"살았죠…… 주공이야. 나머지는 다 죽었지만."

"어디냐! 주공께선 어디로 간 것이냐!"

병사가 다시 손을 들어 올린다. 그 손가락이 북쪽을 가리킨다. 관우의 시선이 손가락을 따라 북쪽으로 옮겨졌다.

'유비가 북쪽으로 도망갔다는 건가?'

관우가 이를 악물고선 나지막한 목소리로 병사와 몇 마디를 나누더니 다시 말 위에 올랐다. 그런 관우의 얼굴이 잠깐 사이에 몇 년은 늙어버린 것처럼 보일 지경이었다.

"북쪽으로 가야 할 것 같소."

"유비 장군이 그리로 가셨다면 당연히 그래야죠."

내가 그렇게 말하며 주변을 돌아보는데 제갈영이 의아하다는 얼굴로 날 쳐다본다.

"서주에는 지금 이십만이나 되는 대군이 돌아다니고 있어요. 우리가 지금껏 파악한 대로라면 주유가 십오만, 원담이 오만 명을 이끌고 있죠. 반면 우리와 함께하는 병력은 고작 해봐야 이만 오천 정도에 불과해요."

제갈영이 저 뒤편에 정렬해 있는 우리 쪽 병사들을 한 차례 응시하며 말했다.

하비성을 구하기 위해 예주에서부터 끌고 온 병력이 이만명, 그리고 관우가 원래부터 데리고 있던 병력이 오천이 약간안 되는 수준이다.

"한동안은 어렵지 않게 돌아다닐 수 있겠죠. 하나 오래 지나지 않아 발각당할 수밖에 없어요. 길어야 며칠이겠죠. 원술의 대군에 급하게 징집한 신병이 다수 포함되기는 했지만 그렇다고 해서 눈이 없고 귀가 없는 것은 아니니까요."

음색의 고저가 거의 없는, 평온하면서도 차분하기 그지없는 제갈영의 목소리가 들려왔다.

옆에서 관우가 고개를 끄덕이고 있었다.

"아니, 원소도 그렇고 원술도 그렇고 무슨 놈의 병력이 이렇게 썩어 난단 말입니까?"

그런 와중에서 통통한 체형에 얼굴도 동글동글해서 귀여운 장수, 미축이 황당하다는 듯 나와 제갈영을 쳐다보며 말했다.

"병력이 썩어 난다니요?"

"소저는 여인의 몸이니 잘 모르시겠지만, 원소는 산양에서 대군이 수몰당했고, 원술은 세양에서 화공으로 대패를 당하지 않았습니까. 그러고도 이렇게 많은 병력을 끌어온다는 건 말도 안 되는 일입니다. 뭔가 잘못돼도 한참 잘못된 거라고요!"

"예?"

뭔가 좀 이상한 소리를 들은 것 같은데.

내가 그렇게 생각하며 고개를 돌려보니 제갈영도 나와 비슷하게 느낀 모양이다. 그녀가 뭔가 말로 표현하기 어려울 복잡한 얼굴로 미축을 쳐다보고 있었다.

"원소는 공손찬을 제거하고, 그 잔당을 흡수하며 칠십만에 이르는 대군을 손에 넣었어요."

"그, 그러면 지난번에 삼십만을 다 잃고도 또 삼십만을 데리고 내려왔다는 겁니까? 후방에는 겨우 십만 병력만을 남겨두고요?"

"아니요. 아직도 기주, 병주, 유주, 청주엔 사십만에 육박하는 병력이 남아 있을 거예요. 산양에서 삼십만 대군이 수몰당했다고 해도 전부 몰살당한 건 아니니까."

"몰살당한 게…… 아니라고요?"

뒤통수를 한 방 얻어맞기라도 한 것처럼 미축이 두 눈을 동그랗게 뜨고선 반문했다.

제갈영이 고개를 끄덕이고 있었다.

"실질적으로 산양에서 죽거나 다쳐서 불구가 된 건 오만 명에서 팔만 명 정도였어요. 나머지는 물에 젖은 생쥐 꼴이 돼서 원소의 영역으로 도망쳤고요. 당시 총군사께선 그들을 추격하는 것보단 군량을 처리하며 전투를 지속할 능력을 제거하는 것에 집중하셨거든요. 원술은 아까 말했던 것처럼 신병을 대거 징집하고, 강남의 호족을 평정하며 얻은 병사들을 군영에 합류시켰고요."

제갈영이 그렇게 말하니 멘탈이 박살 난 와중에서도 관우가 감탄스럽다는 듯 그녀를 쳐다본다. 여자의 몸 운운하며 은근히 제갈영을 무시하던 미축 역시 마찬가지.

사실 나도 놀라기는 마찬가지였다. 똑똑한 건 알고 있었는데 전투에 대해 이렇게까지 정확하게 알고 있는 줄은 상상도 못 했다. 단순히 싸움만 잘하는 게 아니라 군략 같은 것도 배운 모양.

역시 제갈씨는 제갈씨다.

"그러면…… 언제 또 다른 대군이 밀고 내려올지 알 수 없는 노릇이겠군요."

완전히 멘탈이 깨져 버린 것 같은 얼굴로 미축이 중얼거린다.

지금 미축이 어떤 마음일지 이해가 된다. 사실 나도 그런 마음이니까. 죽을 둥 살 둥 노력해서 간신히 막았는데 그보다 더 많은 적이 저 뒤에서 대기하고 있는 꼴이니까.

'하아……'

"어쨌든 이제부터는 정말로 나 혼자만 가야 할 것 같소. 위속 장군, 장군의 은혜는 절대 잊지 않을 것이오."

그렇게 말하며 관우가 내게 포권함과 동시에 고개를 숙이고 있다. 미축 역시 마찬가지.

하, 진짜. 이 인간들은 내 말을 뭐로 들은 거야?

"분명히 말씀드렸습니다, 관우 장군. 저도 함께 갈 것이라고요."

"제갈 소저가 말씀하지 않으셨소이까. 간다면 장군의 목숨까지 위험해지오. 장군의 주공인 여 사군도 아닌, 내 형님을 위해 그 목숨을 바칠 수는 없는 일이질 않소. 여 사군도 거기까지 바라지는 않으실 거외다."

관우가 그렇게 말하는데 문득 댓글의 내용이 떠올랐다.

〈그나마…… 진짜 어떻게 하든 다 노답이겠지만 그래도 유비가 살아 있었다면 아주 약간이나마 승산은 생겼을 것 같네요. 서주의 백성들이 유비 말이라면 완전 목숨 걸어가면서 발 벗고 나섰을 테니까.〉

1,402개의 댓글 중, 유일하게 가능성을 언급한 댓글이다. 거기에 대댓글로 달린 이야기들 역시 진지하게 그랬더라면 가능성이 아주 약간은 있을 것이라 했었고.

내가 살아남기 위해서라도, 망하지 않기 위해서라도 유비를 구해야 한다. 그로 인해 목숨이 위험해진다고 해도. 확정적으로 죽는 것보단 목숨이 위험한 상태에 있는 게 낫다.

"그 어떤 위험이 있다고 해도 유비 장군을 구하러 갈 겁니다. 어차피 관우 장군과 병사 오천 명으로는 오래 못 버텨요. 보급도 안 되잖습니까."

"……."

내 말에 관우가 이를 악문다.

감정이 북받친 얼굴이다. 감동한 모양.

관우가 저러고 있으니 어쩌면? 하는 생각이 든다. 어쩌면 나한테도 기회가 있지 않을까? 관우 같은, 진짜 충의의 화신인데다 무력도 극강인 장수를 나나 우리 형님의 휘하로 둘 수만 있다면…….

거기까지 생각이 미쳤을 때, 나는 말을 이었다.

"좀 더 빨리 와 서주성을 지킬 수 있도록 돕지 못해 죄송합니다. 서주의 백성을 구하지 못해 또 죄송합니다."

진심을 담은 것처럼, 진중한 어조로 말했다.

관우가 한숨을 푹 내쉰다. 그러더니 말을 몰아 내게 다가와 손을 붙잡는다. 따듯하면서도 굳은살이 잔뜩 박인 그 손의 촉감이 느껴진다.

관우가 정말 뭐라 표현할 수 없을 정도의 진중한 얼굴로 날 응시하고 있었다.

"위속 장군의 은혜는 정말 하해와도 같소. 무예와 지략만 뛰어난 게 아니라 백성을 아끼는 그 마음까지 크고도 굳건하였구려. 이 관우, 오늘부터 장군을 존경할까 합니다."

'존경이라니…….'

근데 그게 빈말이 아닌 모양이다. 말투도 바뀌고, 날 대하는 태도도 달라졌다. 뭐랄까, 이전까지는 그냥 서로 존중하는 사이였는데 이제는 날 정말 윗전으로 받들고자 하려는 느낌이라고나 할까?

'위속아. 너 진짜 많이 컸구나. 흐흐흐.'

기분이 좋기는 하지만 살짝 걱정이 된다. 관우한테 이렇게까지 말을 해놨으니 여기에서 유비, 장비를 찾아 돌아다니다가 그들을 구하기까지 해야 하는 건데.

'어떻게 한다?'

내가 고민하며 제갈영, 감녕을 쳐다봤다.

나와 시선이 마주친 감녕이 씩 웃고 있었다.

"장군. 지금 병사를 숨길 방법을 생각하고 계시죠?"

"어. 방법이 있겠어?"

"저만 믿으시죠. 저 감녕입니다."

그러면서 감녕이 주먹으로 제 가슴을 탕탕 두드린다.

"밀수를 위해 다니다가 보면 관군을 피해 도망쳐야 하기 일쑤입니다. 해서 저와 부하들은 흩어졌다가 모이는 게 아주 자연스럽죠. 병력을 백 명씩 이백오십 명으로 나눠 이 일대 곳곳으로 숨기겠습니다."

"그게 가능해?"

내가 황당해서 반문하니 감녕이 역으로 황당하다는 듯 날 쳐다본다.

"되니까 말하지, 안 되는 걸 말하겠습니까? 신호만 하면 반나절 내에 전부 모일 수 있어요. 이 방식으로 익주와 형주를 주름잡은 게 접니다."

영 미심쩍어서 제갈영 쪽으로 시선을 옮겼다. 무표정한 얼굴로 고민하던 그녀가 고개를 끄덕이고 있었다.

뭐, 어차피 이거 말곤 방법이 없으니까.

"좋다. 믿어보마."

"좋습니다. 그럼 제가 맡도록 하죠. 얼마 주실 겁니까?"

"응?"

"가는 게 있으면 오는 것도 있어야 하는 법 아닙니까. 제가 추가로 능력을 발휘하는데 추가로 주시는 것도 있어야죠."

그러면서 감녕이 완전 당당한 얼굴로 날 쳐다본다.

"야. 이건 너한테 주는 녹봉에 포함돼야지. 내가 너 자리만 차지하고 앉아 있으라고 녹봉 주는 줄 알아?"

"에이, 장군. 아무리 그래도."

"위속 장군의 말씀이 옳소. 그대는 좀 심하구려."

그러면서 관우가 청룡언월도를 척, 땅에 내려치며 위압적인 눈으로 감녕을 지긋이 쳐다본다.

감녕이 어쩔 수 없겠다는 듯 작게 한숨을 푹 내쉬고 있었다.

"알았어요, 알았습니다. 대신에 기령을 잡고서 보너스라는 걸 주기로 약속하셨으니 꼭 지키셔야 합니다. 아셨죠?"

"오냐. 설마 내가 그 돈을 떼먹기라도 하겠어? 확실히 주마."

to be continued

崑崙覇仙

곤륜패선

崑崙覇仙

윤신현 신무협 장편소설
WISHBOOKS ORIENTAL FANTASY STORY

선대의 안배로 인해 시공간의 진에 갇힌
곤륜의 도사 벽우진.

"……뭐야? 왜 이렇게 되어 있어?"

겨우겨우 탈출해서 나온 그의 눈에 보이는 것은!

"정말, 정말 멸문했다고? 나의 사문이? 천하의 곤륜파가?"

강자존의 세상, 강호
무너진 곤륜을 재건하기 위해 패선이 돌아왔다!

곤륜패선(崑崙覇仙)

'이왕 할 거면 과거보다 더 나은 곤륜파를 만들어야지.'